COMO VENCER UM LORDE PERVERSO

SEDAS E SOMBRAS
BOOK QUATRO

SOFIE DARLING

Translated by
TANIA NEZIO

1

———

LONDRES, 20 DE JUNHO DE 1826

Lorde Percival Bretagne entrou em uma sala repleta de vibração de uma noite jovem e percebeu em um instante que seria reconhecido.

Este antro de jogos era exclusivo, um playground para os ultra ricos. Ali, o filho de um duque — mesmo um mais jovem, como ele — teria dificuldade em permanecer anônimo. Os círculos sociais eram pequenos e restritos em Londres. Ele deveria ter se mantido fiel aos antros mais arriscados. Mas nesses lugares os riscos eram muito baixos, e ele precisava atacar seu inimigo onde doía: no fundo de sua conta bancária.

De tapetes persas finamente tecidos a paredes adornadas com brocado de seda com detalhes dourados, até o teto alto iluminado por candelabros de cristal, a opulência brilhante irradiava uma luz otimista e convidava Percy a seguir sua promessa incerta. Criados impassíveis circulavam pela multidão, champanhe e bebidas equilibradas em bandejas polidas até brilharem. Prostitutas, vestidas com tecidos diáfanos que não deixavam nada para a imaginação, circulavam pelo salão com passos leve e risos sedutores, mas que não chegavam aos olhos delas.

O olhar de Percy se concentrou nos clientes da casa Numero

9, sentados em várias mesas de jogo que ofereciam a qualquer homem com a quantidade certa de riqueza ou conexões familiares a oportunidade de testar sua sorte. Todos eles tinham a aparência específica dos ricos e abastados, um ar de Eton e Harrow pairando sobre eles, metade dos olho no jogo, a outra metade na carne feminina.

Percy desceu três degraus rapidamente e se juntou ao jogo. Alguns olhos levemente curiosos olharam para cima, apenas para retornar ao jogo no momento seguinte.

"Champanhe, milorde?" perguntou um criado com sotaque Cockney [1] ao seu lado. Ele estava prestes a recusar a oferta quando encontrou um par de olhos familiares da cor de uma pedra turquesa o encarando. "Siga-me", ela disse em voz baixa. Ela o conduziu a uma alcova escondida atrás de uma grande cortina que ela já devia ter explorado. Hortense estava sempre preparada.

"Onde você conseguiu *isso?*" Percy indicou seu traje de seda transparente que deixava pouco espaço para a imaginação. Ele não gostava que ela usasse roupas tão reveladoras.

"Com o porteiro. Ele conhece Nick."

Hortense não precisou se aprofundar mais. Durante seus anos na França e no Continente, Lorde Nicholas Asquith, seu agente e amigo, fora especialista em obter favores aqui e ali, nomes e lugares passados transmitidos pela brida, esta ou aquela informação útil em troca de dinheiro ou passagem segura pelo Canal da Mancha. Esse porteiro francês deve ter sido bastante útil para Nick, já que agora ele estava em Londres.

Olhos azuis sérios se fixaram em Percy. Hortense tinha o tipo de olhar que conseguia ver além da pele e dos músculos, até a

---

1. Cockney é um dialeto da língua inglesa, falado principalmente em Londres e arredores, particularmente por londrinos com raízes na classe trabalhadora e na classe média baixa.

medula dos ossos. "Tem certeza sobre essa noite, Bretagne? Este negócio de Savior de Santo Egídio ganhou vida própria."

Percy bufou. "Savior de Santo Egídio? Que bobagem. Os jornais de fofoca se superaram com essa."

"Você não pode sair por aí levando casas de jogos à falência sem esperar que ninguém perceba."

"Só há um homem cuja atenção eu quero atrair."

"Bem, você fechou sozinho duas das casas de jogos dele, então pode se sentir confiante nesse aspecto. Mas os jornais também notaram. Você está se tornando um herói popular."

Percy ignorou as preocupações de Hortense. "Só isso?"

Ela insistiu. "Você está exposto. Isso pode ser usado contra você."

Seu maxilar se apertou em determinação. Percy conhecia aquele olhar por anos trabalhando ao lado dela no Continente, decifrando códigos e coletando informações para a Coroa e o País. Ela era como um terrier com um osso quando tinha algo entre os dentes, e não ia deixar isso passar, o que, claro, era o motivo pelo qual ele a envolvera em primeiro lugar. Na verdade, ela era a agente mais perfeita que ele já conhecera.

Alguns meses atrás, antes de ter descoberto as atividades ilícitas de seu inimigo, Percy talvez tivesse dado mais atenção às preocupações dela. Mas, naquela noite, ele não daria espaço para as dúvidas dela, não quando sentia o cheiro do perigo e da possibilidade no ar. Desde que pisara em solo inglês, ele se sentira mais vivo nessas noites em que trabalhava ativamente para destruir Lorde Bertrand Montfort.

De alguma forma, em algum ponto do caminho, Percy perdera o talento para a vida aristocrática londrina que outrora fora tão excepcionalmente bom em viver. Uma vida que ele havia abandonado há doze anos em uma passagem montanhosa espanhola marcada por cicatrizes, que havia sido destruída pelo exército de Napoleão.

Foi Montfort quem, finalmente, encontrou Percy, com a memória completamente destruída.

E Montfort garantiu que permanecesse assim, já que aquela versão de Percy se adequava perfeitamente aos propósitos de Montfort.

Com Percy de volta à Inglaterra, a conta de Montfort havia vencido.

"Teremos tudo o que precisamos com Montfort esta noite, se tudo correr conforme o planejado", disse Percy. "Então você pode voltar a espionar as esposas infiéis de homens ricos."

"Não se esqueça das mulheres ricas que traem os amantes mais jovens." Hortense deu de ombros. "Paga bem. Ainda assim, tem sido bom nestes últimos meses voltar ao centro das operações."

Percy afrouxou a gravata de seda apertada no pescoço antes de ajustar um, depois o outro, dos botões de punho em seus pulsos. Já fazia algum tempo desde que ele se vestia com trajes pretos de gala. "Estou com a aparência adequada?"

"De um lorde depravado e arrogante determinado a desperdiçar a vida em uma única jogada de dados?" A boca de Hortense se contraiu. "É, eu diria que você acertou em cheio."

Percy deu um tapinha no queixo dela. "Atrevida."

A seriedade retornou aos olhos de Hortense. "Vou ficar esperando numa carruagem atrás do prédio até o amanhecer."

Percy ergueu uma sobrancelha. "Duvido—"

"Estarei lá." Hortense colocou a bandeja sobre a mesa mais próxima com um barulho alto e desapareceu na multidão, tendo cumprido sua função. .

As preocupações de Hortense desapareceram com ela quando Percy saiu do nicho e observou o ambiente. Ele estava ansioso para desmantelar aquele lugar usando seus próprios vícios contra ele.

"Ora, se não é Lorde Percival Bretagne", disse uma voz arrastada com sotaque de uma escola pública.

Percy parou de repente e encontrou o olhar de Lorde James Asquith, Conde de Pembroke, encharcado de bebida, em pé diante de uma mesa de jogo, uma mão apoiada em um pano verde, a outra preguiçosamente enrolada em um copo de cristal com conhaque. O homem era herdeiro do infame Marquês de Clare e irmão mais velho de Nick. *Maldição*. Londres podia ser pequena como uma vila no interior.

"Pembroke", reconheceu Percy. "Seu jogo é o Hazard [2]?"

Pembroke deu de ombros com indiferença. "O jogo não faz muita diferença. Em busca de um pouco de esquecimento, como todo mundo." Ele esticou a cabeça e fixou os olhos cinzentos e frios em Percy. Os mesmos olhos de Nick, mas nada parecidos. Os de Pembroke eram dissolutos, cansados e completamente entediados. "Procurando o mesmo?"

Percy assentiu. Era claro que Pembroke não se importava, mas o homem era irmão de Nick, e Percy não podia simplesmente deixar para lá. Ele inclinou o corpo para que apenas Pembroke pudesse ouvir suas próximas palavras. "Você precisa dar o fora daqui."

Uma sobrancelha se ergueu com sarcasmo. "Preocupação com meu bem-estar moral? *Você*, entre todas as pessoas?"

"Dificilmente", disse Percy, ignorando a última parte. Sua reputação libertina não o incomodava tanto quanto a sociedade gostaria. "Esta noite terá consequências. Você não vai querer se envolver."

Pembroke lançou um olhar para Percy, surpreendentemente penetrante e sóbrio. Então, voltou à atenção para a mesa para mais alguns lançamentos de dados que lhe custaram mais cinquenta libras antes de esvaziar seu copo em dois grandes

---

2. Hazard é um antigo jogo inglês jogado com dois dados, Apesar de suas regras complexas, o jogo de dados era muito popular nos séculos XVII e XVIII e era frequentemente jogado a dinheiro. No Crockford's Club, em Londres, o jogo de dados era especialmente popular. No século XIX, o jogo de dados evoluiu a partir do jogo de dados por meio de uma simplificação das regras. .

goles. Recolheu as fichas restantes e, sem dizer mais nada a Percy, cambaleou pela sala, evitando agilmente cada prostituta que se atirava em seu caminho. Percy deslizou para o lugar vago de Pembroke e colocou suas fichas de marfim sobre o pano verde. A noite estava prestes a começar.

De repente, os pelos da nuca de Percy se arrepiaram, e ele sentiu isso, o olhar de alguém sobre ele. Ele seguiu a sensação até localizar a fonte do outro lado da sala: uma mulher, com véu e vestida toda de preto. A cafetina da Casa Número 9, presumivelmente.

Uma inquietação começou a invadi-lo lentamente. A maioria das cafetinas que ele encontrara em seu curto mandato como Savior de Santo Egídio possuía certa postura, um brilho descarado no olhar, um beicinho ousado e uma visão voltada para o ângulo vencedor. Nenhuma delas se escondia atrás de camadas de renda preta.

No entanto, ele detectou uma flexibilidade em sua figura, sugerindo frescor e, surpreendentemente, juventude. Em sua experiência, cafetinas não eram nem frescas nem jovens.

A sensação de formigamento se espalhou. Podia ser interpretada como uma resposta física à intriga, mas, na verdade, parecia-se com o despertar inicial de desejo. Ele imediatamente reprimiu esse sentimento e buscou a outra interpretação. Qual era o jogo dela?

"Dingo?"

Dingo. Seu apelido dos tempos passados de Eton. *Maldição.*

Ele se virou um pouco e encontrou Chauncey Talbot-Spiffington, também conhecido como Runt, esperando com uma expressão de expectativa no rosto. Quando Percy olhou para trás, percebeu que a mulher havia sumido.

Um momento de silêncio se prolongou por um instante. As sobrancelhas espessas de Runt se juntaram e se soltaram. Os pés do homem se arrastaram, inquietos. "Acabou de chegar à cidade?"

"Faz alguns meses."

"E você não me visitou?" perguntou Runt, com a mágoa transparecendo na pergunta.

Percy mal conteve um bufo. Ele não tinha tempo nem disposição para acalmar os sentimentos feridos de um homem adulto.

"Sua cicatriz..." Runt começou e corou.

Percy sentiu a boca apertar.

Runt, sempre o mais sensível do grupo de ex-alunos de Eton, deve ter percebido isso, pois continuou com uma pressa obsequiosa: "É bastante elegante e... charmoso!"

Percy não tocava com os dedos na cicatriz, cujo comprimento prateado se estendia ao longo da saliência da maçã do rosto direito, causada por um único golpe de um sabre francês, sua última lembrança antes que um tiro de canhão certeiro — ou mal direcionado, dependendo do ponto de vista — escurecesse se3u mundo.

"Claro, todos nós ouvimos fofocas sobre suas façanhas, Dingo." A expressão de Runt tornou-se compassiva. "Mas não esperaria tal comportamento de Olivia."

Percy cerrou os dentes. *Olivia*. A mulher que um dia fora sua esposa. A esposa que ele deixara deste lado do Canal por doze anos, permitindo que ela — e o mundo — o considerasse morto. Assim que foi alertada sobre a existência dele, ela peticionou ao Parlamento — com a ajuda de seu próprio pai, o Duque de Arundel — para anular o casamento e conseguiu, tornando a filha que ele nunca conhecera, Lucy, uma bastarda.

Lucy.

A culpa atingiu Percy com sua familiar pontada rápida e cortante no estômago, como sempre acontecia quando ele pensava na filha.

Não, Percy não discutiria Olivia ou qualquer membro de sua família com Runt. Ele só teria que defendê-los — pois eles estavam absolutamente certos. Runt estava determinado a revisitar o passado. Então, que se danem, e acabem com isso. "Onde está Chippers?" perguntou Percy. Esse era o apelido de *Lorde Phineas Featherstone.*

"Verificando os livros de apostas", completou Runt.

Percy continuou com suas perguntas. "E Bongo?" *Lord Jarvis Smythe-Vane.*

"Ah, ele não apareceu hoje à noite. A gota sabe?"

Para Percy isso não era nenhuma surpresa. "E Tuppy?" *Lorde Harold Ponsonby.*

"Transando com uma mulher lá em cima, one mais ele poderia estar?"

Certo. "E Bumpy?" *Lorde Basil Arbuthnot.*

Runt apontou o queixo para um ponto atrás deles. "Desmaiado em uma cadeira."

Percy olhou para trás e avistou o homem inconsciente, com um fio de baba escorrendo pela boca aberta.

E essa era a sua antiga tribo de Eton.

Para sobreviver em Eton, um garoto precisava de uma tribo, e eles formaram uma com base em seu status compartilhado de filhos mais novos, reservas para os herdeiros. Sem expectativas, eles tinham liberdade para serem inúteis e aproveitaram isso, e seguiam em frente, incluindo Percy. Na verdade, como filho mais novo de um duque poderoso, ele era o líder deles. E eles eram exatamente quem ele teria se tornado se não tivesse fugido para o continente e guerreado em uma onda de imprudência equivocada. A vaidade imprudente tinha suas utilidades.

Mas Runt e seu grupo não eram a pior parte de seu passado. Nem de perto.

Do outro lado da mesa de jogo, o crupiê cruzou seu olhar. "Sua vez, monsieur", gritou o homem com um leve sotaque francês.

Percy encontrou um par de dados em sua mão e sacudiu a cabeça mentalmente. Naquela noite, ele tinha a oportunidade de mandar a pior parte de seu passado para o inferno. Era hora de seguir em frente. "Fique se quiser, Runt, mas tenho um trabalho a fazer."

"Trabalho?" perguntou Runt, como se assustado com a própria ideia. "Isto é prazer, velho."

"Para alguns."

Uma hora depois

Um pano verde se estendia à frente de Percy, com um par de dados tilintando na mão. Reunida em volta da mesa de apostas, estava uma multidão abastada, de olhos turvos, ofegante, na expectativa do próximo lançamento.

"Dingo", choramingou a voz de Runt ao seu lado, "já não se cansou?"

Percy sorriu ironicamente para o homem. Quando Lorde Percival Bretagne já se cansara de alguma coisa? Nunca em sua vida ele conseguira resistir a aumentar as apostas quando a oportunidade se apresentava.

Mais uma vez, ele sacudiu os dados, desta vez para causar impacto. Outra onda de antecipação cintilou no ar úmido com corpos que há muito precisavam de um banho e uma boa noite de sono. Ele abriu a mão. "Assopre meus dados para dar sorte."

O sempre fiel Runt soltou um suspiro resignado antes de fazer o que seu antigo líder ordenara. "Você não está feliz com seus ganhos?"

"*Feliz?*" zombou Percy.

A felicidade havia se tornado um conceito abstrato no dia em que se envolveu em sua primeira batalha na Península [3], com a fumaça dos canhões enchendo seus pulmões, as balas de rifle

---

3. A Guerra Peninsular foi um conflito militar entre o Primeiro Império Francês e a aliança do Reino Unido da Grã-Bretanha e Irlanda, do Império Espanhol e do Reino de Portugal e Algarves pelo domínio da Península Ibérica durante as Guerras Napoleónicas.

zumbindo perto de seus ouvidos, e a percepção se afundando em seus ossos de que eles não estavam brincando de soldadinhos de chumbo. As apostas eram infinitamente maiores, de vida e morte, e a morte não estava brincando. De fato, a julgar pelos corpos quebrados e ensanguentados espalhados pelo chão em poses distorcidas das quais apenas contorcionistas e mortos eram capazes, ficou claro que a morte estava vencendo. A morte sempre vencia. Era simplesmente uma questão de adiar o inevitável por alguns segundos, minutos, horas, dias, meses, anos quanto fosse possível e, de alguma forma, fazer a diferença em vidas enquanto isso.

Como era possível ser feliz depois de se deparar com essa realidade?

Percy não dava muito valor ao conceito de felicidade. O que importava era o que ele fazia, não como se sentia. *Sentimentos* só lhe trouxeram problemas no passado.

Mas isso... Um sorriso malicioso se formou em um canto de sua boca...

Isso era inconsciência — um estado em que ele podia entrar com muita facilidade.

Como ele não percebera.

Deixou que isso o envolvesse e o sugasse para dentro enquanto olhava para suas pilhas de ganhos. Parecia que ele tinha o suficiente para chamar a atenção da gerência — e, a partir daí, de Montfort —, mas...

Percy queria mais.

Ele empurrou seus ganhos, até o último centavo, para frente, provocando um coro de suspiros assustados, *yeahs*, e assobios que cortavam o ar nebuloso. A única maneira de ter o suficiente — *de ter tudo* — era arriscar tudo.

Percy encontrou o olhar do crupiê do outro lado da mesa. Mesmo quando o homem pareceu empalidecer diante da aposta de Percy, ele assentiu. As probabilidades não eram amigas do aristocrata imprudente nessa jogada, e ambos sabiam disso.

O sangue fervia em Percy enquanto ele estava à beira do desconhecido. Naquele momento, seu propósito não era apenas vingar e fazer justiça a Montfort. Uma maldade corria em seu sangue, que ele só conseguira controlar quando a deixava completamente faminta. Uma vez alimentada, mesmo que fosse apenas com uma migalha, ela ganhava vida própria.

Sua mão começou a tremer lenta e implacavelmente. A cada chocalho, o volume da multidão aumentava até se transformar em um rugido alto. A noite estava se preparando para este lance fatídico.

Ele não tinha roubado nem jogado fora na sua última jogada. Se ele jogasse o principal, um sete, a casa venceria. Os setes eram sempre as melhores probabilidades.

Se ele tirasse um oito, a chance quanto e as piores probabilidades no jogo, bem, as coisas tomariam um rumo interessante. Ele definitivamente chamaria a atenção de Montfort.

Percy abriu a mão e deixou os dados voarem. Sobre o pano verde, eles saltaram, saltitaram e rolaram, uma série de suspiros acompanhando cada rotação até pararem, seus números aparecendo para o mundo ver.

O coração de Percy galopou em seu peito, e ele se sentiu tão sem fôlego como se tivesse acabado de correr uma milha a toda velocidade. Ele ergueu o olhar para encontrar o do crupiê do outro lado da mesa. Uma gota de suor escorreu pela lateral do rosto do homem, o sorriso em seus lábios se tornou tenso.

Percy quase se sentiu mal pelo crupiê, pois o homem teria que responder a Montfort. Então Percy pensou nas vidas que este lugar havia despojado e destruído, famílias arruinadas, homens reduzidos a indigentes e mulheres a prostitutas. Este homem fazia parte daquela vida.

"Vou acertar as contas agora", disse Percy em meio ao silêncio carregado.

A garganta do crupiê ondulou com uma forte engolida. Ele e Percy sabiam que ele não tinha dinheiro em caixa para pagar. Teria que chamar seu superior. Esta era exatamente a série de eventos que Percy esperava desencadear ao entrar pela porta da frente da Casa Número 9 naquela noite.

Ele estava perto, tão perto que seus dedos tremiam de antecipação. Tão perto estava a prova de que precisava contra Lorde Bertrand Montfort, filho mais novo do Conde de Surrey e servo de longa data da Coroa e do País. Levou alguns meses investigando para captar o rumor de que Montfort vinha investindo silenciosamente em casas de jogos e bordéis por Londres. Assim que obteve essa informação obscura e escorregadia, Percy compreendeu que, se continuasse seguindo esse caminho, eventualmente teria a chave para a ruína de Montfort. Em seu mundo rarefeito de riqueza, excesso e privilégio, reputação era vida, e Percy veria a de Montfort destruída. Uma pequena compensação.

O olhar do crupiê se desviou e se arregalou em um ponto além do ombro esquerdo de Percy. Foi então que Percy sentiu: uma mudança no ar, uma corrente elétrica que ondulava pela sala ao passar de pessoa para pessoa, iluminando os olhos e intensificando os sorrisos. Ele girou e seguiu o olhar geral até encontrar a mulher com véu, com a atenção dela fixada nele.

O mundo se estendia, recuando para uma grande distância. Um caminho se abriu para ela, ela um ímã e ele o outro. Embora ele não pudesse ver nada de suas feições sob o véu, seu foco nunca vacilou enquanto ela avançava...

Em direção *a ele*.

Com apenas alguns metros de tapete persa os separando, ela parou, sua figura exuberante — cintura bem marcada, seios empinados — de alguma forma totalmente à mostra sob toda aquela renda preta. Através do ar denso e embaçado pela fumaça de charuto e conhaque, ele sentiu seu cheiro. *Madressilva*. Outra palavra lhe veio à mente. *Luz do sol*. Como era possível que uma prostituta das casas de jogos cheirasse a verão em sua plenitude?

Por fim, ela abriu a boca para falar, apenas para hesitar no último instante. Não, não *hesitar*. Mulheres como ela não hesitavam. Ela havia parado para causar efeito. "Vamos jogar por apostas mais altas?"

Percy piscou. A *voz dela*. Era rouca, um tom mais grave do que ele imaginaria. Além disso, tinha um sotaque estrangeiro. A noite ficava mais interessante a cada momento.

Montfort a enviara. Percy soube disso num piscar de olhos.

O que ele não sabia era *por quê*.

Uma antecipação familiar percorreu Percy, incitando-o a prosseguir, em direção à beira do precipício que o lançaria no meio do que quer que esta noite — e esta mulher — reservasse para ele. Como espião, ele amava nada mais do que um caminho que se curvava em ângulos repentinos.

"Mostre o caminho", ele respondeu, contendo apenas um bufo cínico. O que Montfort achava que o fato de lhe enviar uma prostituta iria conseguir? Se isso era um estratagema para pegá-lo desprevenido, era para amadores.

A multidão, que havia se acalmado para absorver a conversa, se dispersou e irrompeu em rodadas de olhares maliciosos, vaias e assobios barulhentos. A sensação de inquietação voltou e percorreu Percy, como se uma parte inconsciente dele compreendesse que havia algo nessa mulher com que ele não deveria se envolver.

Exceto... Quando ele havia deixado tal sentimento detê-lo?

Quando é que não o tinha empurrado para o meio da ação?

Qualquer que fosse o jogo que Montfort tivesse planejado para Percy, ele iria jogar.

E ele venceria.

2

Vestida com finas camadas de renda preta e ruge vermelho espesso, Isabel Galante parecia estar em seu lugar.

Prostituta.

Exceto, isso teria algum papel depois que se fizesse o ato e se aceitasse o pagamento? Na realidade, isso não a tornaria uma?

Ela percorreu o andar principal, por espaços apertados repletos de mesas de jogo, espreguiçadeiras e corpos suados, esquivando-se habilmente do aperto excitado de uma mão ou uma cotovelada errante, e questionou todas as escolhas e azares que a levaram a esse momento, com *aquele* homem às suas costas.

Suas instruções incluíam uma breve descrição — *alto, moreno, aristocrático* — juntamente com sua localização precisa na mesa de jogo. E esse homem alto, moreno e aristocrático estava parado naquele exato lugar. Ela esperava encontrar um homem completamente embriagado, rude e grosseiro, viciado em jogos de dados, mulheres e autoindulgência.

Em vez disso, ela tinha um lobo a seguindo, o que era uma proposta completamente diferente. Em termos gerais, os grosseirões eram mais fáceis de domar do que os lobos. Eles não ficavam esperando para consumir um jantar inteiro tarde da noite.

Além disso, ela não esperava que ele fosse tão... Tão *devastador*.

A maneira como ele se movia sugeria, total e completamente, um corpo à vontade consigo mesmo. Naquele lugar, os homens exibiam uma ousada demonstração de confiança exclusiva das classes altas, mas o homem às suas costas, diferentemente dos outros, inspirava a crença de que ele poderia seguir sua confiança suprema com ações.

Um arrepio de presságio percorreu a espinha de Isabel, e um trecho da conversa que a trouxera àquele momento foi trazido à tona.

"O que devo fazer?" ela perguntou.

"Assuma o controle e a responsabilidade pela queda desse homem."

"Ele merece?"

"Provavelmente não, mas é para o bem da Inglaterra."

Essa noite, finalmente, após duas semanas intermináveis de espera, Isabel recebera sua ordem. Era claro, concisa e completamente desagradável.

Uma voz de dúvida a atormentava. *E como você espera ter sucesso onde Eva falhou?*

Porque ela precisava. Porque havia uma dívida. E era ela quem precisava pagá-la. Todas as outras opções haviam sido esgotadas.

Então, uma vez paga, ela nunca mais se lembraria da noite sórdida que trouxe a segurança conquistada com tanto esforço para sua família.

Seus passos vacilaram, e uma mão firme — a mão dele — tocou a parte inferior de suas costas por não mais que alguns segundos, mas tempo suficiente para fazer seu corpo se aquecer, esfriar e esquentar novamente. Nervosismo percorreu seu corpo.

Para se firmar, ela evocou a imagem do rosto torturado e úmido de Eva. O maxilar de Isabel se apertou com determinação. O futuro de sua família estava em suas mãos. Nada mais importava. Seu propósito recuperou o equilíbrio.

Ela encontrou o primeiro degrau da escada e olhou para cima, encontrando uma jovem — jovem demais — prostituta chamada

Tilly descendo em sua direção com vitalidade feminina, desacelerando o suficiente para sussurrar no ouvido de Isabel: "Nossa, você arrebatou um homem muito bom, não é?" Com um brilho nos olhos, a garota continuou a passar, rindo e piscando.

O lobo às suas costas — Isabel não precisava olhar ao redor para saber que ele estava ali. Ele era o tipo de homem que se fazia sentir — ela hesitou no último andar e considerou o corredor escuro e a porta no final. Ela devia continuar dando um passo à frente do outro. Agora não era hora de perder a coragem. Ela caminhou penosamente pelo corredor, os sons dissonantes da folia lá embaixo desaparecendo rapidamente. *Ele* andava com passos mais leves do que ela imaginaria para um homem tão grande.

De tamanho considerável? Alto e magro, ele possuía uma massa maior do que a soma de suas partes.

Finalmente — *ou cedo demais?* — a maçaneta da porta do quarto estava em sua mão, e ela a empurrou. A porta se fechou atrás dela com um clique, e seu destino estava selado.

Ela estava sozinha com aquele lobo.

Se ele decidisse devorá-la, ninguém viria resgatá-la.

Acima de sua cabeça, delicados anjos pintados brincavam no afresco alto. Velas de cera de abelha queimavam brilhantes e limpas em seus castiçais e candelabros de latão polido, ao contrário das velas de sebo ao qual ela se acostumara nos últimos anos. O ar tinha um cheiro fresco e caro. Veludos e sedas de alabastro exuberantes cobriam cada superfície macia, convidando o roçar de uma palma, a pressão de um corpo... Ou dois. Que maneira melhor de transmitir luxo pecaminoso do que com branco?

Ela seguiu em linha reta através do denso tapete de lã persa até o carrinho de bebidas, aliviada por estar do outro lado do quarto. No caminho, passou por uma mesa de jogo, uma chaise longue e uma cama, uma enorme monstruosidade com dossel na qual ela ainda não havia dormido, tendo escolhido a chaise longue. Na verdade, ela apenas olhara para a cama com o canto do olho, sabendo o que teria que fazer ali quando chegasse a hora, uma hora que já estava próxima.

Dedos dormentes envolveram o gargalo de uma garrafa de cristal. "Conhaque, meu senhor?"

"Não." Sua voz era masculina e controlada, como se ele nunca a elevasse acima do volume atual. Era uma voz que falava de poder, latente e confiante.

Ela segurou a garrafa suspensa no ar. "Mais alguma coisa?"

"Nada." A irritação permeou a palavra. "Vamos começar o nosso jogo?"

Isabel pousou a garrafa com um estrondo. "Claro, meu senhor. O seu prazer é meu." Ela havia sido instruída a dizer aquelas palavras terríveis e sorrir ao dizê-las.

Bem, essa última parte foi demais.

A próxima fase da noite a aguardava. Dedos trêmulos encontraram o nó do xale e o soltaram. Ele escorregou de seus ombros com um leve ruído. Inspirando fundo, ela se virou para encará-lo. O olhar sombrio dele se estreitou e se fixou no dela. Lá permaneceu, impenetrável, sem nunca se apressar para vislumbrar seus seios nus, empinados pelo curto espartilho de barbatana de baleia que Tilly apertara tanto que Isabel mal conseguia respirar. Seus mamilos traiçoeiros e nus se enrugaram e quase gritaram por sua atenção.

Em vez disso, ele se desviou do olhar dela e caminhou até a mesa de jogo. Acomodou-se em uma cadeira com uma facilidade indolente e cruzou as pernas na altura dos joelhos, uma pose que seria efeminada em qualquer outro homem. De alguma forma, isso só aumentava sua masculinidade. Pacientemente, sua pose lhe dizia, ele a esperava se juntar a ele.

Uma raiva inesperada surgiu. Ela estava ali, com mamilos nus ao vento, e ele agia como se aquilo fosse uma ocorrência mundana que acontecia todas as noites da semana. Talvez fosse, para ele, mas não para ela. Ah, por que ele não a tirava do seu sofrimento e simplesmente continuava com o que ambos sabiam que ele estava ali para fazer?

Que mundo confuso aquele que fechara suas portas sombrias e sórdidas atrás dela. O mesmo mundo que havia tratado Eva como um pano de prato para ser usado e jogado fora. Mais uma vez, a memória a chamava...

"Você é muito parecida com sua irmã, exceto..."

Montfort hesitou, não por discrição ou consideração, mas para prolongar o momento. Para brincar com ela.

"—Não tão animada, e—"

Outra pausa, outro tique-taque dramático do relógio.

"—Não tão propensa ao vício."

Como a palma da mão de Isabel coçara para dar um tapa no rosto condescendente de Montfort naquele momento, mas, como a irmã não *tão animada que era*, ela a manteve ao seu lado. Não seria sensato irritar o homem que detinha a chave para a segurança de sua família, mesmo que fosse ele quem a tivesse colocado em risco inicialmente.

Família era tudo.

Naquele momento, ela deslizou para uma cadeira de veludo branco em frente ao lobo bonitão e deu um tapinha no baralho à sua frente. Ela era a crupiê. "Qual é o seu jogo, meu senhor?"

Seus dedos longos deram um toque impaciente no tecido carmesim. "Vingt-et-un francês [1]."

"Francês?" Vingt-et-un era o tipo de jogo que envolvia mais sorte do que habilidade. E uma versão francesa? Ela não fazia ideia.

Ele assentiu sutilmente com a cabeça, a sombra de um sorriso brilhando friamente em seus olhos. "Francês." Ele enfiou a mão

---

1. Blackjack ou vinte-e-um é um jogo de cartas e que pode ser jogado com 1 a 8 baralhos de 52 cartas, em que o objetivo é ter mais pontos do que o adversário, mas sem ultrapassar os 21 (caso em que se perde). O crupiê só pode pedir até um máximo de 5 cartas ou até chegar ao número 17.

no bolso do casaco, tirou uma pequena caixa esmaltada preta do fundo e a colocou sobre a mesa. "Você tem suas fichas?"

"Claro." Isabel abriu uma pequena gaveta e retirou a caixa forrada de veludo contendo um conjunto de fichas de madrepérola em formato de coração.

O homem descruzou as pernas e se inclinou para frente para tirar o paletó. Ele tirou as abotoaduras dos punhos e começou a enrolar as mangas da camisa até os cotovelos, uma dobra precisa sobre a outra, antes de apoiar os antebraços nus sobre a mesa. Eles eram levemente salpicados de pelos finos e escuros, flexíveis e resistentes como aço temperado, como o resto dele, sem dúvida.

Ela aproveitou a oportunidade para realmente observá-lo. Alto, moreno e aristocrático — sim — voraz também. Mas ali, com nada mais do que alguns metros de mesa de jogo entre eles, sua beleza austera e impenetrável se destacava. Olhos castanhos profundos e impenetráveis, sob sobrancelhas negras. Uma cabeleira de cachos negros e soltos que deixaria Lord Byron [2] verde de inveja. Maçãs do rosto, nariz, queixo e maxilar esculpidos em mármore liso. Uma cicatriz prateada ao longo da borda da maçã do rosto direito, como se quisesse ilustrar sua linha perfeita.

Ele era o homem mais incrivelmente bonito que já pisou na Terra.

"Pode se cobrir", ele disse despreocupadamente.

---

2. George Gordon Byron, 6.º Barão Byron conhecido como Lorde Byron, foi um poeta britânico e uma das figuras mais influentes do romantismo. Byron é considerado um dos maiores poetas britânicos, e permanece vastamente lido e influente. Ele percorreu toda a Europa, especialmente Itália, onde viveu durante sete anos. No fim da vida, Byron juntou-se à Guerra de independência da Grécia contra o Império Otomano, motivo pelo qual muitos gregos reverenciam-no como um herói nacional. Muitas vezes descrito como o mais extravagante e notório dos maiores poetas românticos, Byron foi tanto festejado quanto criticado em sua vida pelos excessos aristocráticos, incluindo altas dívidas, numerosos casos amorosos com homens e mulheres (como, por exemplo, com a meia-irmã da escritora Mary Shelley, Claire Clairmont), além de boatos de uma relação escandalosa com sua meia-irmã, autoexílio e bissexualidade.

As mãos de Isabel congelaram no meio do movimento quando uma repentina percepção a percorreu. De alguma forma, ela havia se esquecido de que estava sentada em frente àquele homem lobo, com os seios à mostra. "É um prazer para *você* que eu me cubra?"

"Se não se importar."

Sua boca quase se abriu. Ela se recuperou o suficiente para dizer: "Seu prazer é meu", enquanto pegava o xale descartado. Inalou o grito de frustração clamando por alívio. A trajetória daquela noite tinha sido previsível e fácil. *Terrível,* mas previsível e fácil. Esse homem não estava cumprindo seu papel.

"E pode parar com essa bobagem de *'seu prazer é meu'.*"

Ela quase repetiu para irritá-lo. Era algo que a verdadeira Isabel faria. Em vez disso, assentiu com a cabeça. A última pessoa que ela deveria ser naquela noite era ela mesma.

"E tire o véu. É um pouco demais."

Sem dizer mais nada, ela descartou a peça.

Com calma, ele observou suas feições, uma a uma, como se as estivesse gravando na memória. As mãos dela se fecharam em punhos ao lado do corpo.

"Bem jovem, não é?"

De alguma forma, ela se sentia mais exposta agora do que com os seios à mostra. "Este estabelecimento abriga pessoas mais jovens."

Os músculos do maxilar dele se contraíram. Ela o havia perturbado, possivelmente o irritado. *Ótimo.* Alguém deveria se sentir perturbado e irritado em um lugar como esse.

"Vamos continuar com isso?" ele perguntou.

Isabel detectou uma impaciência no homem que ela não compreendia. Ele não parecia especialmente interessado no jogo de cartas. Certamente não demonstrava nenhum interesse por sua aparência física. O que exatamente ele queria fazer?

Ainda assim, ela ia continuar. Só que, quando olhou para as cartas em suas mãos, não sabia o que fazer com elas.

"Você nunca jogou vinte e um francês, jogou?"

"Hum, não."

Ele estendeu a mão. "Eu distribuo as cartas."

"O que você quiser", ele disse, como uma variação de *"o prazer é meu"*.

Mas era verdade. O que quer que ele desejasse aconteceria naquela quarto esta noite. Afinal, o resultado não era certo? Importava se ela ganhasse ou perdesse? Ao perder, ela venceria. Então ela se afastaria daquela noite e nunca mais olharia para trás.

Dedos longos e másculos dedilhavam o pano carmesim em um ritmo preguiçoso. "Vamos fixar o valor das fichas em quinhentos?"

"Shillings [3]?" Que quantia absurda de dinheiro para apostar em uma mão de cartas.

Ele balançou a cabeça, um brilho divertido brilhando em seus olhos escuros.

"Libras [4]?" ela perguntou, horrorizada.

Seus dedos falharam. *"Quinhentas."*

Ela ficou sem palavras.

"Libras", ele confirmou.

Então ela se lembrou: este jogo não era real — não de verdade — e o valor atribuído às fichas não importava. Tudo isso era um prelúdio bobo do que aconteceria — *para* o seu — prazer.

"Você conhece as regras do jogo melhor do que eu", ela disse. "Como posso confiar em você?"

A frieza repentina dos olhos dele gelou suas veias. "Tenho

---

3. No Reino Unido, o shillings era uma moeda divisionária usada antes da adoção do sistema decimal em 1971. Um xelim equivalia a 12 (pence) ou 1/20 de libra: havia 240 pence antigos para uma libra. O xelim foi substituído pela nova moeda de cinco pence, a qual inicialmente era de idêntico tamanho e peso.
4. A libra esterlina (em inglês pound) é a moeda oficial do Reino Unido. Desde 15 de fevereiro de 1971 e da adoção do sistema decimal, ela é dividida em 100 pence (singular: penny). Antes dessa data, uma libra esterlina valia 20 shillings (que valiam por sua vez 12 pence cada um), ou 240 pence.

vários vícios", ele disse, baixo e ameaçador, "mas trapacear nas cartas não é um deles."

Ela não sabia o nome daquele homem nem sua comida favorita, mas, que Deus a ajudasse, acreditou nele.

Ele pegou o baralho e começou a dar as cartas habilmente. "A primeira rodada do oito é o jogo comum."

Isabel apostou uma ficha e sentiu uma alegria surpreendente. Quinhentas libras. Ela queria ceder à vontade de jogar para ganhar, uma sensação à qual nunca conseguira resistir com muita facilidade. A competição sempre a deixava nervosa.

Mas ela não faria isso. Estava ali para perder. Mais do que um jogo de cartas, aliás.

Ele distribuiu as primeiras cartas e perguntou se ela aumentaria a aposta. Ela balançou a cabeça. Ele distribuiu mais uma carta para cada um. Ele tinha um sete e um valete; ela é um dois e nove.

Ele a encarou e segurou o olhar. "Por que você não pegou outra carta?" Antes que ela pudesse responder, ele continuou: "Você está mesmo tentando ganhar?"

O coração de Isabel disparou no peito. "Eu, hum, sim", ela disse, aquele sim emergindo mais como uma pergunta do que uma declaração.

As sobrancelhas dele se juntaram e ele bufou. "Com toda a sinceridade, pensei que você seria mais" — ele fez uma pausa oportuna — *"formidable."*

O olhar de Isabel caiu em direção à mesa. Orgulho ferido, vergonha, aborrecimento e até raiva eram todas emoções que surgiam e giravam dentro dela. Era o conteúdo das palavras dele, sim, mas mais ainda era a maneira como ele as pronunciava, como um lorde indulgente observando-a, falando com ela, como se a única razão de sua existência nesta terra fosse proporcionar-lhe entretenimento e prazer, e ela não estivesse cumprindo sua parte.

De repente, ela não queria nada mais do que derrotar aquele

homem. O resultado daquela noite, daquela guerra, já estava determinado. Mesmo que, uma vez saciado, ela fosse pouco mais do que um nada a ser usada e descartada, isso não significava que ela não pudesse vencer algumas batalhas ao longo do caminho.

"Fechado", ela respondeu, a única palavra imbuída de aço temperado.

Deve ter transparecido em seus olhos também, pois o canto da boca dele se curvou em um sorriso que fez seu coração disparar. Não era um sorriso que pretendia transmitir alegria ou segurança. Era o sorriso que um lobo dava à sua presa um momento antes de devorá-la. Este homem era a manifestação física da palavra problema.

Ele distribuiu duas cartas viradas para cima. "Dez imaginário. Meu dois e seu nove são dez nesta rodada. Então jogamos com cartas comuns. Entendeu?"

"Claro", ela retrucou. A curva predatória de sua boca não diminuiu nem um pouco.

Ele terminou a rodada e aceitou a mão. Isabel ficou irritada. Ela aumentou sua aposta de uma ficha para três.

Ele percebeu. "Por que parar em três fichas? Por que não aumentar para cinco?"

Ela deu de ombros e jogou mais duas na pilha. A apreciação brilhou nos olhos dele, e seu corpo respondeu com uma leve contração no estômago. Uma parte dela que ela não conseguia controlar reagiu a agradar aquele homem. Desconcertante, para dizer o mínimo.

"Você vai gostar da terceira rodada. É jogada às cegas."

"Que sorte eu ter aumentado minha aposta", ela disse secamente. Era como se aristocratas buscassem novas maneiras de jogar seu dinheiro ao vento.

Ele distribuiu duas cartas viradas para cada um. "Parar ou pegar?"

Ela bateu na mesa.

Sua sobrancelha se ergueu e ele distribuiu a carta. "Outra?"

Irresponsável, ela deu mais duas batidinhas no tecido carmesim. "Por que não?" Quando outra carta caiu virada para baixo em sua pilha, ela fez um gesto para que ficasse.

Ele se recostou na cadeira, indolente e seguro. Que confiança suprema aquele homem irradiava. "Primeiro as damas."

Uma a uma, ela virou as cartas. *"Rainha..."*

Não foi um bom começo.

"Cinco..."

Um pouco melhor.

"Três..."

Ela se preparou para a derrota e virou a última carta. Piscou, seu cérebro um segundo atrás do número que encontrou. *"Três."*

Seu olhar se ergueu e encontrou uma surpresa nos olhos dele que combinava com a dela, o que por si só parecia uma pequena vitória. Ela tinha a sensação de que nada chocava o homem. Com o coração disparado no peito, ela falou em meio ao triunfo. *"Vinte e um."*

"Boa jogada." Ele bateu nas duas cartas. "Devo me dar ao trabalho de virar as minhas?" Ele não estava realmente perguntando.

Primeiro, ele virou um valete. Uma batida interminável de tempo se arrastou enquanto um dedo longo e masculino brincava com a carta restante, ainda não virada. Isabel quase se arrepiou. "E então?"

"Paciência não é sua melhor virtude, é?"

"Nunca foi."

Ele virou a carta, e o estômago de Isabel caiu até os joelhos. Ela piscou, depois piscou novamente, mas a carta permaneceu teimosamente a mesma.

Ás.

Mas... Mas ela tinha vinte e um. Não foi um empurrãozinho?

Ele rapidamente a dissuadiu dessa ideia. "Um vinte e um natural sempre vence o seu."

"¡Pero quémierda!", ela exclamou.

"Linguagem", ele falou, mesmo com a cabeça inclinada para o lado e o olhar especulativo. "Achei que seu sotaque fosse espanhol."

Todo esse tempo ele estivera absorvendo os detalhes que ela revelava aqui e ali. Agora ele sabia algo sobre ela que era verdade.

Isabel quase repetiu a obscenidade. Ela havia permitido que seu lado competitivo minasse seu propósito. Este homem era seu meio de pagar uma dívida familiar. Assim como ela não passava de um brinquedo para ele, ele não passava de um meio para um fim para ela. Ela estava ali para perder, lembrou a si mesma.

Ela contou seus marcadores de jogo. *Trinta.* No mundo de mentira deles, onde essas apostas importavam, ela tinha 15.000 libras em mãos, o suficiente para levar todos à falência, exceto a menor porcentagem da população. Ela apostou dez delas e aguardou a próxima rodada. Ele a igualou, com o foco tenso, como se já tivesse brincado com ela antes e agora estivesse prestes a matá-la. O medo a invadiu.

"A quarta rodada é Simpatia e Antipatia", ele disse enquanto as cartas caíam com leves batidas no pano vermelho. "Sua preferência."

Ela o olhou nos olhos. "Antipatia."

"Simpatia", ele rebateu.

Ele virou as cartas e ganhou, e ela mal se importou. Ela havia perdido o apetite pelo jogo. Por que ele insistia em jogar? Por que não levá-la para aquela cama ridícula e acabar logo com aquela noite? Ele parecia inteligente demais para estar tão interessado em um jogo que não tinha apostas reais para ele.

Ela se conteve. Ela não sabia nada sobre o homem. Ele podia ser burro como um poste de amarração. Improvável, mas possível.

Eles passaram rapidamente pelas duas mãos seguintes. Ele venceu a rodada Rouge-et-Noir; ela, a Self and Company. Restavam apenas duas rodadas. Dez marcadores permaneceram em sua pilha. Ela os empurrou para frente.

"A próxima mão é Pagando a Diferença, então guardem seus marcadores por enquanto. Cada um de nós recebe duas cartas viradas para cima. Então eu pago ou recebo uma aposta pela diferença no número de pontos entre nossas respectivas mãos. Entendeu?"

"Claro." Não exatamente, mas quem se importava?

Ele deu a si mesmo um dezoito e a ela um oito. A diferença era dez. Ela tentou se equilibrar enquanto empurrava os marcadores restantes para frente, mas detectou um leve tremor em sua mão.

As sobrancelhas dele se uniram. "Peguei todos os seus marcadores?"

Ela assentiu. O ar na sala se intensificou. Unhas cravaram luas crescentes nas palmas molhadas de suor. A hora havia chegado.

"Só falta um acordo. Seria uma pena perdê-lo." Como ele soava privilegiado. "Quanto apostaremos?"

Ele estava brincando com ela? Sabia muito bem qual era a aposta dela. Afinal, estava ali para isso. "O que você quiser."

De repente, ele se inclinou para frente na cadeira. Reativamente, Isabel se assustou e se sentou na sua. "Você tem permissão?"

Ela assentiu, ainda que lentamente. Que pergunta estranha. Por que mais ela estaria ali?

"E é seu para apostar?"

Se *é* meu? Ela não tinha certeza se queria rir ou chorar. "A *quem mais* pertenceria?"

Ele cruzou os dedos diante do corpo. "Preciso de uma testemunha."

"Uma *testemunha?*" A que nova depravação ela seria submetida naquela noite?

"Não quero que você volte atrás."

Isabel se irritou. "Garanto que levarei esta noite até o fim para sua satisfação."

Uma expressão de perplexidade nublou seu rosto. "Que jeito

estranho de dizer." Ele combinou os marcadores dele e dela em uma pilha organizada, cerca de 30.000 libras no mundo fora daquelas quatro paredes. "Vamos tornar isso interessante?" Ele empurrou a pilha para frente.

Ela deu de ombros. Ela havia atingido o limite de sua tolerância com aquela farsa.

"A oitava rodada é o Clack." Ele continuou explicando como funcionava: a primeira carta que ele colocasse seria "um". Se essa carta fosse um ás, ele ganhava. Se não fosse, ele distribuía a próxima carta, o "dois". Se essa carta fosse um dois, ele ganhava. Se não, ele continuava distribuindo dessa maneira até chegar ao "treze", cuja carta correspondente era um rei. Se o número que ele chamava coincidisse com o número da carta, ele pegava tudo. Se não, ela ganhava. "Entendido?"

Ela assentiu.

"Um", ele chamou. Um três apareceu. "Dois." Um valete.

E assim foi, número por número, o coração de Isabel dobrando de ritmo a cada nova carta, mesmo enquanto outra parte dela se separava do corpo e observava à distância. Quando este jogo terminasse, um novo — o verdadeiro — começaria.

Ela precisava perder para ganhar.

Mas ela não queria perder. Simplesmente não conseguia imaginar como seria dividir a cama com aquele homem devastador.

Ter o toque dele em seu corpo.

Sentir a pressão do seu peso.

Será que ele apagaria as velas?

Ele não parecia esse tipo.

Chegou ao doze, e ainda não tinha vencido. Era hora da carta final. Ele a encarou. "Treze."

Ele virou a carta.

Rei.

Cada molécula na sala congelou. O momento de acerto de contas de Isabel havia chegado. Um sorriso malicioso se formou nos lábios do lobo, e ele se recostou na cadeira. A respiração dela ficou presa no peito. *Devastador.*

"As chaves", ele disse.

Suas palavras deixaram Isabel perplexa. As chaves? Seria esse o código para alguma coisa? "Chaves?"

"Para este estabelecimento."

"Mas —"

"Mas?"

"Você não *me* quer?"

Uma única sobrancelha escura se ergueu acima de seu olhar encoberto.

Sua testa franziu, e ele se inclinou para frente na cadeira, a orelha em pé para o lado como se não a tivesse ouvido direito. *"Você?"*

A maneira como você saiu da boca dele, a total descrença por trás disso, soou o alarme dentro de Isabel. Se não ela, então quem? Algo tinha dado muito, muito, irreparavelmente errado. O que diabos poderia—

A ficha caiu. *Ah.*

As palavras horríveis jorraram com vontade própria. *"Você é o—"*

Sua boca se contorceu em desgosto. "Não me chame por esse nome bobo."

"—homem errado."

3

P ercy ficou arrepiado. Ele sabia de dois fatos ao mesmo
tempo.

Ele estava certo. Isso era uma armadilha.

Mas não para ele.

Maldição.

Ele sentiu um arrepio de inquietação por saber que nem tudo
era o que parecia naquele lugar, e ignorou. Porque queria. Porque
a emoção que corria em suas veias diante da perspectiva dessa
noite não o deixava.

Agora ele estava enfrentando um desafio. Que jogo Montfort
estava jogando?

Não havia tempo para isso agora. Ele precisava sair dali,
rápido.

Mas havia a questão nada insignificante da mulher à sua
frente. Sua visão inicial dela fora precisa, ele simplesmente não a
observara do ângulo correto. Ela era jovem, exuberante e possuía
um tipo de beleza que não se podia esquecer tão facilmente. Não
eram apenas seus notáveis olhos verdes, seus lábios carnudos da
cor de uma cereja madura ou sua pele luminosa, oliva e radiante.
Era a expressão naqueles olhos — *medo* — e a maneira como seus

dentes mordiam o lábio inferior — *incerteza* — e o rubor que lhe tingia as bochechas — *um choque profundo*.

Que ela não era uma *prostituta* era óbvio para qualquer pessoa com olhos.

Maldição. Ele viu também que ela era sua única pista.

Sua mão disparou sobre a mesa e agarrou seu pulso antes de se levantar. "Vista uma roupa decente." Se aquele xale fino escorregasse, ele não teria coragem de manter os olhos fixos nos dela uma segunda vez. A primeira o havia testado ao limite.

Ela se apoiou na mesa e inclinou o corpo para trás, tentando se libertar do aperto dele. "Eu" — ela puxou, torceu, puxou, empurrou tudo em vão. Ele não a soltava — "Eu não sei onde eles estão."

Ele a ajudou a se levantar. "Você vem comigo." Ele caminhou em direção à porta, a prostituta a reboque, os passos dela se esforçando para acompanhá-lo.

"Eu não tenho voz ativa no assunto?"

"Não."

"Você não pode simplesmente...", ela protestou às suas costas.

"Ah, mas eu posso." Com a mão na maçaneta, ele parou. Não podia arrastá-la pela entrada principal da Casa Número 9. O porteiro teria algo a dizer sobre isso. "Qual é à saída dos fundos deste lugar?"

"Não tenho a menor ideia."

Percy conteve um palavrão. Não era incomum que bordéis mantivessem suas damas da noite em cativeiro.

Ele apertou o pulso dela com mais força, abriu a porta bruscamente e colocou a cabeça para fora. O corredor estava vazio. Instintivamente, escolheu a direção oposta à que haviam chegado. O instinto valeu a pena quando ele encontrou uma estreita escada de serviço no final. Estavam na metade do primeiro lance quando encontraram uma prostituta chorosa e levemente desgrenhada subindo pisando duro.

"Tilly?" perguntou a mulher atrás dele. A noite estava ficando cada vez melhor. "O que foi?"

A garota — pois ela ainda era uma garota, mesmo sendo uma prostituta — olhou para cima, com dois rios de Kohl escorrendo pelas bochechas. "Oh, Izzy, Sir Felix terminou comigo. Disse que eu não sou boa o suficiente para ele." Os olhos da garota se arregalaram. "Ei, o que é isso?" Ela apontou o polegar para Percy. "Izzy, ele está te levando contra a sua vontade? Ei! Ei!" Ela começou a gritar para todo mundo descer.

Antes que Percy pudesse tapar a boca da garota com a mão, a mulher às suas costas — *Izzy*, como a garota a chamava — passou por ele. "Tilly!" ela disse num sussurro. "Pare com isso agora mesmo!"

A boca de Tilly se fechou de repente, mesmo com os olhos arregalados. Percy talvez tivesse tido a mesma reação, ele não tinha certeza. *Izzy* — como poderia ser esse o *nome* dessa mulher? — emitiu um comando silencioso que ele não havia notado até então.

Ela agarrou as duas mãos de Tilly. "Venha comigo", ela insistiu.

"Espere um —", começou Percy.

Izzy se virou para ele. "Isso não tem nada a ver com você." Ela voltou sua atenção para Tilly. "Diga-me. É esta a vida que você quer?"

A garota engoliu em seco e balançou a cabeça.

"Então venha comigo", implorou Izzy.

"Para onde estamos indo?" Um olhar sinistro se lançou sobre Percy. "Com *ele*?"

"Não tenho a menor ideia." Izzy lançou um olhar duro para Percy. "Mas você estará *comigo*."

Tilly assentiu, e as nuvens se dissiparam de seu rosto naquele instante. Ah, a resiliência da juventude. "Podemos continuar?" perguntou Percy, sarcástico.

Eles estavam quase chegando ao último degrau do último lance de escadas quando o porteiro francês apareceu pisando duro, seu corpo musculoso preenchendo a estreita extensão. Olhos impassíveis o fitavam por baixo de uma sobrancelha baixa, a cabeça calva do homem da largura exata de seu pescoço grosso. "Você está livre para ir." Ele apontou o queixo para Izzy e Tilly. "Mas elas não."

Os punhos de Percy se cerraram ao lado do corpo. Mesmo assim, ele tentaria a diplomacia primeiro. "Elas poderiam ir. Diga o seu preço."

O homem balançou a cabeça e alargou sua postura, pronto.

Percy teria que lutar para atravessar aquela enorme muralha de homem. Que assim fosse. Ele ocupava o terreno elevado, portanto, ele tinha vantagem.

Com as prostitutas às suas costas, ele desceu as escadas em disparada, empurrando-o, e o porteiro levou um golpe direto no esterno com o ombro esquerdo de Percy. O homem soltou um suspiro profundo, mas não caiu no chão como Percy esperava. Na verdade, o homem mal se moveu.

Percy recuou arrastando os pés e se agachou, reavaliando. O outro homem sorriu e estalou alguns dedos. *Certo.*

Percy levantou o punho, mas em vez de golpear o homem como esperado, no último momento mudou de estratégia e agarrou um ombro robusto em cada mão antes de lhe dar uma cabeçada, desferindo um golpe certeiro no nariz do homem, que certamente havia quebrado, dado o jato de sangue que começou a jorrar.

Percy não sentiu nenhum remorso. Essa não podia ser a primeira vez que o nariz do homem fora quebrado. Ou a última.

O porteiro limpou o rosto dele numa tentativa frustrada de conter o fluxo. "Se é brincadeira violenta que você quer." Ele se arrastou para frente, com fúria nos olhos. "É o que você vai conseguir."

Percy se esquivou do primeiro soco, mas não teve tanta sorte com o segundo, levando um golpe no olho esquerdo que certamente deixaria uma marca. Ele se desviou para a direita e recorreu aos seus truques sujos de luta. Ele havia acertado — um golpe com o pé no joelho com o objetivo de deslocá-lo — quando, ao seu redor, Tilly empurrou o homem com um rugido animalesco. Antes que Percy percebesse o que a atrevida estava tramando, ela deu um chute mais forte nos testículos do homem que Percy já teve o desprazer de presenciar.

O tempo pareceu parar enquanto o porteiro desabava no chão aos poucos, até que ele caísse de joelhos, curvado, uma casca derrotada do homem que um dia fora. Tilly estava de pé sobre ele, a respiração ofegante, radiante de triunfo.

Percy encontrou Izzy observando os acontecimentos com os olhos arregalados, tão chocada quanto ele. Agarrou a mão dela, esguia e quente, e escolheu uma direção. Por um corredor curto e escuro, eles fugiram a outra mão de Izzy agarrada a Tilly. Ele empurrou uma porta e se viu do lado de fora, em um beco estreito e abandonado, com o cheiro rançoso da vida e dos vícios de Londres invadindo suas narinas. Izzy e Tilly saíram correndo para os paralelepípedos um passo atrás, enquanto ele localizava uma tábua de madeira para encaixar sob a maçaneta da porta, o que daria ao porteiro trabalho suficiente para lhes garantir segundos cruciais.

Três pares de baforadas ofegantes no ar da meia-noite. Percy olhou ao redor para se orientar e encontrou grandes olhos verdes. Izzy tremia, não de frio, suspeitava, mas de choque. "Precisamos ir. Alguma ideia de qual direção?"

Suas sobrancelhas se uniram. "Esquerda?"

"É uma direção tão boa quanto qualquer outra."

No final do beco, Percy olhou para cima e para baixo na rua. Então ouviu: o baque de passos pesados. Olhou para trás e avistou o porteiro mancando em direção a eles, com um olhar assassino. Era preciso admirar a tenacidade do homem diante de um possível ferimento permanente.

A porta de uma carruagem estacionada se abriu e uma cabeça surgiu. "Bretagne!"

Hortense.

Já em fuga, o alívio tomou conta de Percy quando, mais uma vez, agarrou a mão de Izzy. Ele não podia deixá-la ter ideias de fuga. Precisava dela viva e falando.

Assim que chegaram ao carro de aluguel, Tilly deu um grande salto e mergulhou, seguida por Izzy que, ao chegar ao degrau mais alto, tombou para trás. Sem pensar duas vezes, Percy deu um empurrão em seu traseiro bem torneado, e ela entrou desajeitadamente. Ele gritou para o cocheiro: *"Vai, vai, vai"*, antes de fazer o mesmo e fechar a porta atrás deles.

Lá dentro, ele se sentou no banco de couro ao lado de Izzy — Hortense e Tilly sentadas em frente — enquanto a carruagem de aluguel se movia com um sobressalto. Espiou pela janelinha às suas costas e viu o porteiro diminuindo a velocidade até parar, derrotado. O homem não teve chance. Percy se virou e encontrou o olhar de Hortense.

Imperturbável pelos acontecimentos dos últimos trinta segundos, ela perguntou: "Essas duas foram seus ganhos?"

"A noite passou rápida e inesperadamente." Não era mentira.

Hortense assentiu lentamente e guardou seus pensamentos para si mesma. Tilly não demonstrou o mesmo controle. "Ah, não fomos vencidos. Ou fomos, Izzy? Maldição! Não sei o que está acontecendo."

Percy manteve o olhar fixo em Hortense. Ela estava esperando. "A noite foi uma armadilha."

"Para você?"

"Não."

Hortense ergueu uma única sobrancelha, inquisitiva.

"Eu não sei quem..." Percebeu. Ele sabia. Mas queria confirmação primeiro. Virou-se para Izzy. "Você disse que eu era o homem errado."

Ela cerrou o maxilar e tentou soltar o braço. Quando ele o

agarrara de novo? "Posso soltar você?" ele perguntou. Sua boca se apertou em uma linha teimosa. "Hortense, a porta."

Hortense assentiu e envolveu a mão no trinco. Não haveria fuga precipitada. Percy soltou o pulso de Izzy. Enquanto ela o esfregava, ele perguntou: "Quem Montfort lhe disse que era o homem *certo?*"

A surpresa brilhou em seus olhos. "Você conhece Montfort?" A pergunta surgiu numa voz de contralto. Uma voz sedutora, se alguém estivesse com disposição para isso. "Nunca me deram o nome do homem certo."

"Então como você *me escolheu?*"

"Disseram-me para abordar o homem que jogava na mesa de jogo exatamente no lugar que você estava."

"Você recebeu uma descrição do homem?"

Ela se mexeu, desconfortável. "*Alto, moreno, aristocrático.*"

Pronto. Exatamente como ele suspeitava. "O Conde de Pembroke."

Hortense se assustou. "Você não quer dizer —"

"Irmão do Nick."

"Ele é o futuro Marquês de Clare."

"Se ele não beber até a morte prematura", disse Percy lentamente. Um panorama maior começou a se abrir diante dele. "Pembroke é um futuro Membro do Parlamento." Ele deu uma risada sem humor. "Montfort não está fora do jogo."

"E nós pensamos que ele estava simplesmente enchendo os bolsos com os ganhos de antros de iniquidade."

"Isso é uma questão de influência. Preparar um futuro marquês é uma questão política."

Hortense balançou a cabeça e bufou, incrédula. "Cuidado para não se envolver acidentalmente em algo indesejado."

Percy se inclinou para frente. "E" — ele encarou Izzy com um olhar duro — "*você* está envolvida."

Tilly ofegou, os olhos arregalados acima das mãos cobrindo a boca.

"No seu joguinho com Pembroke", continuou Percy, recusando-se a desviar o olhar de Izzy, "qual seria o prêmio?"

***

MINHA VIRGINDADE, Isabel não disse.

Ela não conseguia dizer a terrível verdade em voz alta.

Você é virgem? Essa fora a pergunta que realmente selara seu destino e a trouxera àquela noite. Ela sentira uma onda de calor diante da intimidade direta da pergunta. Por um momento, não soubera a resposta correta.

Então, soube. Apenas alguns tipos de mulheres eram consideradas de valor por um homem como Montfort, e uma virgem era uma delas.

Sim, ela respondera.

Era a resposta correta.

O homem certo — definitivamente *não* o homem ao seu lado — deveria ser seduzido. Sua diretriz fora simples: coletar informações íntimas sobre ele e permitir que ele tirasse sua virgindade. Lençóis manchados seriam a prova.

Seu pai seria resgatado da prisão e sua família ficaria reunida novamente.

E aquele homem feroz e devastador ao lado dela — *Bretagne*, como ela ouvira chamá-lo — que cheirava melhor do que merecia — aquilo era sândalo? — tinha destruído tudo.

Só que... Ele não tinha feito isso sozinho.

A culpa era dela por destruir o futuro dela e de sua família.

"Talvez", começou Bretagne com aquela voz dura e segura de si, "sua amiga possa nos informar dos detalhes."

"Deixe Tilly fora disso", Isabel praticamente rosnou. "Ela não sabe de nada. Exijo que pare esta carruagem e nos deixe sair."

Ele zombou. "Não consigo imaginar que isso seja do seu interesse."

"Posso garantir", protestou Isabel, "que é *absolutamente* do meu interesse que você nos deixe ir."

Ela precisava encontrar um jeito de consertar aquela noite. Como tudo tinha dado tão errado, tão rápido?

"Seja o que for que você não esteja nos contando", afirmou Percy, "Montfort sabe que você sabe."

Com essas palavras, a noite de Isabel foi de mal a pior. Sua maior esperança residia na possibilidade de salvar aquela noite, mas seria possível? As chances pioravam a cada minuto.

"O esconderijo em Seven Dials", acrescentou Hortense.

Bretagne balançou a cabeça. "Montfort pode encontrá-la. Precisamos tirá-la de Londres."

Tirá-la de Londres? Isabel respondeu bruscamente. "Pode parar de falar de mim como se eu não estivesse aqui."

"Tenho um lugar para onde posso levá-la", continuou Bretagne, ignorando o protesto de Isabel. A declaração saiu de sua boca firme, tão segura de si, que até Isabel quase pensou que o assunto estava resolvido. *Quase.*

Hortense assentiu e deu duas batidas fortes no teto. O cocheiro gritou um "Uau!" e a carruagem diminuiu a velocidade até parar. "Ficarei em Londres e farei alguns contatos. Você sabe como me encontrar."

Hortense empurrou a porta, pulou para fora e desapareceu na noite. Bretagne fechou a porta e deu mais duas pancadas no teto. A carruagem se pôs em movimento bruscamente.

"Tilly?" ele perguntou.

O olhar da moça se arregalou. "Milorde?"

"Troque de lugar comigo."

Assim que se desvencilharam no espaço apertado, o braço de Tilly deslizou pelo de Isabel e o apertou. Isabel encontrou seu olhar, intenso e direto. À distância não o tornava menos devastador ou perigoso.

"Não vou levá-la à força", ele disse.

Isso provocou uma risada aguda dela. "Já não fez isso?"

"Você vai ter que confiar em mim."

Outra risada surgiu por vontade própria. "*Confiar* em você?"

"Sua vida estará segura comigo." Ele apontou para Tilly. "A dela também."

Desta vez, a risada morreu na garganta de Isabel. Desafiava toda a lógica, mas ela acreditou nele.

E o homem poderoso cujo plano ela havia estragado esta noite?

A vida dela não importava nem um pouco para Montfort. Nem a família dela.

A família dela...

A realidade da situação a atingiu como uma explosão.

"Eu vou com você", ela disse.

"Mulher esperta."

"Mas, primeiro, precisamos fazer uma parada."

4

À medida que a carruagem diminuía a velocidade, o único som era o barulho cada vez mais fraco dos cascos dos cavalos. Por um longo momento, tudo ficou em silêncio, até mesmo Tilly. Bretagne inclinou-se para frente, espiou pela janela da carruagem e leu em voz alta: *"Galante: Costureiras Extraordinárias"*. Ele ergueu uma sobrancelha curiosa.

Isabel manteve a boca fechada. Será que o homem precisava ser tão observador? Como ela desejava que ele não soubesse disso, mas não havia como evitar. Ela não sairia de Londres sem vir aqui primeiro.

Ela apertou a mão de Tilly. "Fique aqui enquanto eu cuido de alguns assuntos."

Tilly apontou o queixo para Bretagne. "Com ele?"

Isabel dirigiu suas próximas palavras a *ele*. "Tenho sua palavra de que ela estará segura?"

"Claro", ele retrucou com a resposta carregada de insulto.

Isabel estendeu a mão para a maçaneta, mas a mão dele chegou lá primeiro. "Você tem cinco —"

"Dez", ela disse.

"*Cinco* minutos antes que eu vá atrás de você." Seu olhar

intenso sondou o dela pelo espaço de três batimentos cardíacos rápidos antes de soltar o trinco e abrir a porta.

Os pés de Isabel encontraram o barulho das pedras do calçamento em um pequeno salto. Diante dela, erguia-se a modesta fachada da loja que se tornara tão familiar ao longo do último ano e meio. Ela esticou o pescoço e viu uma luz fraca brilhando através de uma cortina no andar de cima.

Consciente dos olhos daquele homem em suas costas e do tique-taque rápido do relógio de cinco minutos, ela juntou as mãos em concha e espiou pela janela da frente, na esperança de encontrar Nell. Subitamente consciente de sua aparência, ela apertou o xale com mais força, mas não havia como disfarçar a verdade. Ela estava vestida como uma prostituta. Aos olhos daquele homem, ela era uma.

Ela pegou uma pedrinha da calçada e a jogou, um único toque contra a janela do andar de cima. A cortina se moveu e um rosto apareceu por um instante. Em menos de trinta segundos, uma garota esguia estava à porta, girando a fechadura. "Srta. Galante!", exclamou Nell. "Ah, eu estava morrendo de preocupação com você. Aonde você foi?"

Isabel deu um abraço rápido na garota, mesmo enquanto ela se esquivava da pergunta, seus pés já percorrendo as grandes mesas retangulares e os rolos de tecido até o corredor estreito que levava aos fundos da loja. Ela respirou o cheiro de tecido e poeira, familiar e caseiro. Queria mergulhar nele e fingir que aqueles últimos meses não passavam de um pesadelo, que ela estava segura ali.

Mas não era hora para fantasias. Ela tinha menos de cinco minutos antes que o lobo viesse atrás dela. Não tinha um segundo a perder.

"Nell, você teve algum problema cuidando da loja além das suas outras tarefas?", perguntou por cima do ombro.

"Nem um pouco."

"E Eva?" Isabel temia a resposta. "Ela está... ela está bem?"

Isabel sentiu hesitação antes que a resposta viesse. Nell tendia a se manter distante de Eva, e Isabel dificilmente poderia culpá-la. "Sim."

Isabel se forçou a fazer a próxima pergunta. "E o bebê? Ele está —"

A próxima resposta veio em um ímpeto de alegria. "Ele está bem, sim. O bebê mais doce que você já viu."

Elas chegaram ao patamar superior, o quarto de Nell à direita, os quartos de Isabel e Eva à esquerda. "Nell, preciso que você faça uma mala."

Lágrimas instantaneamente brotaram nos olhos da garota. "Você está me mandando embora? O que eu fiz?"

"Vamos sair de Londres por alguns dias. A menos que tenha outro lugar onde possa ficar até voltarmos?"

"Não tenho para onde ir, senhorita."

Isabel não considerou o peso adicional que aquelas palavras colocaram sobre seus ombros. "Então você vem conosco. Faça suas malas e nos encontre lá embaixo em três minutos."

Nell assentiu e voltou a si sem protestar ou demonstrar um pingo de choque. Tais acontecimentos noturnos não deviam ser incomuns em seu passado. O mundo lá fora era duro para uma garota solitária, como Isabel aprendera nos últimos anos.

Sem tempo a perder, abriu a porta à sua esquerda e correu pelo piso de madeira da pequena sala da frente que servia de sala de estar e cozinha improvisada. Com certo alívio, viu que tudo havia sido mantido arrumado e organizado, o que ela certamente devia a Nell. Quando ela viu Eva pela última vez, bem, Eva não estava muito à altura da tarefa.

Falando em Eva...

Seu olhar se voltou para o quarto do outro lado da sala. Um fino raio de luz aparecia entre o chão e a porta fechada. Isabel se virou para o quarto mais próximo, o dela. Sem se dar ao trabalho de acender uma vela, Isabel trabalhou à luz da lua que nascia tarde. Rapidamente, ela se livrou das roupas de prostituta e abriu a porta do guarda-roupa. Vários vestidos estavam pendurados à sua frente. Ela não conseguia entender o porquê, mas escolheu os dois melhores. Vestiu um e enfiou o outro em uma bolsa de viagem surrada, junto com alguns outros itens.

Em seguida, ela ficou de quatro e puxou uma pequena caixa de debaixo da cama. Abriu a tampa e pegou os únicos itens de valor que tinha no mundo, além da loja. O dinheiro, ela enfiou na bolsa. O colar da mãe, ela prendeu no pescoço, seu delicado pingente de hamsá [1] pendurado entre os seios, fora de vista.

Então, ela se levantou e voltou para a sala de estar, com o olhar fixo na porta do outro quarto. Não podia mais evitá-la. Precisava encarar o que a esperava do outro lado, com o fracasso daquela noite. Seu punho fechado hesitou pouco antes de dar duas leves batidas.

Não houve resposta. Isabel empurrou a porta mesmo assim. Eva já havia parado de atender meses atrás. Esperava encontrá-la na cama, encolhida de lado, de costas tanto para a porta quanto para o berço ao lado da cama. A cama, no entanto, estava vazia.

Os olhos apavorados de Isabel percorreram o quarto e encontraram Eva em sua camisola, sentada ao lado da janela, com a mão no berço do bebê, balançando-o suavemente. Emoção, em partes iguais de tristeza e esperança, se é que isso era possível naquela noite, surgiu dentro de Isabel. Era a primeira vez que via Eva cuidar ou mesmo reconhecer o bebê. Seria possível que sua irmã estivesse se recuperando? Que ela tivesse voltado ao que era antes?

Por fim, os olhos castanho-escuros de Eva se ergueram para encontrar os de Isabel. Não. Tudo o que ela via era o mesmo vazio sombrio que a encarara da última vez que estivera naquele

---

1. Hamsá é uma palavra de origem árabe e significa "cinco" na tradução literal para a língua portuguesa, em referência aos cinco dedos da mão humana. Para os adeptos do judaísmo e do islamismo, a *Hamsá* é considerada **um** amuleto contra o mau-olhado. A "Mão de *Hamsá*" é caracterizada por representar o desenho de uma mão direita, cujos dedos possuem a mesma proporção.

quarto, quinze dias atrás. Nada da vivacidade que definira Eva como Eva por toda a vida, apenas um vazio. Eva havia se sacrificado tanto pela família; havia sacrificado tudo. E, ainda assim, não fora o suficiente.

Os punhos de Isabel se cerraram. Ela garantiria que o sacrifício de Eva não fosse em vão.

Ela consertaria seu erro.

"Você já salvou a Inglaterra?" perguntou Eva. Não havia como negar a amargura em sua voz.

As unhas de Isabel se cravaram nas palmas das mãos. "A noite não saiu como planejado."

Uma sombra passou pelos olhos de Eva. Ela abriu um pouco a cortina. "Aquela carruagem de aluguel está esperando por você?"

"Sim."

As bochechas de Eva ficaram mais pálidas do que o normal, e ela se enrijeceu. "Ele está aí dentro?"

"Não é Montfort. Mas, Eva", continuou Isabel, com o olhar percorrendo o quarto, os pés ansiosos para partir, "onde está sua mala de viagem?"

"Não estou exatamente vestida para viajar." Eva puxou o tecido macio da camisola para ilustrar seu ponto.

Sem tempo para explicações, Isabel correu para o único guarda-roupa do quarto, abrindo e fechando gavetas e portas, pegando roupas e outros itens, enfiando-os sem cerimônia na mala. "Onde estão as fraldas limpas do bebê?"

Cautelosa, Eva apontou para um pequeno baú ao lado do berço. "Por que você está fazendo as malas?"

Isabel parou e olhou fixamente para a irmã. A verdade não podia mais ser evitada. "Eu falhei." Ah, que sua voz não falhasse naquela palavra. "E nós *precisamos... ir... agora.*"

Isabel foi até o berço e olhou para o sobrinho. Ele dormia em paz, não mais o bebê agitado que foi nos primeiros meses de vida, quando Isabel teve que gastar a maior parte das economias restantes contratando Nell para amamentar o bebê. O bebê da menina nascera morto poucos dias antes. Oh, como ele estava magro e fraco, se contorcendo e chorando muito. Agora suas bochechas estavam rechonchudas e ele conseguia descansar tranquilamente.

Ela se inclinou e lhe deu um beijo leve na testa, inalando seu aroma quente e doce. Ela se endireitou e suas mãos apertaram as duas bolsas. "Você gostaria de se vestir? Ou vai usar sua camisola?"

As sobrancelhas de Eva se juntaram e relaxaram. "Faz alguma diferença?"

"Para mim, não." Só importava que Eva estivesse segura com ela.

Eva se levantou e se virou para a mesinha ao seu lado. Abriu uma gaveta e tirou um pequeno objeto. Quando encarou Isabel novamente, segurava uma pistola.

"Onde você conseguiu *isso?*" Isabel perguntou num sussurro chocado.

"Tais itens podem ser obtidos. A questão é que não ficaremos indefesas." Os olhos de Eva ardiam de emoção. "Nunca mais."

Isabel entendeu que sua irmã não iria embora sem a arma. Ela assentiu e Eva colocou a arma em uma das sacolas. Isabel olhou fixamente para o bebê. "Você o carregará? Ou devo chamar Nell?"

O coração de Isabel disparou no peito enquanto aguardava a resposta de Eva. "Eu", Eva começou e engoliu em seco. "Eu posso." Ela estendeu a mão para o berço e pegou o bebê adormecido nos braços, com cuidado. Com muito cuidado.

Isabel não perguntaria se aquela era a primeira vez que Eva segurava seu filho. De uma forma estranha, parecia uma pergunta íntima demais. Eva tinha tantos demônios para combater que Isabel não aumentaria o fardo da irmã colocando julgamento sobre seus ombros também. Em vez disso, perguntou: "Você —" Ela hesitou, não querendo fazer a próxima pergunta, temendo a resposta. "Você já deu um nome a ele?"

Eva olhou para o bebê em seus braços, com uma nuvem de

emoção nos olhos. *"Ariel"*, ela disse quase como se estivesse surpresa ao ouvir o nome dito em voz alta.

Um nó se contorceu dentro de Isabel. "Em homenagem ao papai?"

"Sí."

"Mamãe teria gostado disso."

Ela e Eva não falavam muito da mãe — ela morrera de uma infecção pulmonar quando Isabel tinha dez anos e Eva, nove —, mas ela nunca estava muito longe de seus pensamentos. A mãe era impetuosa e corajosa, e Isabel ansiava por ser mais como ela.

Com a boca firmemente pressionada, Eva assentiu uma vez, como se não pudesse confiar em si mesma para falar. Como Isabel desejava que Eva falasse, gritasse, berrasse, chorasse, se enfurecesse com a situação difícil que a vida lhe dera. Mas Eva recusou, renunciando à emoção em favor de um estoicismo absoluto.

"Sigam-me", disse Isabel. Era hora de ir antes que aquele homem terrível na carruagem a caçasse.

Atravessaram os pequenos cômodos, desceram a escada estreita e o corredor, atravessaram o labirinto de rolos de tecido e encontraram Nell de olhos arregalados na porta da frente. "Nell, você tem a chave?"

Enquanto Isabel girava a chave na fechadura, sentiu uma pontada no estômago. Esta era a loja, a vida que ela e Eva haviam começado. E agora ela a estava deixando para trás, fechada para um futuro incerto. Mas que escolha ela tinha? O negócio não significava nada para aqueles sob seus cuidados. Ela reconstruiria quando — *se* — retornasse.

Com a porta trancada atrás delas, percorreram a curta distância até a carruagem. A porta se abriu de repente e o rosto de Bretagne apareceu, carregado de descrença. Seria cômico, se as circunstâncias não fossem tão graves. "Você está louca, mulher?"

Isabel fez sinal para Eva e Nell pararem e se empertigou ao

máximo. Ela sabia que essa briga estava por vir. "Se elas não forem, eu não vou. Tilly?"

O rosto de Tilly apareceu de repente. "Sim, senhorita?"

"Saia daí."

O braço de Bretagne bloqueou a abertura da porta. "Agora, espere um minuto."

Isabel também previra isso. Ela avançou, agora separada dele por alguns centímetros. Se ele achava que ela não podia ser tão feroz quanto ele, bem, aprenderia. Talvez ela tivesse um pouco do espírito da mãe. "Não vou deixá-los em Londres para enfrentar o perigo do qual estou escapando", ela falou com uma raiva crescente. "Você não se importa com mais ninguém neste mundo?"

Ele se encolheu, um leve movimento, mas ela percebeu. Ela havia tocado em um ponto sensível. Implacavelmente, ela pressionou sua vantagem. "É tudo ou nada."

Um par de batimentos cardíacos acelerados galopou pelo peito dela antes que ele recuasse e acenasse grandiosamente para o grupo heterogêneo entrar. Ela sentiu sarcasmo no gesto, mas não se importou. Ela conquistaria a vitória que pudesse.

"Senhorita?" Isabel ouviu atrás dela.

"Sim, Nell?"

O olhar de Nell disparou nervosamente para o homem lá dentro. "Eu vou lá em cima, ao lado do cocheiro, se não se importar."

"De jeito nenhum."

"Se o bebê precisar mamar, é só dar uma batidinha no teto."

Isabel assentiu, e Nell correu para se sentar ao lado do cocheiro, que lhe deu um grunhido mal-humorado.

Primeiro, Eva e o bebê, auxiliadas por Tilly, entraram, depois Isabel. Metade dentro, metade fora da porta, ela olhou de um lado para o outro, o homem à sua direita, Eva e Tilly à sua esquerda. Em qualquer outro momento, ela se sentaria no assento mais espaçoso, mas aquele não era um momento comum. Ela foi para a esquerda e se espremeu entre Eva e Tilly. O homem bufou antes de bater duas vezes no teto. A carruagem se pôs em movimento bruscamente, e elas partiram.

Com um brilho de excitação nos olhos, Tilly apertou a mão de Isabel. "Nossa! Que aventuras estamos vivendo."

Isabel encontrou o olhar duro e inabalável do homem à sua frente. Um arrepio de presságio percorreu seu corpo.

Eva se inclinou sem perturbar o bebê em seus braços e pressionou a boca no ouvido de Isabel. "Eu não o conheço."

Não tinha ocorrido a Isabel que Eva o conheceria, mas não deveria ter ocorrido, dado o passado de Eva e o local onde Isabel conhecera esse homem? Um inexplicável fio de alívio a percorreu. Ela não conhecia aquele homem, não de verdade, mas não o considerava uma pessoa má. Irritante e agressivo, sim, mas não *mau.*

Não como Montfort.

Não demorou muito para que um peso começasse a se apoderar de Isabel, e areia arranhasse seus olhos. Ela estava cansada, muito, muito cansada, e o solavanco da carruagem era muito, muito repousante. Cada piscada se tornava mais pesada à medida que ela mergulhava de cabeça no sono sob o olhar atento de um lobo.

5

Com os olhos fixos nas quatro figuras adormecidas à sua frente, Percy se perguntou, não pela primeira vez, em que confusão ele havia se metido.

Izzy e Tilly adormeceram rapidamente, considerando as circunstâncias, mas a mulher com o bebê adormecido fixou nele um olhar sinistro até que seus olhos se fecharam. Embora nenhuma apresentação tivesse sido feita, estava claro que ela era irmã de Izzy, pois compartilhavam o mesmo cabelo negro e a mesma pele morena. Apenas os olhos diferiam: o da irmã era de um castanho profundo e infinito, enquanto o de Izzy era de um verde marcante. Ele nunca havia encontrado olhos como os de Izzy.

O amanhecer começou a clarear o céu, coberto pela imundície londrina, iluminando um ambiente familiar que Percy não via há mais de uma década. Embora seu pai possuísse inúmeras propriedades, Percy sempre considerara aquele seu verdadeiro lar. O sentimento o incomodava, e ele o reprimiu. Ele não ficaria.

Finalmente tinha algo concreto sobre Montfort e não estava disposto a aliviar a pressão. Ele era necessário em Londres.

A carruagem fez uma curva fechada à direita com menos

cuidado do que o cocheiro poderia ter tomado. O homem ficara irritado com o pedido de Percy para levá-los até tão longe de Londres, mas, no fim, não conseguira recusar o dinheiro de Percy. Ainda assim, seu ressentimento se manifestou na qualidade, ou na falta dela, da condução da carruagem. Do outro lado, seus passageiros se agitaram — Tilly emitiu um "O quê?" levemente ofendido — antes de voltarem a dormir.

O olhar de Percy pousou em Izzy. Ela o surpreendera com a loja da costureira em Cheapside. O bairro não era Mayfair, mas era respeitável.

Quem era essa mulher, afinal?

Ele estava se preparando para invadir a loja quando ela surgiu, usando um vestido modesto, sem nenhum sinal de renda preta transparente, e com três passageiros adicionais a reboque. A mulher tinha um talento especial para coletar animais abandonados.

Ele não pôde deixar de estudá-la sob a luz recém-emergente do amanhecer. Ela era jovem, mas não tão jovem quanto outras da Casa Número 9, como Tilly. Não, Izzy tinha uma aparência fresca e suave enquanto dormia. Para ser sincero, ela parecia o doce mais delicioso que já havia passado por um par de lábios. Quando ela tirou o xale de renda preta para revelar seios arrebitados, mamilos rosa-escuros nas pontas, ele usou toda a sua força de vontade para *não* olhar ou reagir fisicamente. Anos medindo e analisando suas reações valeram a pena naquele momento.

Ela não devia estar na Casa Número 9 há muito tempo. Era muito delicada, muito ingênua. Além disso, em seus modos e em sua fala havia... *Refinamento*.

Em sua fala, havia o sotaque espanhol que ela e a irmã compartilhavam. Cada instinto lhe dizia que era um ponto crucial.

Ele observou os detalhes do vestido dela. Era modesto. Era respeitável. Não era o vestido de uma prostituta. Na verdade, ela não parecia uma prostituta. Em vez disso, parecia mais uma costureira.

Como ela foi parar na Casa Número 9? Um mais um não somava dois com aquela mulher.

Ele só tinha certeza de uma coisa: por mais suave, por mais fresca, por mais refinada que parecesse, aquela mulher era uma criatura de Montfort. No entanto, Percy não estava convencido de que ela conhecesse os detalhes do plano de Montfort. Provavelmente não. Montfort costumava manter suas cartas bem guardadas, escondidas sob sua aparência saudável e vigorosa de cavalheiro inglês. Os atores coadjuvantes sabiam apenas o necessário para desempenhar seus papéis.

Ainda assim, aquela mulher havia estragado o plano de Montfort na noite anterior, um resultado que Montfort não deixaria passar sem consequências, e era por isso que Percy precisava dela fora de Londres.

A casa apareceu à vista, suas pedras cinzentas polidas pelo ouro âmbar da luz da manhã. *Gardencourt Manor*. Construída com pedra Portland importada de Dorset, ela havia amadurecido, passando de branco para cinza envelhecida. À primeira vista, parecia uma formidável fortificação, um resquício de o passado militar medieval da Inglaterra, com suas torres e ameias [1] fantásticas. A casa, no entanto, perdia o passado ilustre por algumas centenas de anos, tornando-se apenas um palácio construído há cinquenta anos para se assemelhar a um castelo.

Como o coração de Percy, de oito anos, se partiu em um milhão de pedaços quando seu irmão mais velho, Michael, lhe contou maldosamente essa informação. Percy estava convencido

---

1. Uma ameia na arquitetura defensiva, como a das muralhas da cidade ou castelos, compreende um parapeito (ou seja, uma parede baixa defensiva entre a altura do peito e a altura da cabeça), em que lacunas ou reentrâncias, que muitas vezes são retangulares, ocorrem em intervalos para permitir o lançamento de flechas ou outros projéteis de dentro das defesas.

de que o próprio William, o Conquistador [2], governara dali. A visão disso, agora, trazia ao seu coração de 34 anos uma alegria considerável.

Para suavizar o exterior ameaçador, sua mãe mandou projetar o terreno de forma que a casa imponente parecesse brotar diretamente de um jardim inglês selvagem. Ou pelo menos era o que lhe diziam quando criança. Ele nunca a conhecera. Ela morrera ao dar à luz, ali, em Gardencourt, aliás. A história dizia que ele chegara cedo, com os pés primeiro e de bruços, e não houvera tempo para retornar a Londres e ao médico da família. Assim como para Percy, essa era a sua casa favorita da família.

A carruagem contornou o longo arco de a entrada circular e agora estava parando bruscamente. Os quatro pares de olhos em frente à Percy se arregalaram em graus variados de vigília assustada. O olhar de Izzy pousou nele. "Onde estamos?"

"Quanto menos você souber, melhor."

Suas sobrancelhas se uniram em consternação, e sua boca se abriu para certamente protestar contra a arrogância dele.

"Espere aqui enquanto eu ponho as coisas em ordem", disse ele, interrompendo o protesto dela antes que ganhasse força.

Ele empurrou a porta da carruagem e pousou na entrada de cascalho esmagado. No momento seguinte, ele estava colocando o pagamento na mão do cocheiro, dando-lhe o valor exato combinado e nem um centavo a mais, mesmo com o homem deixando a palma da mão aberta. Percy bufou. Gardencourt tinha um estábulo famoso por sua extensão. Ele não precisava daquela carruagem para voltar a Londres.

Um lamento alto ecoou de dentro da carruagem. "Oh!"

---

2. Descendente de invasores vikings, ele era duque da Normandia desde 1035. Depois de uma longa luta para estabelecer seu poder em 1060, seu domínio sobre a região francesa tornou-se seguro, e deu início à conquista normanda da Inglaterra em 1066. O resto de sua vida foi marcado por lutas para consolidar seu domínio sobre a Inglaterra e suas terras continentais, e por dificuldades com seu filho mais velho.

exclamou a garota que estava sentada ao lado do cocheiro. "O pequeno mestre deve estar com vontade de tomar café da manhã." Num salto ágil, ela desceu e desapareceu lá dentro, fechando a porta atrás de si.

Era um mundo de mulheres dentro daquela carruagem, dizia a expressão do cocheiro. Percy concordou tacitamente. "Espero que você espere aqui até que elas terminem o que quer que estejam fazendo lá dentro."

Um sorriso ganancioso se formou na boca do cocheiro enquanto ele balançava os dedos gananciosos. Relutantemente, Percy deixou cair mais moedas na palma da mão do homem. Com um assobio melodioso, o cocheiro caminhou em direção aos seus cavalos.

Percy subiu os largos e imponentes degraus de Gardencourt, dois de cada vez, enquanto sua mente elaborava uma estória que explicaria ao pessoal reduzido, que trabalhava durante o ano todo, a presença contínua de quatro mulheres e um bebê enquanto ele retornava a Londres. Era o lugar perfeito e isolado para escondê-las até descobrir que jogo Montfort estava jogando.

Num impulso, ele testou a maçaneta da porta. O carvalho maciço cedeu e se abriu em dobradiças silenciosas. Inesperado.

Cauteloso em seus passos, Percy avançou para o salão de recepção. Os aromas de sua infância o atingiram primeiro. Um cheiro de mofo subjacente sempre presente, que vinha com a idade, a umidade e o ar do campo. Uma doçura dos pães assados na cozinha. Os perfumes caros das duquesas do passado e do presente. O leve aroma terroso da famosa estufa. Aromas que poderiam transportá-lo a um passado quando ainda não havia preocupações, se ele permitisse que eles o envolvessem em seu feitiço. Ele sempre fora bastante suscetível à magia.

Percy abriu os olhos, sem perceber que os havia fechado, e observou o ambiente ao redor. Assim como os aromas de Gardencourt não haviam mudado, sua substância também não. A mesma armadura escondida sob a grande escadaria à frente. A mesma fileira de bustos imponentes de mármore representando os filósofos da Grécia Antiga. Os mesmos tapetes persas, seus desenhos intrincados em tons de vermelho vivo, índigo e açafrão, conduzindo passos admirados até o centro da casa, onde se aguardava a vontade do senhor. Era uma casa que poderia facilmente parecer ameaçadora, mas não era. Painéis de madeira de carvalho inglês e mogno exótico proporcionavam um calor acolhedor que convidava a entrar, com a promessa de segurança e conforto.

Quanto mais se aprofundava no interior, menos se importava com a bagunça que deixara do lado de fora. Ainda assim, esperava que não tivessem fugido pela entrada. Tinha sido um longo dia, e o conforto de casa — seu verdadeiro lar — o chamava.

"Então, você decidiu participar da nossa festinha na casa de campo, afinal?"

Uma respiração congelou nos pulmões de Percy. *Não, não, não, não pode ser.* Ele olhou para um corredor escuro quando uma figura alta emergiu, a cabeleira branca e característica do homem refletindo a luz. *Pode, e é.*

O pai parou diante de Percy, com um sorriso acolhedor nos lábios. A primeira coisa que ele fazia todas as manhãs era ir até a copa do mordomo para pegar o jornal da manhã, em vez de pedir que o entregassem como certamente todos os outros duques da Inglaterra faziam.

A estranha sorte da noite anterior parecia ter seguido Percy pelo dia. Só agora a pergunta do duque o alcançou. *"Festa na casa de campo?"*

"Lucy ficará feliz por você ter vindo. Ela estava convencida de que você não viria."

"Lucy está aqui?"

Lá estava, a coisa dentro de Percy que se quebrava sempre que ouvia o nome da filha. Ele duvidava que ela ficasse feliz em vê-lo. Eles haviam chegado a um acordo, onde ela aceitava a presença dele em dias determinados, mas esse era o limite do relacionamento deles.

Uma possibilidade terrível lhe ocorreu. "Olivia não está aqui, está?"

Embora o relacionamento que ele havia construído com Olivia ao retornar à Inglaterra fosse amigável, vê-la agora, com uma multidão de mulheres desgrenhadas e descabeladas a reboque, seria demais.

O duque balançou a cabeça e bufou discretamente. "Lucy implorou para vir para cá com a Srta. Radclyffe para o solstício de verão. Um monte de conversa sobre druidas e coisas do tipo. E já que o Parlamento só se reunirá no mês que vem, por que não? Nunca consegui recusar nada à garota." O penetrante olhar azul do duque se voltou para um ponto além do ombro de Percy. "E quem, posso perguntar, você trouxe com você?"

Gelo percorreu as veias de Percy. Dado o tom mais suave do duque, era uma mulher. Uma das mulheres que ele trouxera para cá. Que Deus o abençoasse, e não fosse Tilly.

Ele se virou e viu Izzy, avançando lentamente. A realidade caiu sobre Percy como um rinoceronte de duas toneladas.

Como ele havia se rebaixado total e completamente à sua antiga vida sem pensar no impacto que isso teria sobre sua família. *De novo.*

Acontecia simplesmente que, quando estava no auge da vida que se desviava dos estreitos limites aristocráticos da propriedade, quando sua vibração perigosa corria por suas veias, ele nunca pensava na vida que deveria estar vivendo, aquela cujas preocupações giravam em torno da qualidade de sua comida e de seus clubes.

No entanto, quando confrontado com um momento como este, bem, aquela outra vida se tornava mais nítida — sórdida... Avassaladora... *Errada.*

No entanto... Como isso o fazia sentir...

Bem, isso o fazia *sentir* — e ele não conseguia resistir a uma luta entre a tentação e o autocontrole.

Nada disso ele podia dizer para o seu pai.

"Ela é minha, *hã...*"

Pensar.

Amante?

Não.

"Hã..."

Ele olhou nos curiosos olhos verdes dela e proferiu a única palavra que tornaria sua presença na casa de seu pai aceitável.

"Esposa."

Seu suspiro ecoou pelos painéis de carvalho até o teto alto. Um silêncio monstruoso e chocante preencheu o cômodo cavernoso. Ele acabara de dizer ao pai, o Duque de Arundel, que uma prostituta — ou... O que exatamente ela era? — era sua esposa. Dois pares de olhos o fitaram intensamente.

O relógio de pêndulo marcou mais um minuto antes que o duque atravessasse a distância e envolvesse Percy em seus braços, dando-lhe dois tapinhas másculos nas costas. "Deixe-me ser o primeiro a parabenizá-lo."

Percy teria percebido um tom na voz do pai ao dizer *"parabenizar"*? Apenas um leve tom de descrença? De estar brincando? Seu pai sempre fora bom nesse jogo quando Percy era criança. Qualquer que fosse o mundo imaginário que Percy criava, seu pai nunca deixava de entrar nele com ele.

Mas o rosto do pai não revelava a menor ironia. Percy quase desejou que sim, porque agora...

Agora ele tinha que continuar com a farsa de que havia se casado com uma mulher que não conhecia.

Qual era o ofício dela, afinal?

Prostituta? Costureira? Ambas?

O duque deu um passo para trás e seu olhar pousou em Izzy. O estômago de Percy se revirou de náusea. "E sua esposa tem nome?"

A boca de Percy abriu e fechou. *Izzy.* Mulheres chamadas pelo nome de Izzy não se casavam com membros da aristocracia, muito menos com a linhagem de um duque. Certamente, um codicilo [3] decretava isso.

Com os olhos verdes arregalados e inabaláveis, ela deu um passo à frente. Possuía o olhar mais direto que Percy já vira. Quer brilhassem pela competição, pelo medo ou pelo propósito, eles não se intimidaram. Se ele não soubesse, pensaria que eram os olhos mais honestos que já encontrara. Mas ele sabia.

"Meu nome é Isabel, meu lor—"

"*Vossa Graça*", disse Percy. Ela precisava saber que era a nora de mentira não de qualquer lorde, mas de um duque. Que noite. Será que nunca acabaria?

"*Vossa Graça.*" Ela fez uma reverência profunda e graciosa. Onde aprendera aquela habilidade específica? Não na Casa Número 9. Ou na loja de costura. Então, onde?

O duque pegou a mão de Isabel e a beijou cortesmente. "Encantado, minha querida."

Encantado? O pânico percorreu Percy. O que ele havia feito? Será que nunca deixaria de ser o devasso da família? Encontrou presença de espírito suficiente para perguntar: "O Rosebud Cottage está disponível para nosso uso?"

O duque sorriu. "Lucretia instruiu que as camas fossem arrumadas com lençóis limpos ontem mesmo. Ela esperava que você se juntasse a nós. O Rosebud Cottage só espera a sua chegada."

A última frase atingiu Percy como um corte, irregular e profundo, deixando para trás a dor aguda da culpa. Percy só

---

3. Codicilo é um documento que encerra certas disposições de última vontade, tais como estipulações sobre os funerais, esmola de pouca monta, assim como destinação de móveis, roupas ou joias, de pouco valor. Faz-se por meio de um documento informal, assim como uma simples carta, e por isso se diz que é um instrumento particular isto é, escrito, datado e assinado pelo próprio codicilante. Assemelha-se a um testamento, embora seja geralmente menor e seja menos formal a sua feitura.

podia presumir que o convite para participar daquela festa estava enterrado na pilha de correspondência social não aberta que ele raramente se dava ao trabalho de organizar.

Ele estivera tempo demais sozinho, tempo demais dependendo apenas de si mesmo, para se encaixar novamente nas sutilezas da sociedade. *Não, não da sociedade*, sua consciência se manifestou. *Família.* O duque era família, e Percy poderia ter feito melhor. Não tinha sido essa uma de suas promessas ao retornar à Inglaterra? No entanto, sua determinação em se vingar de Montfort prevaleceu.

Ele precisava melhorar.

O duque bateu o jornal matutino na perna. "Espero que não tenha esquecido o caminho?"

Percy assentiu, e o duque lançou um sorriso de despedida para Isabel, um nome, pensou Percy com não pouco alívio, que combinava tanto com a mulher quanto com a situação infinitamente melhor do que *Izzy*. "Bem-vinda à família, filha."

Percy inalou o gemido que ansiava por alívio. Ele cometera um erro monumental de proporções épicas.

O duque desapareceu pelo corredor em direção ao seu escritório, onde leria o *Morning Chronicle* de ponta a ponta e tomaria seu primeiro bule de café sozinho antes que o resto da casa acordasse.

O farfalhar dos madrugadores ecoava na ala dos criados. "Precisamos ir", disse Percy a Isabel. Ele não podia encarar mais ninguém ainda, não antes de avaliar aquela reviravolta e o que ela mudara.

Na verdade, a resposta era óbvia. Mudara tudo.

"Sigam-me."

Ele caminhou até a entrada principal, ainda aberta desde a chegada deles, e parou sob o amplo pórtico com colunas gregas. "Não pense em fugir", disse ele, baixo e brusco, quando Isabel parou ao lado dele. Ele não estava com humor para bobagens.

"E como você acha que eu faço isso com uma mãe de primeira

viagem usando sua camisola, um bebê, sua ama de leite e Tilly?", ela retrucou antes de passar por ele e se juntar à sua irmandade desorganizada lá embaixo, um traço de madressilva e verão perfumando o ar atrás dela.

A consequência de sua para o pai atingiu Percy em cheio. Ele estava preso ali, no interior, com sua "esposa", deixando Hortense para cuidar dos assuntos em Londres sem ele.

Como a noite, agora dia, havia escapado dele tão completamente?

6

O s olhos de Isabel se arregalaram e ela se sentou ereta na cama alta de dossel, respirando com dificuldade, com a respiração ofegante.

Onde diabos ela estava?

A noite anterior a atingiu em uma única e poderosa onda. Ela estava em Rosebud Cottage, no quarto que escolhera no fundo do corredor, ao lado do quarto de Eva e Ariel.

A tensão se dissipou lentamente enquanto ela assimilava a paleta de cores coral e âmbar que a envolvia em seu brilho quente e aveludado. Os móveis eram bastante antigos, mas bem cuidados. Este quarto tinha exatamente a aparência, o cheiro e a sensação que ela imaginava que o interior de um botão de rosa teria.

À sua frente havia uma grande janela de três painéis composta por vidros em forma de diamante, uma herança da época em que o chalé foi construído, provavelmente centenas de anos atrás. Do outro lado da janela, a copa verde do bosque de carvalhos ao redor balançava suavemente com uma brisa suave, seus únicos sons eram um suave canto dos pássaros. Era quase o suficiente para seduzir alguém para o conto de fadas que ele apresentava o fato de o mundo lá fora ser tão convidativo e encantador.

Quase.

Seu olhar pousou na cadeira que ela havia encaixado sob a maçaneta da porta. Sua realidade era tudo menos idílica.

A sequência de eventos que a havia levado àquele quarto passou por sua mente. O jogo de cartas. O homem errado. Seu fracasso.

Agora, ela era casada com aquele homem errado, que por acaso era filho de um duque.

Um *casamento de mentira*, ela se corrigiu. Mas o duque e seu filho não eram de mentira. Eles eram, na verdade, muito reais. Reais *demais*.

Ela balançou as pernas para fora da cama, ainda completamente vestida, preparada para outra fuga apressada. Com passos leves, para não alertar ninguém de sua vigília, ela se dirigiu a pia no canto. O que não daria por uma escova e pasta de dentes.

Encontrou seu reflexo no pequeno espelho. *Dios mio.* Sua aparência era tão ruim quanto o gosto de sua boca. Jogou água no rosto pálido e cansado e puxou os grampos do cabelo, que caía sobre os ombros e costas em uma bagunça pegajosa.

Um leve *tap-tap* soou na porta. *"Izzy?"* veio um sussurro através da madeira maciça. "Milady?"

Milady? "Oh", Isabel gemeu em voz alta. Ela era "casada" com um lorde, o que a tornaria uma dama. Se fosse verdade.

"Só um momento", ela falou. Empurrou a cadeira para fora da maçaneta da porta e a garota entrou, o rosto iluminado com seu sorriso de sempre.

"Tilly", Isabel começou gaguejando, "o que você está vestindo?"

"Gostou?" O peito da garota se inflou de orgulho. "Lorde Percival—"

"Lorde Percival?"

"Seu marido." Tilly deu uma piscadela larga.

"Oh."

"Bem, ele me disse para usar isto" — ela passou as mãos para cima e para baixo, indicando o modesto vestido preto com gola alta branca — "e dizer a qualquer um que me perguntasse que eu sou sua dama de companhia."

"Oh." Isabel percebeu que o uniforme de criada de Tilly era feito de uma lã mais fina do que o vestido que ela estava usando. Aliás, este era um dos seus dois melhores vestidos. E ainda não tão bom quanto o de uma dama de companhia.

O olhar de Tilly se anuviou com o jeito sonhador que lhe era característico. "Seu marido, ele é um homem e tanto, não é?"

Embora concordasse plenamente que Lorde Percival seria um *verdadeiro achado* para qualquer mulher, Isabel não podia permitir que Tilly persistisse em sua fantasia atual. "Tilly, você sabe que ele não é meu marido. E eu não sou sua esposa", acrescentou, para garantir.

Tilly deu de ombros, indiferente. "Bem, é isso que somos enquanto estivermos aqui. De qualquer forma, ainda não te contei a melhor parte." A garota caminhou até a penteadeira, pegou uma escova e acenou para Isabel. "Seu cabelo está um verdadeiro ninho de ratos." Assim que Isabel se acomodou em um banquinho baixo, Tilly continuou. "Eu ia dormir no quarto de empregada perto da cozinha lá embaixo, mas você sabe quem chegou lá antes de mim?"

"Quem?" Isabel sabia quem era, mas precisava perguntar.

"*Ele.*"

Tilly não precisou esclarecer. "*Só podia ser um homem.*"

"E sabe o que ele me disse?"

"Não consigo imaginar."

"Ele me disse para escolher alguns quartos aqui em cima para dormir."

Isso não foi surpresa para Isabel, já que ele já havia lhe dito a mesma coisa.

"E sabe de uma coisa?" Tilly continuou de um modo conspiratório. "Nunca senti penas tão finas e fofas. Um gel pode realmente fazer um milagre nesse cabelo." A escova começou a passar pelos cabelos de Isabel com mais facilidade. "Por Deus, Izzy, você tem um cabelo que deixa até as melhores de nós com inveja, comprido, negro e sedoso. Ainda bem que você saiu da Casa Número 9 antes que a Nan colocasse as mãos nele."

"Ah, é?" Isabel encontrou o olhar de Tilly no espelho. "Meu cabelo estava em perigo?"

Os olhos castanho-claros de Tilly se arregalaram de alarme. "Tudo o que seria necessário para separar seu cabelo da sua cabeça é uma tesoura afiada, e você não poderia fazer isso. A Nan, desde que ela perdeu aquele dente da frente, é má como um pavão."

Duas batidas leves soaram na porta. Ao mesmo tempo, Isabel e Tilly esticaram o pescoço quando uma camareira entrou no quarto arrastando os pés e dizendo amigavelmente: "Bom dia para você, milady."

"E para você", foi a resposta hesitante de Isabel. Como os aristocratas ingleses se dirigiam aos seus criados?

"O Duque enviou isto para você." A moça estendeu um jornal amassado para Tilly, que o passou para Isabel com um bufo.

Com uma eficiência já bem conhecida, a criada se dedicou a seus afazeres, trocando a água da bacia, alisando a roupa de cama, afofando os travesseiros, e assim foi.

"O que diz?", perguntou Tilly.

Isabel olhou para o jornal em suas mãos. O *London Diary*. "É um jornal de escândalos", ela respondeu desdenhosa.

"*Maldição*! Adoro fofocas. É sobre o quê?"

Isabel deu uma olhada rápida na primeira página. "Alguma bobagem sobre um *Savior of St. Giles*."

"Você nunca ouviu falar do *Savior of St. Giles*?" exclamou Tilly, com os olhos arregalados.

"Deveria ter ouvido?" O que esse salvador tinha a ver com tudo isso? Ele não estava ali, salvando ela ou Tilly.

Tilly riu e juntou as mãos, contendo a alegria de ser a primeira a compartilhar essa deliciosa fofoca. "Bem, começou em abril. Um homem — um nobre, como todo mundo pensa — ganhou um prostíbulo de Tiny Titus, e todos se preparara, para uma grande mudança, mas não uma mudança de verdade, sabe?" Tilly piscou. "Não tem como mudar um prostíbulo. Sejam eles elegantes ou repugnantes, eles são o que são por baixo da superfície e atrás de portas fechadas."

Isabel só conseguia supor que essa era a sórdida verdade da questão.

"De qualquer forma, sabe o que ele fez?" Tilly parou por meio segundo. "Ele fechou o lugar. E todas as mesas, camas e móveis foram levados embora. O lugar está vazio. Então, sabe o que ele fez em seguida?"

Isabel não conseguiu evitar, ela queria saber. "O quê?"

"Duas semanas depois, ele fez isso de novo com outro prostíbulo."

"*De novo?* Como isso é possível? Ele não foi reconhecido?"

"Só quando já era tarde demais, não é? Ele fez as pessoas pensarem que ele é um lorde europeu, ou algo assim."

"Isso parece um pouco absurdo." Alguém precisava inserir um pouco de lógica naquela conversa.

Tilly não gostou da tentativa de Isabel de raciocinar. "Porque ele esteve bem quieto no último mês. As pessoas estão achando que ele voltou para um daqueles países ali." Tilly acenou com o braço na direção do nada. "Eu sempre esperei que ele aparecesse na Casa Número 9 e me conquistasse uma noite. Mas ele não frequenta esses lugares chiques, apenas aqueles onde eu comecei em St. Giles."

"*Onde você começou?*" perguntou Isabel, um pouco sem fôlego. Seu estômago parecia ter ido aos pés.

"Ah, sim, quando eu tinha quatorze anos."

A náusea se agitou dentro de Isabel só de pensar nisso.

Um brilho sonhador surgiu nos olhos de Tilly. "Mas você

consegue imaginar se ele fizesse isso? O boato, é que ele é mais incrível que o próprio diabo."

Isabel se virou para encontrar o olhar de Tilly, os olhos arregalados. Seus ouvidos haviam captado tudo. *Dios mío.*

"Isso é tudo, milady?" perguntou a moça em voz baixa.

Isabel assentiu. A moça fez uma reverência superficial e começou a sair quando parou abruptamente. "Nossa! Quase me esqueci. Essas são para você."

Ela tirou duas cartas do bolso do avental e as estendeu para Tilly, que as pegou com outra bufada divertida. "Acho que esses figurões não fazem nada sozinhos."

A criada fez outra reverência e saiu correndo do quarto.

"Tilly, se isso vai dar certo", Isabel falou em voz baixa, sem conseguir ser ouvida, "você precisa controlar a língua."

Os olhos de Tilly se voltaram para o teto. "Se você diz."

Isabel rompeu o lacre do primeiro bilhete e examinou seu conteúdo.

Você está com uma enxaqueca terrível. Ela vai te manter confinada ao silêncio do Rosebud Cottage durante toda a sua estadia. Vou pedir desculpas por você.
—P

Ela deveria ter esperado por isso, mas isso a irritou. Ela nunca fora tratada como alguém de quem se envergonhar.

"O que diz?", perguntou Tilly.

Isabel dobrou o bilhete. "Minha cabeça dói."

"Você parece bem para mim."

Isabel abriu a segunda carta e seu coração deu um pequeno pulo ao ler a assinatura.

Nossa querida Isabel,
Considere juntar-se à família na sala de café da manhã, pois será um grande prazer recebê-la.

—Lucretia, Duquesa de Arundel
Pós-escrito: Pelo que sei, você tem enxaqueca. Como sofro frequente-mente dessa condição, criei um remédio que oferece grande alívio. A cozinheira terá um lote aguardando sua chegada.

As mãos de Isabel caíram sobre o colo. O bilhete caiu no chão, que Tilly imediatamente recuperou, olhando de soslaio para o conteúdo que certamente não conseguia ler. "O que está escrito?"

"Sua Graça me convidou para tomar o café da manhã com a família."

"Santo Deus, não sei. Mas aposto que ela tem uma boa refeição."

"Eu vou", disse Isabel em uma decisão repentina.

Enquanto parte dela tremia só de pensar em se juntar à família de um duque para o café da manhã, outra parte dela se animou com a ideia de irritar Lorde Percival, *se* é que era possível irritar um homem tão devastador.

"Bem, se você insiste, então vai querer se arrumar para Lady Exeter."

"Lady Exeter?"

"Ela seria sua cunhada por lei, se você estivesse realmente casada com Lorde Percival."

"Quem lhe contou isso?"

"Bem, a camareira também estava aqui? O nome dela é Jane, e ela me contou tudo sobre este lugar quando entregou comida para sua irmã e sua criada."

"Nell não é nossa criada", disse Isabel antes de acrescentar: "Não exatamente."

"Bem, então o que ela é?"

"É uma situação complicada." Não era tudo complicado ulti-mamente?

"Sobre a sua irmã", Tilly começou e se mexeu. Era a primeira vez que Isabel via a garota desconcertada. "Ela não fala muito, fala?"

"Não."

"Posso dizer que ela me assusta um pouquinho?"

Isabel assentiu, desesperada para mudar de assunto. "Sobre Lady Exeter?"

"Ela é a mais tímida de todas."

Isabel percebeu que tinha saído da frigideira para cair diretamente no fogo. "Então dê o seu melhor, Tilly."

Ela não entraria naquela sala de café da manhã com uma cara assustada. Ela tinha seu orgulho, mesmo que tivesse sofrido uma contusão nos últimos meses.

Os dedos ágeis de Tilly trançaram e enrolaram o cabelo de Isabel em um coque simples na base do pescoço, deixando algumas mechas artísticas caírem em ondas soltas sobre seu rosto. A garota se abaixou para admirar seu trabalho no espelho ao lado de Isabel. "Eles não vão encontrar um 'ar' fora do lugar."

"Você fez uma mágica, Tilly."

Tilly deveria ter sido uma dama de companhia de verdade, em vez de — bem, em vez do que ela havia se tornado. Como a garota tinha acabado naquela vida?

Ah, de várias maneiras, Isabel descobrira recentemente.

Tilly encontrou um pequeno pote de ruge dentro de uma gaveta. Ela abriu a tampa e passou o dedo mindinho lá dentro. "Agora, alguns toques de cor."

"Nada de rouge", disse Isabel, firme. Ela ia ser uma dama.

Tilly deu de ombros e colocou o rouge de lado. "Não tenho certeza se você precisa disso com essa sua pele linda e morena. Como você a chamou outro dia?"

"Oliva."

"Posso te perguntar sobre algo que notei?"

"Pergunte à vontade." Isabel não conseguiu evitar se aproximar de Tilly. A garota tinha uma honestidade bem-vinda.

"Qual é o seu sotaque? Não ouvi um sotaque igual em todos os meus dezesseis anos."

Dezesseis anos? Ah, a vida não era justa, e isso era um fato. Com sua figura agradavelmente arredondada e cabelos castanho-claros com mechas douradas da adolescência ainda não completamente perdidas, Tilly era exatamente o tipo de garota que lugares como a Casa Número 9 consumiam por inteiro todas as noites.

"Espanhola", Isabel falou, contornando o nó que se tornara permanente em sua garganta.

"Você é da Espanha?" Tilly ficou boquiaberta.

Isabel assentiu.

"Santo Deus, você é exótica."

Exótica. Isabel assentiu firmemente. Ela não se importava em ser descrita com essa palavra. Nunca poderia ter certeza de que era um elogio.

A mente de Isabel repassou os eventos do passado, presente e futuro, ou seja, a noite passada, esse momento e sua iminente apresentação à família de Lorde Percival. A parte dela que tremia diante da estranha realidade daquela situação se acalmou. Havia, de fato, um ângulo — ligeiramente — reconfortante para encarar aquela calamidade. Estava mantendo-a, Eva, Ariel, Tilly e Nell seguras. Ela faria qualquer coisa para garantir que permanecessem assim, mesmo que isso significasse enganar uma família de aristocratas de classe alta.

Ela beliscou cada bochecha e, desta vez, quando encontrou seu próprio olhar no espelho, detectou aço. "Imagino que a informativa Jane não tenha lhe mostrado onde fica a sala de café da manhã?"

Isabel abriu a pesada porta de carvalho o suficiente para passar e se viu mergulhada no feitiço lançado por aquela casa e jardim mágicos, assim como acontecera cinco horas antes, quando Lorde Percival as apressara. Como era possível ter chegado tão pouco tempo antes?

Parecia uma eternidade.

Com seu telhado de palha íngreme e paredes de pau-a-pique, o Rosebud Cottage exalava seu charme inglês mais alto do que qualquer outra casa que ela já tivesse visto. Se a mansão era o castelo de conto de fadas, aquela era sua contraparte em forma de chalé.

Quando um decididamente taciturno Lorde Percival abriu a porta da frente e ela cruzou a soleira, com os olhos turvos e exaustos até os ossos, Isabel quase esperava encontrar uma bruxa malvada esperando para assá-los em seu forno. Em vez disso, encontrou um fogo aconchegante queimando mansamente na lareira e nenhuma bruxa à vista. Toda a tensão havia desaparecido de seu corpo naquele instante. Ali estava um porto seguro.

Por enquanto.

Enquanto seguia as indicações de Jane para a mansão, Isabel permitiu que a sensação de segurança prevalecesse enquanto as árvores balançavam suavemente acima de sua cabeça, os pássaros cantavam suas canções em alegre competição e as folhas verdejantes sussurravam na brisa, algumas flutuando até o chão em arabescos preguiçosos.

Não se tinha um momento como este em Londres.

Londres era pura agitação, com a energia e a cacofonia de um milhão de vidas seguindo com seus dias. Uma energia diferente a chamava ali, uma energia satisfeita consigo mesma, mais uma lembrança de sua terra natal. Não era o verde, pois o efeito do verão na Espanha era o oposto. Seu interior era um terreno quente e marrom, com uma beleza diferente, acidentada e rústica.

Foi essa suave transição para um dia que levou Isabel à sua terra natal, uma vida vivida em um ritmo mais lento e tranquilo. Às vezes, ela sentia tanta saudade que era como uma dor física em seu corpo. Ela afastou esse pensamento. Não podia pensar na Espanha e manter a determinação necessária para sobreviver ao café da manhã com a família de Lorde Percival.

Ela emergiu da floresta mágica para a ampla extensão aberta de um jardim formal, as sebes e flores baixas e ordenadas. Era lindo e tranquilo, e faltava-lhe a magia do bosque arborizado. Ela jamais entenderia o desejo da humanidade de afirmar seu domínio calculado sobre a natureza selvagem e livre.

De repente, uma horda de garotos gritando, rindo e berrando surgiu à sua esquerda. Ela mal teve tempo de se desvencilhar deles enquanto eles passavam em disparada, sem lhe dar uma segunda olhada enquanto desapareciam na mata, com vaias e provocações em seu rastro.

De onde diabos eles tinham vindo? Quantos eram? Quatro? Cinco? E quem era o alvo das provocações?

Naquele instante, a última pergunta foi respondida na forma de um garoto com não mais de cinco anos, com o rosto vermelho e uivando lágrimas quentes enquanto lutava para alcançá-los. Pobre *niñito*. Era difícil ser o irmão mais novo.

Isabel seguiu em frente. A cada passo, Gardencourt House afirmava seu domínio sobre a paisagem, enquanto sua sensação de irrealidade se esvaía e sua mente lógica tinha dificuldade em acompanhar seu estômago cada vez mais nervoso. Com suas torres, torreões e ameias que lembravam os pomposos castelos da Espanha, era o tipo de casa à qual não se negava respeito e obediência. E essa estrutura imponente era a casa menor de um duque, um em uma dúzia, sem dúvida. Essa frase fazia pouco sentido para Isabel, mas era verdade.

Ela subiu largos degraus de pedra na encosta de uma pequena elevação e se viu em um terraço que se estendia até a casa. Detectando uma pequena fresta nas portas francesas, apontou os pés naquela direção. Eles estavam pesados de medo, mesmo com seu estômago implorando para que se apressasse. O aroma de frios e café da manhã flutuava em uma leve rajada de vento, e seu estômago roncou em aprovação.

Então seus ouvidos captaram: o tilintar de talheres contra a porcelana e o murmúrio baixo de várias conversas acontecendo ao mesmo tempo. A família estava além daquelas portas, tomando o café da manhã junta.

E ela deveria se juntar a eles.

Fez de tudo para não se virar, mas seu estômago se recusou a considerar a possibilidade.

"E o outro inferno se chamava", disse um fio de conversa, *"Pizzy's Pleasure Palace,"* concluiu a voz com uma risadinha feminina.

"Lucy!"

"Quem é esse sujeito?"

"Estão chamando-o de Savior of St. Giles."

"Uma ficção exagerada, com certeza."

Aquela última voz, Isabel conhecia. *Lorde Percival.*

Claro, ele estaria ali. Afinal, aquela era a família dele.

Isabel se recompôs e empurrou a porta, abrindo-a o mínimo possível para poder passar. Desviou o olhar na esperança desesperada de poder entrar sem ser notada. Toda a esperança se esvaiu no instante em que a sala ficou em silêncio.

Aos poucos, seu olhar se ergueu. Uma rápida olhada revelou oito — oito! — pares de olhos fixos nela com graus variados de interesse, ou desinteresse, como era em alguns casos. Sua língua se fechou em um nó na boca, e seu estômago preencheu o vazio silencioso com um longo ronco que continha o alcance de uma ópera alemã. Ela poderia se derreter no chão.

"Coitada", disse uma senhora de idade avançada enquanto mexia em um conjunto de pulseiras de ouro. Ela só podia ser a duquesa.

As sobrancelhas loiro-platinadas de outra senhora se ergueram em direção ao teto, partes iguais de consternação e desdém brilhando em seus olhos azuis glaciais. Ela não podia ser outra senão a elegante Lady Exeter.

O discreto pigarrear atraiu o olhar de Isabel. Lá estava seu falso marido, com uma xícara de café preto à sua frente, vestido com trajes típicos de um cavalheiro — paletó verde-floresta, gravata frouxa, calças presumivelmente bege sob a mesa — e a observava como se o gelo não derretesse em sua boca.

Isabel cerrou os punhos para conter o tremor. Sobre seu coração que ameaçava sair do peito? Bem, ela não conseguia controlar isso.

Alto, moreno, aristocrático... Bonito.

Ela havia omitido essa última palavra de sua descrição na noite anterior.

Lord Percival já sabia que era bonito. Um homem não caminha pela vida com sua segurança sem saber disso e usá-la a seu favor. A cicatriz ao longo de sua maçã do rosto direita apenas realçava sua perigosa beleza masculina.

Mais uma vez, a palavra para descrevê-lo lhe veio à mente: *devastador.*

Nenhum resquício das últimas doze horas pairava sobre ele, exceto pelo leve hematoma abaixo do olho esquerdo.

Bem, isso não era exatamente verdade.

Ela era um resquício da noite anterior ainda pairando sobre ele.

"Então", interrompeu uma voz jovem, a mesma que se deliciava em espalhar fofocas sobre o Savior of St. Giles pela sala. Isabel encontrou o olhar de uma garota loira, na adolescência, cujos olhos castanho-escuros a observavam com partes iguais de curiosidade e hostilidade. "Você é minha nova madrasta?"

7

"Lucy", Percy se ouviu dizer, com um tom de advertência que o surpreendeu e enervou.

O olhar de Lucy se voltou para o dele, com uma rebelião brilhando em seus olhos. Ela também tinha percebido aquilo, uma clara *paternidade*. E não estava disposta a aceitar.

Todas as quintas-feiras, pontualmente à uma da tarde, Percy chegava à mansão Cleveland Row, onde Lucy morava, para a visita semanal de quinze minutos, à qual ela consentira. Um criado o acompanhava até uma sala de estar formal — aquela usada para convidados, não para a família —, onde encontrava Lucy encolhida em uma poltrona Queen Anne de damasco azul, o rosto imerso em um livro. Ele se sentava no sofá em frente a ela e a deixava conduzir a conversa.

Bem, *conversar* talvez fosse um exagero. A cada visita, ela servia uma xícara de chá para cada um, abria o livro em uma página dobrada e continuava lendo pelos quatorze minutos restantes da visita.

Ele simplesmente se sentava em frente a ela e se maravilhava com aquela menina de treze anos que era sua filha.

Isabel pigarreou. "Nosso, hum, casamento aconteceu tão de

repente — num instante, na verdade." Seus olhos encontraram os dele num lampejo de ansiedade. "Seu pai falou tão bem de você que estou ansiosa para nos conhecermos melhor."

Muito bem feito da parte de Isabel, Percy podia admitir. A mulher tinha audácia.

Todos os olhares à mesa se voltaram para Lucy, como se estivessem assistindo a uma partida de tênis. Por sua vez, Lucy lançava a Isabel um olhar igualmente avaliador e desdenhoso, como só uma adolescente conseguiria. Percy conhecia bem aquele olhar, pois o recebera em todas as ocasiões em que a encontrara. Ela era uma força, uma fúria, uma maravilha, sua filha, e como ele queria conhecê-la melhor.

De seu lugar na extremidade da mesa, o duque espreitou por cima do seu segundo jornal. O homem lia três por dia. Além de Percy, ele era o único que não encarava Isabel como se ela fosse uma curiosidade de circo. "Minha querida, sirva-se do bufê. Depois, nos esforçaremos para nos comportar da melhor maneira possível e nos apresentar." Ele lançou um olhar penetrante para Lucy. "Como a família *educada* que certamente somos."

Lucy olhou para o prato e espetou uma linguiça com um único golpe certeiro, com duas manchas vermelhas aparecendo em suas bochechas. Percy também se sentiu estranhamente repreendido. Seu pai sempre fora bom nisso, em ser pai. Percy, por outro lado, não sabia nada sobre isso. Sentia a compulsão, mas não o direito. Ainda não a havia conquistado.

Isabel contornou a sala enquanto se dirigia ao aparador abastecido com todos os tipos de alimentos para o café da manhã. Percy parou um momento para observar sua *esposa*.

Ela usava o mesmo vestido azul simples da noite anterior. No entanto, quando se olhava de perto, percebia-se que seu corte era elegante e preciso suas linhas limpas. Não era um vestido desleixado, feito em casa. Tinha um pouco de elegância, mesmo que o tecido fosse uma lã mais barata. Essa lã resistente a diferenciava das outras mulheres à mesa, que estavam vestidas com musselinas delicadas e sedas finas.

Durante seus anos no Continente, Percy tivera o cuidado de observar esses detalhes aparentemente insignificantes sobre uma pessoa, pois, na verdade, eles não eram insignificantes. Contavam a história de uma pessoa sem que ela precisasse abrir a boca, o que era útil em um trabalho em que as pessoas guardavam seus segredos a sete chaves. Que segredos essa mulher guardava?

Por que ela estivera na Casa Número 9 na noite passada?

Se ela simplesmente lhe contasse, a vida dele ficaria bem mais fácil. Certamente, ela tinha seus motivos, mas, no final, ele os descobriria todos.

Era isso que ele fazia.

Por fim, ela se acomodou na cadeira à esquerda de Percy, aquela que a duquesa insistira em guardar para sua esposa, mesmo depois de ele ter protestado contra a necessidade, já que ela sofria de enxaquecas debilitantes diariamente e, portanto, não se juntaria a eles para as refeições.

O duque encontrou seu olhar e ergueu uma única sobrancelha. Chegara a hora de Percy apresentar a mais nova adição à família. Ele pigarreou e todos os olhares se voltaram para ele. Eles estavam esperando.

"É com grande prazer que apresento..." As palavras seguintes ficaram presas em sua garganta. Ele pigarreou novamente para deixá-las passar. "Lady Percival."

O duque assentiu em aprovação e sorriu. Um pouco da tensão na sala se dissipou. Como chefe da família, a aprovação do duque significava que todos deveriam recebê-la. "Lucretia", ele começou dirigindo-se à sua recente noiva, a ex-duquesa viúva de Dalrymple, "é cedo demais para uma rodada comemorativa de champanhe?"

"Será que alguma vez é?" respondeu a mulher formidável. Percy sempre gostara dela.

Enquanto a duquesa fazia os arranjos necessários com os criados, todos à mesa retornaram às suas conversas particulares. Todos, exceto Isabel, que se deliciava com seu café da manhã, garfada por garfada, com um entusiasmo inesperado. Ela comia como uma mulher faminta. Percy sentiu uma pontada de culpa. Ele esperava que ela tivesse tomado o café da manhã que ele mandara entregar no Rosebud Cottage.

A maneira como cada mordida cruzava seus lábios, como se fosse apreciada, completamente, até a última molécula deliciosa, produzia um desconforto dentro de Percy. Ele não tinha certeza se já tinha visto uma mulher apreciar comida, ou francamente qualquer coisa, como aquela mulher saboreava aquela fatia de carne de veado. Olhou para sua tigela habitual de mingau de aveia e sua xícara de café preto, ambas pela metade, e não conseguiu reunir o mesmo entusiasmo.

Na verdade, a maneira como aquela mulher comia era decididamente sensual. Sua boca ficou seca e um pensamento involuntário surgiu. Era assim que ela apreciava tudo, sem reservas e com total abandono?

Um lado dele despertou para a vida com a pergunta. Era um lado que experimentava prazer sem reservas. Ele e ela eram semelhantes nesse aspecto, exceto que ela não tentava controlá-lo, e, oh, como isso o atraía mais do que sua beleza incomparável. Essa percepção de que ela também possuía um toque de perversidade fez seu corpo reagir, se seu pênis meio ereto servisse de indicador.

Sua boca parou de se mover, no meio da mastigação, e ela ficou completamente imóvel. Lentamente, virou a cabeça até encará-lo. "O quê?" ela perguntou, a pergunta abafada pelo pãozinho de groselha que acabara de colocar na boca.

Uma risada — a primeira genuína em anos — o assustou, pois foi alta o suficiente para atrair alguns olhares. Antes que pudesse responder, os criados começaram a colocar taças de champanhe na mesa, mesmo na frente de Lucy e da Srta. Radclyffe. Novamente, a preocupação paternal e protetora surgiu, a qual ele imediatamente reprimiu.

Na verdade, nem todos tinham champanhe à sua frente. Diante de Isabel, estava uma taça cheia até a borda com um líquido marrom denso que certamente deveria estar borbulhando e exalando uma nuvem nociva de fumaça.

"Minha querida", começou a duquesa, "prometi a você o remédio especial para enxaqueca da cozinheira, e aqui está. Você deve bebê-lo completamente e não negligenciar os pedaços que tendem a se depositar no fundo."

Todos os olhares — desde os de uma indiferente Lady Exeter até os de uma horrorizada Lucy — se voltaram para Isabel, que sorriu corajosamente. Sob o olhar atento da duquesa, os dedos de Isabel envolveram o copo. Ao levar a mistura à boca, lançou um olhar temeroso para Percy. A culpa o percorreu, já que sua mentira era diretamente responsável por colocá-la naquela situação. Mas não havia escapatória, não enquanto a duquesa observava.

Isabel fechou os olhos com força e começou a beber, o suspense crescendo enquanto tomava um gole resignado após o outro, até esvaziar o conteúdo até a última gota. Ela pousou o copo e engoliu o que certamente era uma onda de náusea. Um instante depois, a respiração coletiva da sala se dissipou. Percy captou a admiração em mais de um par de olhos.

O copo vazio de Isabel foi substituído por uma taça de champanhe, em vez de olho de salamandra ou qualquer substância que estivesse naquele copo. Só se podia admirar a desenvoltura da mulher.

Discretamente, ele empurrou o copo de água em sua direção. Ela lhe lançou um olhar agradecido. Seria tão surpreendente que ele contivesse um pingo de decência?

O duque ergueu o copo. "Para o mais novo membro da família. Para Isabel!"

Em uníssono, alguns *ouçam, ouçam* se espalharam pela mesa,

copos erguidos e beberam o conteúdo. Para todos os efeitos, Isabel, a costureira e prostituta espanhola — ou seria o contrário? Ou algo completamente diferente? — era uma Bretagne. *Maldição*.

Por ordem de precedência, as apresentações circularam pela mesa.

"Encantado", disse seu irmão mais velho, Michael, Marquês de Exeter e herdeiro do ducado, que não se dera ao trabalho de levantar os olhos do jornal. Michael sempre fora um babaca pomposo. Mesmo que o relacionamento deles fosse uma completa farsa, Percy sentiu a dor do insulto em nome de Isabel, por princípio.

Em seguida, veio Susan, Lady Exeter. "Que delícia ter uma nova irmã." Seu tom e semblante combinavam com o distanciamento do marido. "E uma com um apetite tão deliciosamente saudável", ela acrescentou claramente nada satisfeita.

"Encantado." Isso vindo do filho mais velho de Michael e Susan, Hugh, Conde de Avendon e segundo na linha de sucessão ao ducado. Na aparência, ele era a síntese perfeita das feições dos pais, com a pele loira da mãe e os olhos âmbar do pai. Em personalidade, ele também era um imitador dos pais, arrogante e presunçoso ao ponto de ser ofensivo.

"Se eu conseguir entender a cronologia do namoro ao casamento", começou Lucy quando chegou a sua vez, "então acredito que minha madrasta e eu já somos velhas conhecidas."

Garota atrevida.

"Sou a Srta. Radclyffe e tenho o maior prazer em conhecê-la", disse a Srta. Radclyffe, meia-irmã de Lucy, amiga íntima e aparentemente detentora da melhor etiqueta da sala. Ao contrário da mensagem que seu refinamento transmitia às massas, os aristocratas não eram um grupo particularmente bem-educado.

O estômago de Isabel emitiu um ronco monstruoso no

silêncio que se seguiu. Percy detectou um rubor em suas bochechas. "Coma" murmurou. A mulher estava com apetite.

Ela levou um garfo à boca e deu uma mordida. Seus olhos se fecharam em um êxtase momentâneo enquanto mastigava e engolia, a garganta ondulando graciosamente com o ato.

Mais uma vez, a boca dele ficou seca e seu pênis se agitou.

Seus olhos se abriram e encontraram os dele.

Percy estendeu a mão para o café, reprimindo uma reação física inesperada e desconcertante.

Surpreendentemente, foi Lady Exeter quem falou em seguida. "E quem é a sua família, Lady Percival?"

A boca de Isabel se fechou. Um instante se passou e ela engoliu em seco. "Minha irmã e eu administramos uma loja de costura em Cheapside."

Um silêncio atordoante preencheu a sala. A cabeça de Lady Exeter se inclinou para o lado e um sorrisinho maldoso surgiu nos cantos apertados de sua boca. "Mas *quem* é você?"

Isabel pousou cuidadosamente o garfo e a faca. Ela se ergueu, majestosa, com fogo nos olhos. "Sou a *Señorita* Isabel Galante, filha de Don Ariel Galante, um *hidalgo de privilégio.*"

Sua declaração ficou inexpressiva.

"O pai dela é um lorde espanhol", completou Percy.

Alguns *"ohs"* soaram ao redor da mesa, e a preocupação de Lady Exeter se dissipou em indiferença em um instante. Percy, no entanto, ficou chocado até a sola dos pés. *Hidalgo* [1] *de privilegio* era um título que somente o rei da Espanha poderia conferir a um de seus súditos. Percy considerou a possibilidade de Isabel estar mentindo. Mas, não, ele não achava isso.

Na verdade, isso explicava algumas coisas que não faziam

---

1. Hidalgo (do espanhol antigo, e comum na literatura) o infanzón é um nobre, embora coloquialmente o termo seja usado para se referir à nobreza sem título, especialmente na Espanha e Portugal.

sentido. O refinamento de sua fala. A elegância de seu comportamento. A graça da reverência que ela fizera ao duque.

Quem era essa mulher, afinal?

"Agora, Isabel", entoou a duquesa de sua ponta da mesa, "já que somos apenas família aqui, você simplesmente precisa nos contar a história de você e Percy."

Mais uma vez, os ouvidos da sala se aguçaram.

"Ah, sim, você simplesmente *precisa*." Lucy sentou-se com o queixo apoiado nas mãos, os olhos arregalados e inocentes, mas nada disso era verdade.

"Ah, sim, claro", Isabel hesitou. "É, hum, é uma história bem animada."

Percy deveria intervir e ajudá-la a inventar uma história, uma em que as pessoas sentadas àquela mesa acreditassem — ele realmente deveria —, mas decidiu esperar. Queria ver do que aquela mulher era feita.

Com os lábios trêmulos e um sorriso nervoso, ela pigarreou delicadamente. Ela havia aberto a boca para começar a história de sua jornada precipitada em direção ao amor verdadeiro e, em vez disso, soltou um suspiro chocado, toda a cor se esvaindo de seu rosto. Sua boca se fechou de repente e seu olhar se fixou em um ponto distante.

No entanto, Percy entendia como o homem viera parar ali, pois as conexões da *alta sociedade* e as relações familiares eram profundas e amplas na *alta sociedade*. Montfort não era apenas tio de Olivia, portanto tio-avô de Lucy, mas sua esposa, Lady Bertrand, era amiga íntima da duquesa.

Como Montfort era bem visto ao dar bom-dia à mesa — a mesa do pai de Percy, a mesa de um bom homem! Isso enjoava Percy até os ossos. Suas mãos se fecharam em punhos ao lado do corpo, a determinação de expor aquele homem como a fraude que ele era e vê-lo desonrado, redobrava.

Alguns sabiam das conexões diplomáticas de Montfort, outros

de sua rede em Whitehall [2]. Mas poucos o conheciam como a aranha que ele era. Só depois de se enredar em sua teia é que se entendia, e então já era tarde demais.

Ao lado de Percy, Isabel tinha o olhar de uma mulher cuja casa havia sido abalada até os alicerces enquanto rastreava Montfort com os olhos. Ele se acomodou no assento bem em frente a ela. "Agora, o que é isso que ouvi sobre um novo membro da família?"

A pergunta surgiu saudável e alegria da velha Inglaterra. Ninguém conseguia encantar Montfort quando ele se dedicava a isso, o que era, claro, metade do motivo pelo qual ele havia sido um operador tão eficaz em Whitehall ao longo dos anos. A outra metade era sua total e obstinada crueldade.

"Você precisa conhecer minha nova madrasta, tia Dot", disse Lucy.

"Oh, céus", exclamou tia Dot, pegando seu leque de seda. Conhecida por sua constituição delicada, a mulher o mantinha consigo o tempo todo.

"Oh, céus, de fato", continuou Lucy. "Ela estava prestes a nos presentear com a história de como ela e Lorde Percival se conheceram, se apaixonaram perdidamente e se casaram no mesmo instante."

"Oh, meu querido", sussurrou tia Dot. Seu leque se abriu quando o garfo de Isabel caiu ruidosamente em seu prato.

Percy compreendia bem a causa da angústia de Isabel. Ela havia estragado os planos de Montfort para o Conde de Pembroke na noite anterior. Percy sabia por experiência própria que Montfort não tolerava erros levianamente. Isabel estava em apuros. Mas estaria em perigo iminente?

Um instinto territorial inflamou-se dentro de Percy. Isabel

---

2. Whitehall é conhecida como sede do governo britânico, já que a maioria dos prédios que abrigam as mais importantes instituições do país está situada lá. O nome *Whitehall*, muita vezes utilizado como metonímia para o Gabinete real, foi-lhe colocado em memória do antigo Palácio de Whitehall, residência real destruída pelo fogo em 1698.

estava sob sua proteção. Se Montfort pensasse em causar mal a Isabel ali, teria que passar por Percy primeiro.

A cadeira de Isabel raspou repentinamente quando ela se afastou da mesa. Ela se levantou de um salto e pareceu vacilar, como se seus joelhos fossem feitos de gelatina. "Foi ótimo conhecer a família do meu, hum, marido, mas minha enxaqueca voltou e preciso me deitar."

"Claro, minha querida", disse o duque, seu olhar atento certamente absorvendo os acontecimentos dos últimos minutos e tirando suas próprias conclusões. Seu pai não deixava nada passar despercebido.

As sobrancelhas da duquesa se uniram em consternação. "O remédio da cozinheira sempre dá certo. Não se preocupe, eu mesma vou misturar um pouco de água fresca e adicionar um dente de alho a mais." Com isso, ela saiu imperiosa da sala.

Percy não tinha certeza se sentia mais compaixão por Isabel, que talvez tivesse que consumir mais uma rodada da poção, ou pela cozinheira, que ainda estava felizmente alheia à tempestade que se aproximava.

Por sua vez, Isabel já estava evidentemente decidida a fugir dali. Percy se levantou para segui-la. Ela não escaparia tão facilmente. "Se me der licença, eu cuidarei da minha..." A próxima palavra ficou presa em sua boca. *Esposa.*

"Na verdade, Percy." O duque se levantou. "Se Isabel puder dispensá-lo, você se importaria de fazer um pequeno desvio comigo até os estábulos?" Não era uma pergunta. "Certa senhora precisa de um momento do seu tempo."

"Não Lady Daisy?", perguntou Percy. A égua devia ter... Vinte e quatro anos. Seria possível? "Seria um prazer, pai." Um prazer seguro que podia ser permitido.

Enquanto ele e o duque caminhavam em direção ao estábulo, a mente de Percy não conseguia parar de divagar. Durante toda a manhã, ele se irritara com o fato de Hortense estar em Londres, investigando e realizando todo o trabalho complexo, na maioria das vezes sujo, que ele achava tão revigorante. Então, num piscar de olhos, a sorte sorriu para ele, e o trabalho sujo se sentou diretamente do outro lado da mesa.

Londres, ao que parecia, havia encontrado Percy.

8

I sabel não correria.

Ela, no entanto, caminharia muito, muito depressa. Talvez fosse rápida o suficiente para superar o pânico que a perseguia a cada passo.

Montfort estava aqui... *Aqui* na Mansão Gardencourt.

Como ele a localizou tão rápido?

Exceto... Será que ele realmente a localizou?

Houve um brilho nos olhos dele no instante em que ele a viu. Poderia ter sido surpresa? Afinal, ele entrara na sala com a esposa. Seria possível que ele fosse um convidado do duque, e tudo isso fosse má sorte, a única que ela tivera nos últimos dois anos? Seria possível que ele não soubesse que ela estava aqui?

Bem, agora ele sabia.

E ela se achou segura.

Foi só quando chegou a uma porta de madeira maciça no final de um corredor — que corredores longos os duques tinham — que percebeu que havia fugido da sala de café da manhã por uma saída diferente daquela por onde entrara. Ela girou a maçaneta e abriu à porta, encontrando-se em um ambiente desconhecido, uma pequena joia de um lago repousava tranquilamente a uma distância não muito distante.

Acompanhada pelo coração acelerado e pela respiração ofegante, ela correu pela grama alta e rente em direção à água. Ocorreu-lhe que poderia correr até Rosebud Cottage, reunir Eva, Ariel, Tilly e Nell e fugir, mais uma vez.

Não era tarde demais...

Ou era?

Ela precisava de um momento, apenas um momento, para se recompor e ter um pensamento racional. Este lago com seus elegantes salgueiros drapeados sobre a beira da água e seu pitoresco pavilhão branco do outro lado era o local perfeito para reunir pensamentos racionais suficientes para formular um plano. Uma brisa soprou da água, ondulando a superfície plácida e permeando a lã de seu vestido. Enquanto o brilho do suor esfriava em sua pele, seus olhos se fecharam com a sensação agradável. Finalmente, o espaço para pensar.

"Isabel Galante", ela ouviu atrás dela.

Suas unhas cravaram-se nas palmas das mãos. Contando até três, ela se virou e encontrou Montfort se aproximando com um sorriso que poderia ser interpretado como paternal para quem não soubesse. Infelizmente, ela sabia.

"Ou devo chamá-la de Lady Percival e lhe dar meus parabéns?"

A boca de Isabel se apertou em uma linha firme, e seu maxilar se apertou. Ela não conseguia confiar em si mesma para falar. Não que ele esperasse que ela falasse. Não quando ele estava brincando com ela.

"Minha querida, você parece exausta, mas se alguma vista pudesse curar uma enxaqueca, seria esta." Ele sabia que a desculpa dela para sair da sala de café da manhã tinha sido uma mentira. "Sabe", ele continuou em tom de conversa, "duvido que haja um único peixe aí dentro."

Dios mío. Seu coração batia forte no peito e seu futuro

brilhava diante de seus olhos, e ele estava falando sobre um lago? "Então para que serve?" ela perguntou, com a irritação transparecendo em seu tom. Desejava que ele chegasse logo ao assunto — fosse lá o *que* ele tivesse planejado.

"Engraçado você perguntar isso", ele respondeu. De alguma forma, ela havia feito exatamente a pergunta que ele queria responder. "Você é como um lago ornamental."

Isabel piscou. Como se reage a uma comparação tão absurda? "Sua lógica pode ser avançada demais para o meu cérebro frágil."

"Só que há grande valor na pura ornamentação. A beleza pode distrair."

Ele estava dizendo que ela não tinha mais valor do que seu rosto?

"Com a sua beleza", continuou Montfort, "você poderia ter se casado com algum tipo de nobreza rural ou com um lorde viúvo. É até possível que um lorde impetuoso tenha ignorado sua linhagem um tanto infeliz. Afinal, você não se parece com um deles."

O estômago de Isabel se revirou e a irritação se transformou em uma raiva crescente. "Com quem?" Ela sabia exatamente *quem*, mas queria que ele falasse claramente, para que ela pudesse odiá-lo ainda mais.

Montfort fez um gesto de desdém com o pulso. "Seu povo."

Ela resistiu ao impulso de tocar no pingente de sua mãe, a hamsá, um símbolo do povo deles que, diziam, afastava o mau-olhado. Se ao menos pudesse exercer seu poder sobre um homem mau.

"Seus pais levaram a sério a responsabilidade de protegê-la de sua herança. Foi muito bem feito da parte deles. Não vejo evidências de que isso contamine seus relacionamentos no mundo. Você não fala o idioma, fala?"

Isabel desejou poder lançar sílabas ofensivas em hebraico para aquele homem. Mas seus pais se recusaram a ensinar a ela ou a Eva.

Montfort apontou o queixo em direção à mansão. "Duvido que alguém naquela sala suspeite." Seu olhar se estreitou penetrante. "Não vai te ajudar levar minhas palavras a sério, Isabel. Estou apenas afirmando a verdade do mundo em que vivemos. Eva a entende."

A raiva se transformou em acidez no estômago de Isabel. "Não me fale de Eva."

"Ora, ora, não precisa de tudo isso." Ele se tornara todo um apaziguador paternal. "Ela veio comigo por escolha própria, assim como você."

"E o láudano que você deu a ela?" Isabel cuspiu. A pergunta a atormentava há muitos meses.

"Fornecido por um médico de grande reputação—"

"Um remédio indicado para o que?"

"—Para os nervos dela."

"Bobagem", disse Isabel, incapaz de não fazê-lo. Ela entendia exatamente por que Montfort havia encorajado a dependência de Eva ao láudano. Para garantir sua obediência. "Eva tem nervos de aço." *Tinha*, Isabel silenciosamente corrigiu. Eva voltara para ela há seis meses, uma sombra da mulher que fora outrora.

"Foi escolha dela."

E quanto ao seu bebê? Isabel não perguntou. Ela se virou, incapaz de olhar para Montfort. Que escolha Ariel tinha?

Ela estremeceu ao se lembrar do recém-nascido, lutando e tremendo, se contorcendo de dor que não passava, fazendo-o chorar quando acordado e ficar agitado quando dormia. A causa era o láudano, a parteira dissera. Ela já tinha visto isso antes.

"Láudano?" Isabel perguntou à mulher.

"Sim."

"Mas ela precisa. Ela treme sem ele."

"Estou te contando o que tenho observado nestes últimos trinta anos como parteira. E bebês nascidos de mães que tomam láudano, nascem assim, todos trêmulos coitadinhos. Mais duas coisas eu te digo de graça: arranje uma ama de leite e pare de dar essa bobagem para sua irmã."

Montfort se aproximou de Isabel, e eles olharam paralelamente para o lago. "Falando na querida Eva, onde ela está enquanto você está vagando pelo campo e se casando com o filho mais novo do duque?"

Não ocorreu a Isabel que Montfort não soubesse que Eva estava ali. Ele parecia saber de tudo. Mas não sobre isso. Bem, ela não iria lhe contar.

Nem ela contaria a Eva que Montfort estava ali. Ela não sabia como sua irmã reagiria, mas nada de bom poderia vir disso: *disso* ela tinha certeza.

"Ela está com o bebê." Era a verdade, mesmo que apenas uma fração dela. Isabel nunca desenvolvera o dom de contar uma mentira convincente.

Quando Eva retornou à loja, grávida, Isabel não conseguiu conter a primeira pergunta. "Quem é o pai?"

"Um lorde."

A resposta apenas encorajou outra pergunta, cuja resposta Isabel antecipara com pavor. "Não é Montfort?"

"Não é Montfort", respondeu Eva, seca e vazia. "O pai de Ariel é francês."

Agora mesmo, Montfort estendeu o braço. "Você quer me acompanhar para dar uma volta pelos jardins?"

Embora a pergunta tenha sido formulada como um convite, não era. Era uma ordem, e Isabel precisava obedecer. Ela tocou a palma da mão suada no fraque azul-marinho superfino dele, com apenas uma leve pressão. Ainda assim, a repulsa a dominou ao sentir seu aroma adocicado e almiscarado.

Assim que começaram a caminhar, ele começou: "Seria muito precipitado da minha parte perguntar o que diabos aconteceu ontem à noite?" Seu rosto havia se transformado de uma alegre cordialidade para uma seriedade mortal.

"Eu—" Isabel não tinha certeza se conseguiria falar com o nó na garganta. "Peguei o homem errado."

Montfort riu sem humor. "Com certeza."

"Segui as instruções à risca." Isabel odiou o tom defensivo em sua voz. "Mas era *ele* quem estava à mesa."

"É mesmo?" A testa de Montfort se enrugou. "E, por favor, me diga, como você descobriu seu erro?"

"Quando ele ganhou a última mão, não pediu para me levar para..." Oh, que coisa para se dizer em voz alta. "*Cama.*"

"O que ele pediu?"

"Ele pediu..." Isabel vasculhou a mente em busca de um pedaço de informação para alimentar aquele homem que tinha o futuro de sua família na palma da mão. "Ele pediu *as chaves*", ela concluiu quando a lembrança lhe veio à mente.

Os olhos de Montfort se estreitaram. Teria ele encontrado significado naquela última parte? Isabel não.

"O que você sabe sobre Lorde Percival?"

"Nada." O que não era exatamente verdade. Ela sabia que ele era impenetrável, implacável, devastador e, ah, sim, bonito.

"Enquanto ele estava na Península..."

Isabel piscou. "A Península? Espanha?" Era assim que ele conhecia o sotaque dela. A maioria dos ingleses, como Tilly, a considerava *exótica*.

Lorde Percival, não.

A boca de Montfort se abriu em um sorriso que parecia se deleitar com o desconforto dela. "Ele era um daqueles fidalgos que achavam que olharia Napoleão nos olhos antes de enfiar um sabre em seu coração. Você deve se lembrar desse tipo durante a guerra."

Isabel conteve um sorriso de desdém. Todos tinham vindo ao seu país para experimentar a guerra e a aventura. Ela duvidava que percebessem o sofrimento ao redor. Para aqueles homens, seu país fora um palco montado para a encenação de sua glória.

E Lorde Percival fora um deles.

Montfort continuou sorrindo aquele seu sorriso aracnídeo, e ocorreu a Isabel que ele poderia estar manipulando suas emoções e preconceitos a seu favor. "Muito bem, Isabel."

"Muito bem?" Seria uma piada de mau gosto? Ela não fizera nada além de fracassar nas últimas 24 horas.

"Você fisgou um peixe maior."

O coração de Isabel bateu forte no peito. Essas não eram as palavras que ela esperava ouvir. "Ah?"

"Você não o conhece?"

Sobre o que Montfort estava falando? Em algum momento, essa conversa se transformou em outra. "Só o que eu lhe disse."

Montfort deu dois tapinhas firmes em sua mão. Ela teve que se conter para não recuar. "Novo objetivo."

"O quê?" ela perguntou, uma expulsão de nervos em forma de palavra.

"Você teve outra chance de garantir a liberdade do seu querido pai e pagar a dívida que você e Eva têm comigo."

Desde o momento em que Montfort entrou na sala de café da manhã, Isabel se preparou para o pior. Ele explicaria que o fracasso dela significava que sua família havia esgotado sua última chance. Ela, Eva e Ariel seriam transportadas de volta para a Espanha, onde enfrentariam as consequências dos "crimes" do pai. Elas perderiam a vida promissora que vinham construindo com seu ofício de costureira em Londres.

E seu pai? Ele continuaria apodrecendo em uma cela de prisão. Quanto tempo conseguiria sobreviver? Estava lá há quase dois anos.

Mas um *novo objetivo* significava que havia... *Esperança.*

Mesmo enquanto Isabel reprimia aquela emoção, ela fez um voto. Faria qualquer coisa que aquele homem dissesse.

Qualquer coisa.

"Antes que nos empolguemos, uma única pergunta." Montfort falou com o tipo de indiferença que se tem ao discutir o tempo. "Por acaso você ainda continua virgem?"

Isabel perdeu todo o fôlego. A mortificação a percorreu com força. Como ela desejava poder dar um tapa na cara dele. Em uma vida passada, vivida há muito tempo, ela teria sido capaz de fazê-lo. Mas não nesta vida, aquela que ela de alguma forma se tornara proprietária. Nessa vida, ela devia suportar perguntas tão insultuosas.

"Ou seu novo *marido* tirou sua virgindade ontem à noite?"

"Você sabe que ele não é meu marido."

"Mas você ainda não respondeu à minha pergunta."

O olhar de Isabel fixou-se, sem enxergar, em um prédio distante. "Ainda sou virgem."

"Excelente." A satisfação se espalhou por Montfort em ondas. "Sua diretriz de ontem à noite?"

O medo a percorreu. "Sim?"

Montfort riu baixinho. "Preciso soletrar para você?"

Isabel se lembrou do olhar encoberto de Lorde Percival, que transmitia uma impressão de total indiferença à sua pessoa física. "Não tenho certeza se ele é esse tipo de homem."

Os olhos de Montfort se estreitaram. "Você notou, não é?"

As sobrancelhas de Isabel se encontraram. "Notou o quê?"

"A propensão de Lorde Percival para a abnegação."

Isabel abriu a boca e fechou-a. Ela conhecia o homem há menos de um dia. Como era tempo suficiente para entender tal coisa sobre outra pessoa?

Montfort continuou indiferente à falta de resposta de Isabel. "O garoto sempre foi propenso a extremos. Louco como uma lebre-marinha na juventude. Admito que era um homem difícil de aproximar, mas você, Isabel, pode ser a tentação que romperá a resistência dele."

Isabel notou o prédio em direção ao qual caminhavam. O estábulo. Lorde Percival surgiu a meio galope, exercitando um cavalo no pasto, com toda a atenção voltada para o animal. Se ele era devastador com os pés, era ainda mais glorioso a cavalo. A maneira como ele se sentava na sela era tão natural, uma unidade com o animal.

"Não tenho ideia de como me aproximar de um homem assim", ela falou.

Montfort bufou. "Ah, essas coisas têm um jeito de se resolverem sozinhas."

Isabel simplesmente não conseguia imaginar que Montfort estivesse certo. Ainda assim, se essa era sua chance, ela iria aproveitá-la e se preocupar com o *"como"* mais tarde. "Hoje à noite?"

"Ansiosa, não é?" Montfort soltou outra risada leve que deixou Isabel em carne viva. "Segure sua virgindade até eu dizer. Entendido?"

Isabel assentiu, mortificada. Seu olhar seguiu Lorde Percival enquanto ele conduzia o cavalo em seus passos. Ela seduziria aquele homem?

Incompreensível.

Se ela já havia encontrado um homem difícil de seduzir, era ele. Ele era muito duro, muito calculista. Ela não conseguia imaginar que alguém pudesse enganar Lorde Percival.

Mas ela conseguiria, decidiu naquele momento.

Ela tirou a mão do braço de Montfort e se virou para encará-lo. Ele a olharia nos olhos quando respondesse à próxima pergunta. "E então a dívida será paga? E a liberdade do papai garantida?"

"Na verdade", disse Montfort, seus olhos frios contradizendo o calor de suas palavras, "isso é tudo o que sempre quis de você e Eva."

Oh, como Isabel odiava aquele homem. Como ela queria agarrar Eva e Ariel e fugir. Mas não podia. Por Eva, Ariel e seu pai, ela faria o que fosse preciso para garantir a segurança deles, mesmo que o pensamento lhe causasse uma estranha pontada de culpa.

Fosse o que fosse que Montfort tivesse planejado para Lorde

Percival — além do papel dela — ela não tinha certeza de que ele merecia.

Ela se livrou do pensamento e o deixou para trás. Lorde Percival não significava nada para ela. *Nada.*

Sua família era *tudo*. Se ela precisava ser a chave para a ruína de um homem para garantir sua segurança e liberdade, que assim fosse. Além disso, ela não estava convencida de que Lorde Percival fosse um homem tão bom assim.

Do outro lado dos cerca de cinquenta metros que os separavam, o olhar de Lorde Percival encontrou o dela por um instante. Por um instante, tudo congelou dentro de Isabel. A inspiração. A batida do seu coração. O funcionamento do seu cérebro.

Uma figura encostada na cerca do pasto chamou sua atenção. O *duque*. Claramente, a intenção de Montfort fora levá-la até os estábulos e até Lorde Percival o tempo todo. Como ele era habilidoso em usar as situações a seu favor.

Antes que Isabel pudesse responder ou fazer outra pergunta, o duque acenou para eles. Isabel acenou de volta, sem muita convicção. Montfort gritou: "Ela estava completamente desolada e com saudades do marido, então eu a trouxe até você." Ele deu um tapinha paternal na mão de Isabel, apenas para se exibir. "Estou indo para a cidade e preciso me despedir de você por alguns dias, Arundel, mas Lady Bertrand ficará para encantá-lo na minha ausência." Para Isabel: "Estarei interessado em ver o progresso que você fez quando eu voltar."

Com isso, Montfort girou habilmente sobre os calcanhares e se afastou.

Um arrepio percorreu Isabel enquanto ela ficava sozinha observando o duque olhando para o filho com orgulho. Oh, a maneira como aquele homem se movia na sela com uma facilidade tão oposta à tensão de Lorde Percival que ela observara no dia anterior. Ela suspeitava que aquilo estava mais próximo da verdade do homem do que o que ele lhe mostrara. E era — *oh* — tão atraente.

Como ela se aproximaria desse homem?

Um raio de inspiração a atingiu, e uma sensação se acumulou no fundo de seu estômago, leve e variável, ansiosa também. Esse era o momento. Ou ela enfiava o rabo entre as pernas e se escondia, derrotada, ou se mantinha firme e começava como pretendia. Se quisesse derrotar aquele homem, precisava começar agora.

Para o duque, ela era a esposa de seu filho, *família*. Ela era Lady Percival, e Lorde Percival a trataria como tal, pelo menos quando estivessem na companhia de outras pessoas. Ela poderia usar a presença do duque a seu favor.

"Marido carinhoso", ela gritou. Oh, que ousadia. "Você poderia me ensinar a cavalgar?"

Com cada fibra do seu ser, ela antecipou a resposta dele com uma respiração ofegante.

Como a batida do seu coração parecia mais viva agora do que trinta segundos antes.

9

Percy vinha tentando ignorar a aproximação de Isabel. Ele tinha várias dezenas de perguntas para fazer a ela — mas não ali.

Não na frente do duque.

No entanto, a pergunta dela a tornou impossível de ignorar. "Você não monta a cavalo?" Ele parecia um papagaio que não conseguia conceber um mundo onde as pessoas não soubessem montar a cavalo.

Através da seriedade do olhar dela brilhava uma luz divertida. Ela estaria brincando com ele?

"Percy", o duque falou, "você não pode ter uma esposa que não monte a cavalo. Mal sei como vocês passariam algum tempo juntos." Ele se virou para Isabel. "Veja bem, minha querida, você não encontrará um cavaleiro melhor em toda a Inglaterra. Percy nasceu para cavalgar."

Os lábios de Isabel se curvaram levemente. De *forma perversa*. "Lorde Percival", ela começou "é o tipo de homem que seria o melhor em tudo o que tentasse fazer."

"Você não poderia se colocar em melhores mãos", disse o duque, ignorando o óbvio duplo sentido.

Isabel encontrou o olhar de Percy. "Não consigo imaginar ninguém em cujas mãos eu preferiria me colocar."

As sobrancelhas de Percy quase se ergueram da testa, e o duque pigarreou.

Ele não podia dizer não — *isso* Percy entendia perfeitamente — não sem alertar as suspeitas do pai.

E a mulher com o brilho cintilante nos olhos e o sorriso irônico nos lábios também sabia disso. Ela havia localizado a brecha em sua armadura — que ele não queria que sua família soubesse que havia trazido para casa uma esposa que não era realmente sua — e decidiu usar isso a seu favor. Ela havia mudado as regras do jogo. Se ele não estivesse tão irritado, poderia admirá-la por isso.

Ele ficaria furioso se isso não o comovesse.

"Minhas mãos estão sempre vazias sem você nelas, *meu amor*", ele disse, correspondendo à sua ousadia.

A centelha de triunfo em seus olhos se dissipou, e ela se mexeu como se ele a tivesse desequilibrado fisicamente.

Mais uma vez, o duque pigarreou, desta vez se afastando da cerca do pasto. "Vou deixá-la com sua lição." Ele pegou a mão de Isabel e a beijou. "É maravilhoso ver você se adaptando à família." Ele dirigiu um último lembrete de despedida a Percy. "Considere o que discutimos. Chegou a hora de fazermos a transferência."

Percy observou o pai se afastar com uma camada adicional de culpa. Agora que era um homem casado e estabelecido, o duque desejava presenteá-lo com Gardencourt Manor. Percy sempre soube que seria dele. Mas aquele dia sempre estivera em algum lugar no futuro nebuloso, se ele sobrevivesse tanto tempo. Bem, ele conseguira sobreviver, e o dia chegara.

A noite passada estava ganhando força por conta própria, descendo a montanha de mentiras e arrastando todos consigo. Ele encontrou o olhar da mulher que, de alguma forma, se tornara sua cúmplice. Percebeu uma pontada de nervosismo agora que estavam sozinhos. *Ótimo.*

"Lorde Percival—" ela começou.

"Já passamos por essa formalidade, não acha? Pode me chamar de Percy."

"*Percy*, se você preferir não —"

"Ah, você vai aprender a montar hoje. Eu não falho com minhas promessas."

Ela havia perdido a coragem e estava lhe oferecendo a oportunidade de se esquivar. Por que ele estava insistindo na lição? Seria porque agora ela parecia preferir não fazê-lo?

Talvez ele a ensinasse a ter cuidado com o que pedia, talvez conseguisse.

"Encontre-me lá dentro", ele ordenou, apertando levemente os joelhos. O cavalo castrado respondeu com um giro disciplinado e começou a trotar em direção ao interior do estábulo. Imediatamente, Percy questionou sua decisão. Não tinha certeza se podia confiar em si mesmo sozinho com Isabel. Algo nela despertou nele uma paixão tão forte que ele preferia morrer de fome no frio e na escuridão.

Ele tinha acabado de desmontar e entregar as rédeas a um cavalariço quando ouviu atrás de si: "Este deve ser o estábulo mais magnífico do mundo."

Com a cabeça inclinada para trás, os olhos de Isabel percorreram o teto abobadado de nove metros que se erguia acima de suas cabeças. "Acho que não conseguiria segurar essas vigas", disse ela sobre as enormes vigas de suporte expostas.

"Elas têm um pesado telhado de ardósia para sustentar", acrescentou Percy.

Seu olhar encontrou o dele. Esmeraldas não combinavam com seus olhos em comparação ao verde-joia. "Esta estrutura foi construída na mesma época que a mansão?"

Percy percebeu que estava se animando com o interesse dela. "Os estábulos foram construídos cerca de cem anos depois de Rosebud Cottage, quando era a casa principal de Gardencourt. Os cavalos começaram a chegar à Inglaterra vindos de Marrakesh e da Arábia, e muitos lordes enlouqueceram com essa nova raça." Ele abriu os braços. "E eles tiveram que construir estábulos dignos para essas esplêndidas criaturas."

"Havia algo de errado com a raça inglesa?"

"Não muito, mas se alguém quer ganhar uma corrida de cavalos, suas chances aumentam muito se a montaria tiver sangue oriental."

"E Gardencourt possui esses cavalos?"

Percy assentiu. "Quando Oliver Cromwell tentava livrar a Inglaterra de sua aristocracia durante a Grande Rebelião [1], ele e seus soldados parlamentares saquearam os haras reais em Eltham e Woodstock, mas foi quando ele voltou sua atenção para Tutbury que o Conselho de Estado decidiu que ele tinha ido longe demais."

"O que havia de especial em Tutbury?"

"Reunia o melhor e mais importante estábulo de cavalos da Inglaterra por meio de reprodução e aquisição. A desintegração teria dizimado o futuro da criação inglesa. Assim, permaneceu praticamente intacto, exceto alguns que foram enviados para a Irlanda e outros que foram parar no estábulo de Sir Arthur Hazelrigg, um homem que por acaso era amigo íntimo de um Duque de Arundel. Às escondidas, Gardencourt recebeu de presente um garanhão Barb chamado Paragon. Esse duque construiu um estábulo digno dele e de sua prole, que é o que você vê ao seu redor."

"A prole dele?"

---

1. A Revolução Puritana, ocorrida na Inglaterra entre 1641 e 1649, originou pela primeira vez a constituição de uma República (1649-1658) em solo inglês. Tendo como líder mais destacado Oliver Cromwell, a Revolução Puritana inseriu-se como um dos principais momentos da Revolução Inglesa, que teve ainda a Revolução Gloriosa como desfecho. A principal consequência dessas revoluções foi a consolidação do regime político monárquico parlamentar, colocando fim **ao** absolutismo na Inglaterra.

"Paragon vive até hoje em seus sucessores, um dos quais você montará hoje."

O rosto de Isabel se iluminou em genuíno deleite, e o estômago de Percy deu uma leve cambalhota. Repreendendo suas entranhas traiçoeiras, ele girou sobre um calcanhar. "Siga-me", ele disse rispidamente por cima do ombro. Por que ele havia contado àquela mulher a história do estábulo de Gardencourt?

Ele sentiu Isabel às suas costas enquanto caminhavam pelo amplo corredor central, baias de cada lado, a agitação de um estábulo vibrante zumbindo por toda parte. Alguns dos rapazes mais ousados lhe deram acenos deferentes, enquanto outros mantinham a cabeça baixa, atentos ao trabalho, enquanto o avaliavam à distância.

"Há tantas baias e cavalos", ela disse às suas costas.

"Trinta baias."

"E os cavalos, você conhece todos?"

"Conheci." Não dava para não notar a amargura no uso do pretérito e tudo o que ele implicava. Logo, porém, ele conheceria cada cavalo pelo nome, linhagem e personalidade, assim como conheceria todos os cavalariços do estábulo.

Gardencourt era o seu lugar.

Ele respirou fundo, almiscarado com os aromas de terra, feno e cavalo. Durante todos esses anos, ele não se permitira considerar, nem uma vez, o quanto sentia falta daquele lugar.

Chegaram à baia que ele procurava. Isabel leu o nome da égua em uma placa de latão. "Lady Daisy?"

"Papai me deixou dar um nome a ela."

"*Você* deu um nome a ela."

Percy não conseguiu evitar. Ele sorriu. "Eu tinha dez anos."

"Isso é simplesmente" — seus olhos brilharam de surpresa — "*fofo.*"

"Eu a conheço desde que ela era uma potrinha recém-nascida. Eu era um menino apaixonado." E ela era a última do estábulo que ele conhecera antes de partir para o Continente em uma onda de busca equivocada por glória. Ele guardaria essa última parte para si.

"Quantos anos ela tem?"

Os olhos de Percy se estreitaram para o teto. "Vinte e quatro."

A sobrancelha de Isabel se ergueu. "Minha idade."

Percy caiu de volta à realidade antes de perceber que a havia deixado. Como era fácil conversar com aquela mulher. *Fácil demais*. Ele acabara de vê-la passeando de braços dados com Montfort. Era hora de mudar a conversa para uma direção mais útil, menos pessoal. "Montfort está voltando para Londres."

Lady Daisy estendeu a cabeça sobre o portão e Isabel acariciou seu focinho aveludado. "Parece que sim."

"Sem você."

Isabel lançou-lhe um olhar rápido, carregado de descrença. "Como seria se Lorde Bertrand Montfort fugisse com sua esposa?"

Ela tinha razão. Percy tentou uma abordagem diferente. "Vocês pareciam estar tendo uma conversa amigável."

"Eu entendo por que isso pode parecer assim."

Ele faria um favor a ambos e iria direto ao ponto. "Ele sabe que não somos casados?"

"Eu não saberia dizer."

Mentira. Montfort *sabia*.

Era hora de abordar outro assunto. "Seu pai é um *hidalgo de privilegio*."

Isabel assentiu, os lábios apertados. Lady Daisy relinchou suavemente, sentindo a angústia de Isabel.

"Corrija-me se eu estiver errada, mas esse não é um título que só pode ser dado pelo rei?"

"É."

"Você se importaria em explicar melhor?"

"Não particularmente."

Ele decidiu que era hora de interromper a conversa com uma rápida guinada para a esquerda. "É que você e sua família estão passando por momentos difíceis?" Isso acontecia com inúmeras mulheres e meninas, principalmente imigrantes.

A respiração de Isabel ficou presa na garganta de forma audível. A tensão retorceu o ar. Percy sentiu uma vantagem e a pressionou. "Montfort está te manipulando, não é?"

Ela se encolheu. Ele quase a conquistou.

Quando a próxima pergunta se formou em seus lábios, alguém pigarreou atrás dele. "Lorde Percival?"

Percy se virou. Seu cérebro levou um instante para registrar o homem à sua frente. "Stanhope?" Meio segundo depois, ele cumprimentava o idoso, mas ainda ágil, mestre do estábulo e batia em suas costas.

"Acabei de voltar da Tattersall's [2] para dar uma olhada naquele garanhão de que todo mundo está falando."

"Alguma coisa que valha a pena?" Percy perguntou, maravilhado com a facilidade com que a conversa deles se encaixou, como se tivessem se falado ontem, em vez de uma década atrás.

Stanhope chupou os dentes. "Deveria ter pensado melhor antes de ir a Londres comprar cavalos." Ele olhou rapidamente para Percy. "Transformou-se em homem enquanto passeava pela Europa todos esses anos. É bom te ver, e isso não é mentira. Agora, do que você e sua dama precisam?"

"Uma sela lateral para Lady Daisy, a menos que ela já tenha se exercitado?"

"Ah, não, faria bem à velha. Eu mesmo a selarei."

Stanhope começou a trabalhar, e mais uma vez Percy se viu sozinho com Isabel. Ou tão sozinho quanto alguém poderia estar no centro de um estábulo movimentado. Ele olhou para cima e a encontrou o observando com interesse.

"Stanhope era meu ídolo de infância", Percy se viu explicando. "Ele estava um degrau abaixo apenas do duque."

---

2. Tattersall's é a principal leiloeira de cavalos de corrida do Reino Unido e da Irlanda.

"A sua foi uma infância feliz."

Percy foi salvo de ter que responder à observação dela quando Stanhope gritou: "Ela está pronta, Lorde Percival."

Ele se conteve por pouco para não dizer a Stanhope para chamá-lo de Percy. Não parecia apropriado para um bom homem como Stanhope se submeter a alguém como ele como seu superior. Mas Percy logo seria o empregador do homem, e isso não seria aceitável. Ele seria para sempre Lorde Percival, como era justo no mundo hierárquico que os ingleses haviam construído para si. "Meus agradecimentos, Stanhope."

"Isso é tudo, senhor?"

Percy assentiu em despedida, e Stanhope continuou com seu dia, gritando ordens e instruções para seus cavalariços enquanto se afastava. Percy enfiou a mão no bolso e tirou um punhado de cubos de açúcar. Sem pensar, ele os pegou ao sair da sala de café da manhã. Ele nunca entrava em um estábulo sem um doce para os cavalos.

Ele fez um gesto para que Isabel se aproximasse, decidindo deixar a conversa interrompida de lado por enquanto. Precisava de um tempo para refletir.

Ele estendeu a mão, com a palma para cima, os cubos de açúcar brilhando de um branco puro. "Aqui, pegue alguns. Deixe que ela te sinta."

A cabeça de Lady Daisy se estendeu para frente, ansiosa pelo doce. Antes que Percy pudesse lhe dizer para segurar o doce com a palma da mão aberta, Isabel já o fizera com uma das mãos. Com a outra, ela acariciava o focinho aveludado de Lady Daisy enquanto se inclinava, proferindo as bobagens reconfortantes que se diz a um cavalo. Só que ela não estava murmurando bobagens. Ela estava falando espanhol com Lady Daisy. *¿Cómoestás? Belleza. Dulce.*

Seus dedos traçaram a estrela na testa de Lady Daisy. "Foi assim que ela ganhou o nome?"

"Eu pensei que se parecesse exatamente com uma margarida."

"*Señora Margarita*." Lady Daisy emitiu um leve relincho ao ouvir a versão em espanhol do seu nome.

As suspeitas de Percy foram despertadas. "Para alguém que nunca passou tempo com cavalos, você está bem à vontade."

"Mm-hmm", foi tudo o que Isabel lhe respondeu.

A mulher era linda e inteligente, mas essas características não eram nem de longe tão atraentes quanto sua comunhão natural com Lady Daisy. Os cavalos entendiam as pessoas de uma forma que as pessoas não entendiam, ou não conseguiam, umas às outras. E Lady Daisy entendia e gostava de Isabel.

Percy reagiu. Ele não deveria estar pensando na beleza dessa mulher em nenhum contexto. "Vamos começar a nossa aula? Tenho um dia inteiro pela frente", acrescentou com uma grosseria desnecessária.

Após uma última carícia no focinho de Lady Daisy, Isabel deu um passo para trás. Percy os conduziu a uma grande baia, onde teriam amplo espaço para praticar a montaria. Enquanto se movia para o flanco de Lady Daisy para verificar as cilhas e as correias da sela, Isabel estava novamente arrulhando no ouvido da égua. Ele desviou o olhar e se concentrou na tarefa. Não se deteria em quão atraente ela era. A mulher era uma tentação, e isso era um fato.

Pronto.

Ele havia identificado a fonte da tensão entre eles. Agora deveria ser capaz de controlá-la. Só precisava passar por aquela lição de montaria.

Lição de montaria? Instantaneamente, sua mente conjurou uma imagem, uma que não ajudava em seu problema com a tentação.

Ele pigarreou com um grunhido áspero que assustou tanto o cavalo quanto a mulher. "Quando estiver pronta."

Com um movimento da crina de Lady Daisy, Isabel encontrou Percy ao lado da égua. Ele mergulhou direto nela. "Vou estender as mãos assim" — ele entrelaçou os dedos e os estendeu para frente enquanto se agachava — "e você pisa e empurra quando eu pular, colocando a perna direita sobre o pomo e o pé esquerdo no apoio para os pés. Entendeu?"

"Assim?" Ela colocou a bota nas mãos dele e, antes que ele percebesse, executou as instruções com uma graça fluida que o fez encará-la, boquiaberto.

Ou ela era a amazona mais nata que o mundo já vira ou...

Seus olhos se estreitaram. "Ninguém acerta perfeitamente na primeira vez."

Ela o encarou, enigmática. "Eu imagino que haja uma primeira vez para tudo."

"E você nunca montou em um cavalo antes?"

Ela deu de ombros, e ele soube que tinha sido enganado. "Vamos dar uma volta?"

A atrevida. Qual era o jogo dela? Em resposta à pergunta dela, ele balançou a cabeça. "Não no calor do dia. Pode ser demais para Lady. Pensei que passaríamos mais tempo aprendendo a montar, mas parece que você é um prodígio." Ele pegou um punhado de aveia para alimentar Lady Daisy quando ouviu o delicado pigarro de alguém. Isabel o encarou com expectativa.

"Talvez você possa me ajudar a desmontar?"

Um pavor instantâneo revirou as entranhas de Percy. "Claro."

Ele deveria ter chamado um cavalariço. Ou buscado o bloco de montaria na sala de arreios. Em vez disso, ele se viu se acomodando para ajudá-la a descer, os braços estendidos para recebê-la. No momento em que as mãos dela pressionaram seus ombros e seus dedos apertaram sua cintura, ele soube que estava errado, errado, errado enquanto o calor da palma dela atravessava as finas camadas de sua camisa de linho e encontrava sua pele, e ele sentiu isso, aquela centelha de consciência, aquele lampejo de desejo.

Ela se inclinou para frente, confiante, enquanto ele a firmava, seus dedos apertando e cravando-se nos músculos tensos. Os dedos dos pés dela tocaram o chão, e seu corpo roçou levemente no dele pelo que teria sido um breve instante. Em vez disso, ele percebeu que seus dedos a apertavam com mais força e a puxavam para si. Uma ação primitiva, instintiva, impulsionada pela resposta do seu corpo a ela.

Ela respirou fundo, prendendo a respiração, e seus olhos se ergueram para encontrar os dele. Ele viu confusão ali, mas também desejo... A centelha de consciência se acendeu em um fogo latente que só precisava de um sussurro de oxigênio para se transformar em chama incandescente.

O desejo dela em resposta era esse oxigênio.

A experiência entendia aonde esse sentimento o levaria. O consumiria por inteiro até que nada restasse.

Ele passou anos — *anos* — construindo defesas contra sua tendência natural para a maldade. Ele não permitiria que ela vencesse hoje.

Suas mãos a soltaram e ele deu um passo para trás. A testa dela franziu.

"Sugiro que continue com a ficção da dor de cabeça para minha família", ele disse, com a voz quase irreconhecível aos próprios ouvidos. "Isso tornará os próximos dias mais fáceis."

Isabel piscou e endireitou os ombros. O brilho em seus olhos indicava que ela havia se recuperado. "E que tipo de esposa isso me tornaria?"

"*Esposa?*" A mulher estava louca? "Nós não somos casados."

Ela apontou o polegar por cima do ombro. "*Eles* não sabem disso."

O sangue quente gelou em suas veias. "Você está me ameaçando com exposição? Eu não lido bem com ameaças."

A boca dela se fechou e se abriu novamente. "Não, eu, hum, só quis dizer que eu poderia aproveitar ser uma dama por um tempo, só isso."

Ele procurou os olhos dela e não encontrou nenhuma malevolência ali. Poderia confiar a ela sua família? Podia. Ele sentia. "Faça o que quiser", ele cedeu. "Agora, se me der licença, *esposa*, tenho outros assuntos para tratar."

"Como você vai explicar isso a eles?"

Imediatamente, ele entendeu o que ela queria dizer. "Quando chegar a hora, digamos em um mês ou algo assim, direi a eles que, na pressa de nos casarmos, não fizemos a papelada correta e o casamento é inválido. Você decidiu que era melhor se livrar de mim e fugiu com um lorde italiano."

A cabeça dela se inclinou para o lado, avaliando. "Como a mentira te vem à mente facilmente."

Ele sentiu-se estremecer. "Eles não esperam nada melhor de mim. Sou o bode expiatório da família, você não ouviu?"

Com isso, ele saiu da baia e chamou um cavalariço para cuidar de Lady Daisy. Claramente, Isabel sabia se virar. Com as botas fazendo um clique-claque agudo contra os tijolos em formato de espinha de peixe, ele caminhou até a extremidade oposta do estábulo e subiu até o celeiro de feno, com a mente a mil. Pegou um forcado e começou a jogar feno em qualquer direção. Precisava do esforço físico.

Era aquela maldita mulher misteriosa.

Quando a viu pela primeira vez passeando de braços dados com Montfort e notou a proximidade, fez tudo o que pôde para não ceder ao impulso, protetor e inesperado, de afastá-la do homem. Eram aqueles olhos dela. Eram claros e diretos, mas dentro deles Percy sentia uma vulnerabilidade que se destacava entre as fendas de sua armadura.

Uma mulher com aquele olhar não deveria ter relações com Bertrand Montfort. Primeiro, ele a exploraria. Então, ele a esmagaria. E, por fim, a descartaria como lixo quando terminasse com ela.

Às vezes, as circunstâncias e o azar dobravam as pessoas à sua vontade e as deixavam sem escolha. Percy compreendia profundamente como Montfort era especialista em explorar tais circunstâncias em seu benefício.

A coerção estava na raiz do relacionamento de Isabel com

Montfort, Percy sentia isso em seus ossos. Ele precisava se aproximar dela. Ele precisava que ela confiasse nele.

Havia apenas um problema: ele a queria.

Ele se convencera de que podia controlar e canalizar sua verdadeira natureza para um trunfo como o Savior of St. Giles. Ele estava *errado*.

Em vez disso, a força o pegara na noite anterior e o levara a Isabel. Ele deveria saber que sua maldade, uma vez despertada, ganhava vida própria. Ele deveria saber que não conseguia controlar o fogo. E agora ele havia caído nele.

Ele jogou o forcado no chão do sótão e saiu do estábulo. Ele precisava enviar uma mensagem para Hortense, informando-a de sua localização e de que muitas intrigas estavam por vir.

Então, ele desceria até a praia da propriedade para um mergulho na água gelada.

Quantos anos se passaram desde que sentira o toque íntimo de uma mulher? Ele havia parado de contar. O Percy que teria perseguido a promessa do toque de uma mulher e agido de acordo com seu desejo havia sido trancado há muito tempo, a chave jogada fora.

Ele não se tornaria aquele homem novamente.

10

A biblioteca de Gardencourt Manor era uma sala imponente. Ancorando-a, havia uma única parede comprida, forrada do chão ao teto com todos os tipos de livros encadernados em couro que se estendiam por toda a sua extensão, enquanto uma miríade de bibelôs de todo o mundo preenchia o espaço restante, incluindo um globo terrestre e um piano perto das portas francesas externas.

Mas a biblioteca também era uma sala aconchegante, um lugar onde a família podia desfrutar de uma noite agradável. Se alguém quisesse conversar, um grande conjunto de sofás e poltronas convidava a conversas animadas ao lado da lareira de mármore esculpido. Se alguém buscasse solidão, um ou dois recantos aconchegantes convidavam a se acomodar e ler em silêncio nos cantos mais distantes da sala. Se alguém buscasse música, o piano e a harpa independente aguardavam seus dedos musicais. Se alguém quisesse experimentar as ofertas intelectuais da sala, uma longa mesa retangular com bancos ao longo da parede de livros incentivava a espalhar vários volumes e mergulhar em seu conteúdo.

Era essa tarefa que ocupava as Srtas. Bretagne e Radclyffe

naquele momento. Em vez de livros, elas pareciam consultando nada menos que três mapas em tons baixos, para não serem ouvidas pelos demais ocupantes da biblioteca.

O duque, Lorde Exeter e Lorde Avendon não eram tão circunspectos ao discutir política naquele tom caloroso que sugeria mais discordância do que concordância. Na verdade, Lorde Avendon não parecia totalmente envolvido na conversa entre seu pai e seu avô, pois mantinha um olhar atento sobre as meninas na extremidade oposta da sala.

Estava claro que as meninas estavam elaborando um plano. Isabel tinha a sensação de que a Srta. Bretagne — ela não sentia que tinha permissão para chamar a menina de Lucy — estava sempre tramando um plano.

Ela se lembrou da menina que Eva fora um dia. Uma dor de culpa e tristeza percorreu Isabel, como sempre acontecia quando ela pensava na Eva que havia retornado para ela depois de suas negociações com Montfort.

A Srta. Radclyffe, no entanto, era uma garota completamente diferente da Srta. Bretagne, e não era apenas por causa de seu bom senso e interesse pela ciência. Com suas maçãs do rosto proeminentes e olhos cinza-pérola que revelavam uma ascendência asiática mista, a Srta. Radclyffe era uma garota que a maioria dos ingleses não apenas chamaria de diferente, mas também descartaria como exótica, a palavra que tanto irritava Isabel. Ela pressentia uma história complexa por trás da ascendência da Srta. Radclyffe — afinal, ela era filha de um visconde —, mas era uma história que Isabel provavelmente jamais conheceria.

Então, ali estava Isabel, sentada calmamente na cadeira mais distante da lareira que Lady Bertrand insistira em ter naquela noite de verão. Ela bordava enquanto a duquesa e Lady Bertrand fofocavam sobre — *"Aquela Lady Conyngham". Um aceno de cabeça. "O Prinny é tão dependente dela"* — e daquele escândalo — *"Certamente você ouviu o nome que os jornais de fofocas deram a ele?"* Um *olhar furtivo da esquerda para a direita para garantir que nenhum ouvido jovem estivesse escutando, depois um sussurro. "Sr. Long Pole."*

Lady Exeter havia se desculpado meia hora antes, sob o pretexto de visitar os filhos no quarto das crianças.

Foi com uma leve sensação de alívio que Isabel trabalhou no velho e empoeirado coletor de amostras que descobrira em seu quarto em Rosebud Cottage. As outras mulheres a viam como quieta e retraída e, novamente, exótica, portanto, ligeiramente incompreensível. Como tal, muito pouco era exigido dela, então ela estava livre para costurar e observar Lady Bertrand em toda a sua glória volúvel enquanto ela prosseguia com suas explicações sobre cada tópico que lhe vinha à cabeça. Devia ser exaustivo, ser o receptáculo de tantas opiniões firmes e tanto ressentimento. Isabel entendia por que Lady Exeter havia ido embora.

Ainda assim, uma delas havia evitado a biblioteca completamente após o jantar. *Lorde Percival.* Ele estava nos estábulos, ela sabia disso, mas não conseguia reunir coragem para procurá-lo.

A ousadia de hoje parecia tê-la abandonado depois, bem, daquele momento. Um momento que se recusava a permanecer preso aos confins de sua mente.

E ela sabia por quê.

Foi sua falta de resistência.

Quando ele a puxou para frente, ela se fundiu ao movimento.

Por quê?

Ela podia argumentar que estava apenas seguindo a diretriz de Montfort, que sua ação fora calculada.

Embora um resquício de verdade pudesse ser encontrado nessa ideia, outra verdade não podia ser negada.

Ela se inclinou para frente porque queria.

Porque ele era magnético demais para resistir.

Porque ela conhecia o cheiro dele — sândalo fresco — e agora queria conhecer o gosto dele também.

Porque seus longos dedos se curvando em volta de sua cintura pareciam certos, como se a ancorassem a algo real e estável.

Porque a luz intensa em seus olhos queimava por...

Ela.

Ela tinha tantos *porquês* a considerar para se inclinar para frente, e nenhum deles tinha a ver com Lorde Bertrand Montfort.

E quando Lorde Percival se afastou e rompeu o contato, ela quis gritar de frustração como uma criança frustrada. Então, seu lado lógico veio em seu socorro e fez uma pergunta necessária.

O que ela era para ele, afinal?

Um nada. Bem, *um algo*. Um peão no jogo.

Ela estava fracassando na segunda chance que Montfort lhe dera, assim como fracassara na primeira.

Essa noite, no jantar, ela notara uma coisa: Lorde Percival comia como um monge católico. *Propensão à abnegação*. Essas tinham sido as palavras de Montfort, e pareciam ser verdadeiras.

O homem comia vegetais, sim, mas sem molho. Sem carne. Sem sobremesas. Ele não passava manteiga no pão. Na verdade, ele não comia o pão. Ela nunca o vira tomar um gole de vinho. Estranhamente, porém, ele dava a impressão de estar participando. Mexeu as sopas cremosas. Cortou as fatias de carne, chegou a levar a refeição até a boca, mas não a colocou na boca.

E ninguém notou. A não ser ela.

Lorde Percival era um tipo diferente de homem, alguém que talvez fosse imune a todos os prazeres da vida. Exceto, hoje, quando ele a puxou para frente, o olhar em seus olhos...

Bem, *voraz* talvez fosse a palavra para descrever.

E cada vez que pensava nisso, uma dor se acumulava em seu ventre, e ainda mais abaixo, uma sensação nova, maravilhosa, assustadora e *irresistível*.

Um suspiro agudo, seguido por um "Oh!" assustado, perfurou o ar. Uma auréola volumosa de cabelos brancos esvoaçava ao redor de sua cabeça, aflita, Lady Bertrand estava sentada, olhando com os olhos arregalados para o outro lado da sala. Isabel seguiu seu olhar e não conseguiu evitar ofegar também.

Emoldurada pela porta aberta, Eva estava com um Ariel adormecido nos braços, usando o vestido preto simples de quando trabalhavam na loja. Pelo menos não era sua camisola.

As Srtas. Bretagne e Radclyffe mal tiraram os olhos dos mapas diante da pequena confusão, e os homens lançaram pouco mais do que um olhar superficial. Lorde Michael lançou a Eva um segundo olhar — e um terceiro. Eva tendia a provocar essa reação em homens com um olhar para sua beleza ardente. Então, ele voltou a conversar com o duque e seu filho, claramente tendo decidido que a mulher misteriosa à porta era domínio das damas.

A duquesa deve ter tido o mesmo pensamento, pois se levantou. "Boa noite, posso perguntar quem você é?"

Os olhos de Eva pousaram em Isabel, e um sorriso transformou seu rosto. "Irmã!" Ela praticamente voou pela sala e envolveu Isabel em um abraço efusivo. Ou, pelo menos, o máximo de abraço que conseguiu com um braço, o outro embalando um Ariel adormecido.

Isabel demorou a reagir ao entusiasmo da irmã. Elas tinham se visto menos de três horas antes, depois de terem passado a tarde juntas. O que exatamente Eva estava tramando?

"Você tem uma irmã?" perguntou Lady Bertrand, ofegante diante de um acontecimento que poderia conter um toque de escândalo.

Eva deu um passo para trás e balançou a cabeça em reprovação para Isabel. "Você não contou a eles sobre mim?"

"Bem", começou Isabel, pensando rápido, "você estava tão" — *ah, o que ela poderia dizer?* — "doente" — *sim* — "com" — *com o quê?* — "influenza—"

"*Influenza?*" O lenço de linho branco de Lady Bertrand voou até seu nariz e boca. Um abafado "Oh, céus" surgiu.

"Posso garantir que estou completamente curada do que me afligia." O tom de Eva era tão persuasivo que Isabel quase podia acreditar. "Esta noite, porém, eu me vi com extrema necessidade de companhia. Então, quando soube de todos os convidados na mansão — você sabe como os criados gostam de falar —, tive que conhecer cada um pessoalmente."

Como o olhar de Eva era excepcionalmente brilhante. Seus olhos sempre foram de um castanho luminoso, a característica marcante de seu rosto, mas naquela noite eles brilhavam e faiscavam. Ela havia passado de uma casca de si mesma para ser ela mesma demais no espaço de algumas horas. Por um instante de terror, Isabel pensou que Eva havia encontrado láudano. Mas, não, elas já o haviam descartado meses atrás.

Isabel olhou ao redor e encontrou a duquesa e Lady Bertrand olhando para ela com expectativa. *Oh.* "Duquesa, posso apresentar minha irmã, Srta. Eva—"

As sobrancelhas da duquesa se uniram e ela parou de girar as pulseiras em seu pulso. *"Senhorita?"* Ela lançou um olhar significativo para o bebê nos braços de Eva.

"Oh, minha querida", sussurrou Lady Bertrand, o lenço caindo do rosto diante desse acontecimento. A boca de Isabel ficou seca.

"Mi querida", começou Eva, com o tom leve e arejado, "você nunca se acostumou com o meu casamento. Mas, falando sério, como pôde? Durou apenas dois meses, e o único resquício que me resta do maravilhoso Capitão Gardiner é o nosso doce bebê." Seus olhos se encheram de lágrimas convincentes.

"Oh, coitada da moça, Sra. Gardiner." A duquesa estendeu a mão para o longo colar de pérolas que pendia em seu pescoço, que começou a enrolar e girar. "Eu também sei o que é usar o véu de viúva. Mas tão jovem? E com um bebê?"

Eva assentiu como se estivesse muito emocionada para falar. Ela poderia ter perdido sua verdadeira vocação: uma carreira nos palcos.

Isabel continuou as apresentações. "E, Lady Bertrand, posso apresentar —"

Os olhos de Eva se estreitaram. "Lady Bertrand *Montfort*?"

Isabel entendeu instantaneamente o que sua irmã ouvira dos criados e por que ela estava ali.

"Quem mais eu poderia ser?" perguntou Lady Bertrand, com indignação no tom. A mulher possuía um talento excepcional para encontrar ofensa em qualquer detalhe.

"Oh, é realmente um prazer conhecê-la, Lady Bertrand", disse Eva, efusivamente. "Isabel só fala de sua incomparável inteligência, superada apenas por sua suprema sabedoria."

As sobrancelhas da duquesa se ergueram para o teto, enquanto Lady Bertrand visivelmente se entusiasmava com a bajulação, o rubor de uma debutante tingindo suas bochechas pálidas. Ela deu um tapinha na almofada ao seu lado no sofá de damasco amarelo. "Pode sentar-se ao meu lado."

"Oh, obrigada, senhora." Eva atravessou a curta distância apressadamente, em completa obediência obsequiosa.

"Bem, eu não tenho a menor ideia de como as coisas são feitas de onde vocês vêm..." Lady Bertrand parou abruptamente. Ela mesma estava perplexa. "E onde fica exatamente?"

"Madri", respondeu Isabel por Eva. Ela não queria que a irmã mentisse sobre esse ponto. Ela já havia dito a tantas pessoas. Lady Bertrand tão inteligente e sábia? Duas palavras que certamente nunca haviam sido aplicadas à dama em sua vida. Até agora. Até Eva.

"Bem, na *Inglaterra,* a senhora deve deixar o bebê no quarto das crianças à noite. A senhora não tem babá?"

"Sim, senhora, mas não suporto deixá-lo." Eva enxugou os olhos com a mão livre. "Ele é tudo o que resta do Sr. Gardiner."

Isso pareceu apaziguar Lady Bertrand enquanto ela se inclinava para examinar o bebê mais de perto. "E esse lindo menino tem nome?"

"Ele se chama Ariel."

"Que nome incomum", disse a duquesa.

"Ele recebeu o nome do nosso pai."

Lady Bertrand levou um dedo pensativo aos lábios. "Sei que já ouvi esse nome em algum lugar. Parece tão, tão, ah, qual é a palavra que estou procurando?"

"*Judeu?*" perguntou Eva, lançando um olhar rápido para Isabel. Ela detectou malícia ali. Mais da antiga Eva. Demais.

Lady Bertrand se assustou, e seu rosto assumiu a expressão de uma mulher que acabara de engolir um picles inteiro. "Oh, céus."

"Ariel significa leão em hebraico", continuou Eva, implacável, mesmo quando Lady Bertrand parecia à beira de um ataque apoplético.

"Que nome forte para dar ao seu filho", disse a duquesa, com suavidade na voz e aço nos olhos. "Maravilhoso."

"Mas, mas", Lady Bertrand gaguejou, "isso significa que você" — apontou para Isabel — "é uma, uma *judia.*"

O rosto da duquesa tornou-se pétreo, e o aço em seus olhos se acalmou. "Dot, é melhor você abaixar o dedo."

A mão de Lady Bertrand caiu sobre o colo — ninguém desobedece à ordem de uma duquesa — apenas para retornar à boca, horrorizada. "Não vê? Ela é a noiva de Lorde Percival. Uma judia agora está na família de um duque do reino. E a futura descendência deles..." Ela parecia emocionada demais para concluir o pensamento.

"Tia Dot", gritou a Srta. Bretagne, "você aprendeu matemática!"

Isabel olhou ao redor da sala. Parecia que a troca de olhares havia conquistado todos os olhares.

"Mas a linhagem, Lucretia." O desespero persistia em cada sílaba que Lady Bertrand dizia. "A linhagem familiar será manchada—"

"Como sempre, Dot, você acertou em cheio", disse a duquesa, fria e determinada. Isabel perdeu o fôlego. "É exatamente isso que Isabel é, família. Esta não é a primeira vez que um membro da tribo israelita se casa com um membro da aristocracia inglesa, e não será a última."

Isso se provou um teste muito grande para Lady Bertrand, e ela se afundou nas almofadas do sofá, toda a ira e a indignação revigorantes de momentos antes a tendo abandonado. Eva sentou-se a menos de trinta centímetros dela, um pequeno sorriso contorcendo-se em seus lábios, completamente imperturbável. A duquesa piscou para Isabel, e ela pôde respirar novamente enquanto a gratidão a inundava. Não era a primeira vez que ouvia opiniões como as de Lady Bertrand expressas.

Um movimento captou a visão periférica de Isabel. Ali, na porta aberta, no fundo da sala, estava Lorde Percival, com o olhar intenso fixo nela. A inclinação avaliativa de sua cabeça lhe dizia que ele testemunhara toda a conversa.

A duquesa exclamou: "Lorde Percival, que encantador da sua parte participar da nossa pequena reunião."

Se a perspectiva de uma noite fingindo ser a esposa apaixonada de Lorde Percival não assustasse tanto Isabel, ela poderia sentir uma satisfação cruel ao sentir o olhar de um animal selvagem preso pairando sobre o homem.

"Eu ficaria encantado, senhora." Ele parecia tudo menos isso.

"Junte-se a nós aqui, meu rapaz", gritou o duque. "Estamos tendo uma discussão civilizada sobre a necessidade do governo de mais paridade entre as partes, e eu gostaria de um aliado."

As feições de Lorde Percival se suavizaram e seus pés começaram a se mover. "Agradeço qualquer oportunidade de esclarecer Michael sobre suas opiniões teimosas."

A família aceitou suas palavras com naturalidade. Elas foram ditas com um sorriso e recebidas com um, até mesmo pelo sisudo Lorde Exeter, que zombou. Isabel nunca vira Lorde Percival assim, *relaxado*. Ela não o imaginara capaz disso, mas ali estava a prova.

A Srta. Bretagne se levantou de um salto. "Bem, Mina e eu vamos embora." Ela começou a dobrar os mapas espalhados pela longa mesa retangular à sua frente.

A tranquilidade de Lorde Percival desapareceu. "*Vão?* Para onde?"

"Fazer a nossa caminhada." A Srta. Bretagne não se deu ao

trabalho de olhar para cima. "Bem, é mais uma expedição científica."

"Mas, Lucinda", disse a duquesa, "já é *noite*."

"Esse é o ponto", disse a Srta. Bretagne, de forma descontraída e prática.

A Srta. Radclyffe se levantou e entrou na conversa. "Veja, há uma confluência bastante emocionante de eventos acontecendo esta noite que seríamos negligentes em ignorar." Ela ergueu a mão e começou a marcar itens de uma lista. "Uma noite clara. Uma lua cheia. O solstício de verão. E uma ruína druídica."

"Uma ruína druídica?" perguntou a duquesa.

"Em Mercy Island", completou Lorde Percival.

A Srta. Radclyffe sorriu em aprovação. "Sabe disso, Lorde Percival?"

"Muito bem."

"Então deve compreender a nossa missão. Precisamos estar lá antes da meia-noite, pois é quando o evento acontecerá. Isto é, se as pedras certas ainda estiverem de pé."

Antes que Lorde Percival pudesse responder, a duquesa interrompeu: "Pode haver vários bandidos por aí, Srta. Radclyffe."

"De acordo com o mapa, estamos a apenas três quilômetros da costa e não deixaremos as terras da propriedade."

"Minha querida, você passará a noite fora. E se encontrar um caçador ilegal? O que fazer nesse caso?"

Uma tempestade sombria nublou o rosto de Lorde Percival. "Eu proíbo", ele falou baixo e claro.

A sala ficou em silêncio absoluto.

A tempestade que nublava o rosto da Srta. Bretagne combinava com o do pai. "Você *proíbe*?" Ela soltou uma gargalhada sem humor. "*Você* proíbe?"

O jeito como a Srta. Bretagne falou da última vez confirmou algo para Isabel: a moça desprezava o pai.

Lorde Percival cerrou os dentes e pareceu se intrometer. "Sim."

Lorde Avendon desdobrou sua figura jovem e esguia e se levantou. "Tio, se me permite a ousadia, acredito que posso encontrar uma solução para a presente dificuldade."

Lorde Percival desviou o olhar furioso da filha e o encarou. "Sim, Hugh?"

"Acompanharei e protegerei as moças." Ele se ergueu até sua altura mais alta e esguia. "Com a minha vida, se necessário." Tão sério. Tão sincero.

Lorde Percival não aceitou. "Hugh, você é pouco mais que um menino."

"Com todo o respeito, tio, eu fiz dezoito anos no dia do santo do meu nome. Começarei meu primeiro semestre em Cambridge neste outono."

Sem dar atenção às palavras do sobrinho, Lorde Percival se dirigiu ao pai. "O senhor estava permitindo que ela fosse sem acompanhante?"

O duque deu de ombros. "A moça já está decidida. Duvido que haja alguém que a impeça."

"Verdade", interrompeu a Srta. Bretagne.

"Mas, respondendo à sua pergunta, sim. Não vejo mal nisso", continuou o duque. "Agora que o senhor mencionou, que sorte a do pai dela estar aqui para cuidar do assunto."

Lorde Percival desviou o olhar para a filha. "Se você for, eu vou."

"Isso dificilmente é —"

Lorde Percival ergueu a mão e a silenciou no meio da frase. *Se você for, eu vou*", repetiu ele com um tom de aço que permeava toda a extensão de suas palavras. Só um tolo não acreditaria nele.

Era óbvio que sua filha queria pisar duro de frustração. "Muito bem."

"Nos encontraremos no saguão da frente daqui a dez minutos", ele disse, como um homem acostumado a assumir o controle de uma situação. "Traga um sobretudo leve. Uma noite clara significa uma noite fria, mesmo no verão. E Lucy?"

"Sim?"

"Não tente sair sem mim."

"Não sairemos, Lorde Percival", respondeu a Srta. Radclyffe. "E nossa sincera gratidão por sua escolta."

A Srta. Bretagne lançou a Srta. Radclyffe um olhar igualmente mal-humorado e magoado, mas mesmo assim assentiu em concordância. Não era difícil perceber que a Srta. Radclyffe era a voz da razão na amizade delas.

As Srtas. Bretagne e Radclyffe juntaram seus mapas em uma pilha organizada e saíram da sala, levando consigo uma fina folha de papel que serviria como guia para a caminhada noturna. Lorde Avendon estava a menos de dez passos atrás deles, dando a Lorde Percival o tipo de aceno que os homens davam uns aos outros ao passar. Lorde Percival se despediu e seguiu atrás do grupo.

Isabel sentou-se em sua cadeira, com o bordado na mão, observando tudo acontecer, esquecida. Eles estavam indo embora, sem ela. Não, *eles* não. Lorde Percival estava indo embora sem ela. *Não, não, não.* Essa era a chance dela — sua segunda chance — e estava saindo pela porta.

O calor da ação incipiente explodiu dentro dela, e ela se levantou rapidamente. Lady Bertrand ofegou. As reações estavam sempre à flor da pele. A duquesa apenas ergueu uma sobrancelha. E Eva a observou como se estivesse a uma grande distância.

"Marido?" chamou Isabel. Como ela odiava a hesitação em sua voz.

Lorde Percival parou de repente, de costas para ela. A tensão irradiava dele em ondas. "Sim, esposa?" perguntou ele sem se virar.

"*Quero* dar um passeio noturno."

Ele encontrou o olhar dela por cima do ombro. Ela não vacilaria diante do desafio. Ele relaxou o maxilar. "Você quer?"

"Exatamente. Eu sempre fui uma criatura da noite."

O conhecimento brilhou em seus olhos. "E, por favor, doce

esposa, você tem as roupas necessárias para tal aventura? Você não pode sair sem uma capa para protegê-la do frio da noite, e nós deixamos Londres em uma corrida bastante precipitada."

"Oh, céus", sussurrou Lady Bertrand, escandalizada e fascinada.

Isabel teve que considerar que ele poderia tê-la derrotado. Ela não tinha roupas para um passeio noturno pelo campo.

A duquesa fez um sinal para um criado. "Dobbs, mande buscar minha capa de cashmere cinza para Lady Percival e encontre-a no saguão da frente daqui a dez minutos." O criado atendeu ao pedido de sua senhora enquanto a duquesa olhava para as botas de Isabel aparecendo sob a bainha da saia. "Parece que você já tem os sapatos corretos e confortáveis."

Isabel teve que se esforçar para não arrastar os pés para fora de vista. Era verdade que ela estava usando botas, mas eram funcionais e bastante confortáveis. Na verdade, eram as melhores botas que ela já tivera. Ela não se sentiria envergonhada por eles, nem mesmo por ser uma duquesa.

O maxilar de Lorde Percival voltou à posição cerrada, mas ele assentiu com a cabeça antes de sair da sala.

"Duquesa, Lady Bertrand." Isabel se apressou para alcançar Lorde Percival, descartando às pressas seu bordado em seu assento vago. Ela não havia dado mais do que três passos quando se lembrou. *Eva.*

Ela se virou um pouco para encontrar o olhar da irmã. Sua avaliação anterior de que a antiga Eva havia voltado à vida não acertou em cheio. O sangue dessa Eva não corria quente e impetuoso. Essa Eva não tinha pressa, avaliava a situação de maneira fria e distante. Essa Eva encheu Isabel de pavor. Agora, mais do que nunca, ela não queria deixá-la sozinha. "Irmã, gostaria de se juntar à nossa excursão?"

"Estou muito contente em sentar perto da lareira quente e absorver a conversa deliciosa que acontece ao meu redor." Seu olhar percorreu Lady Bertrand como o gato que comeu o canário. "Lady Bertrand tem muita sabedoria para transmitir. Eu não perderia nem um pouco dela por nada neste mundo. Aproveite sua aventura noturna, *mi querida*. Você pode me contar tudo amanhã."

Isabel sabia que não deveria deixar a irmã. Mas... Sua segunda chance estava se esvaindo. Se ela ficasse, a perderia.

E depois?

Seu olhar pousou no pequeno Ariel adormecido, aconchegado e encolhido nos braços da mãe. Ela não o decepcionaria.

Lançou um último olhar para Eva antes de prosseguir para a noite incerta.

11

"Lucy!" Percy chamou a filha pela décima segunda vez, que continuou correndo à frente com Hugh e a Srta. Radclyffe. "Eu deveria assumir a liderança."

Eles ou não o ouviam ou não o atendiam. Embora suspeitasse da última hipótese, não podia correr para alcançá-los e deixar Isabel sozinha. Ela o seguia uns três metros atrás.

Enquanto ele conseguisse manter os olhos no grupo à frente e os ouvidos atentos à mulher atrás, ele mantinha um mínimo de controle caso algo acontecesse, por mais improvável que fosse. Em geral, contrabandistas e seus semelhantes sabiam que deviam ficar longe das terras de um duque. Havia outros trechos de costa mais adequados às suas necessidades, com menos risco.

Percy conhecia aquela área como a palma da mão, tendo percorrido suas curvas e meandros durante toda a sua infância. O estalar abafado da palha de outono e dos detritos há muito caídos sob seus pés. A lua cheia lá no alto, a luz salpicada brilhando através da copa espessa das folhas das árvores no verão. O mar que rugia ao longe. Cheirava a terra úmida, ondas salgadas e, acima de tudo, a lar.

E realmente seria em breve. Gardencourt, com seus jardins

gloriosos e estábulos magníficos, era seu direito de nascença, uma ideia que o deixava simultaneamente tonto e enjoado. A ilusão havia crescido em camadas, aumentando em tamanho e peso a cada passo. Nesse ritmo, em breve, estaria completamente fora de seu controle. Ou isso era uma ilusão? Provavelmente já era.

Atrás dele, ouviu um som — ou melhor, sua ausência.

Os passos de Isabel... Eles haviam silenciado.

Ele olhou por cima do ombro, apenas para encontrar um caminho vazio. *Maldição*. "Isabel", ele gritou.

Uma resposta fraca veio da curva às suas costas. Enquanto isso, Lucy, Hugh e a Srta. Radclyffe marchavam em frente. "Lucy!" ele gritou. Nenhuma resposta. "Lucy!". Eles simplesmente continuaram. Ele não podia deixar Isabel, que devia ter se metido em alguma encrenca. A mulher era muito habilidosa nisso.

Seus pés se levantaram em uma corrida leve. Ele a localizou tentando arrancar o manto grande demais da duquesa das garras de um arbusto de amoras. Elas cresciam desenfreadamente por ali. "Precisa de ajuda?" ele perguntou. Não se importaria se ela dissesse não.

"Eu posso me livrar, se eu puder..." Ela estava virada dentro do manto, como um texugo [1] dentro da sua pele. O arbusto parecia ter lançado um ataque por trás. Seus dedos cutucavam firmemente os espinhos. Eles poderiam ficar ali a noite toda, tamanha era sua paciência com a tarefa. Enquanto isso, Lucy, Hugh e a Srta. Radclyffe seguiam em frente.

"Permita-me", ele disse dando um passo à frente. "Eu insisto."

O ombro de Isabel se curvou, impedindo-o de acessá-lo. "Prefiro não rasgar o tecido. É uma vestimenta tão fina."

Impacientemente — não podia despistar o grupo à frente por

---

1. Os texugos são animais de pernas curtas e atarracados, de pelo castanho ou negro, carnívoros que pertencem à família dos mustelídeos (a mesma família de mamíferos dos furões, doninhas e lontras).

causa da teimosia dela — Percy circulou e estendeu a mão para pegar o manto antes que ela tivesse a chance de se afastar, e seus dedos tocaram os dela. Um instante de hesitação, no leve toque de dedos enluvados, nada mais. Não era pele tocando pele. Mesmo assim, a mão dele recuou bruscamente.

De alguma forma, ele havia se acomodado exatamente na posição que vinha evitando desde os estábulos: proximidade física com aquela mulher. O cheiro dela o envolvia em madressilva e verão. Um cheiro que ele gostava demais.

E lá *estava*, novamente, a tensão do desejo puxando-o por dentro.

Ele cerrou o maxilar e puxou. O som de tecido se rasgando ecoou pelo ar.

Ela lançou-lhe um olhar irritado e suspirou. "Você rasgou."

"Um pequeno rasgo", respondeu ele, ríspido. Largou a peça e saiu em passo rápido. "Precisamos nos apressar se quisermos alcançá-los", ele gritou por cima do ombro.

Em poucos passos, ela estava em seus calcanhares. Chegaram a uma bifurcação na trilha. *Maldição.* Ele tinha se esquecido disso.

"Qual é o caminho para Mercy Island?" perguntou Isabel às suas costas.

"A trilha faz uma grande curva, então qualquer direção nos levará até lá." Ele olhou para o céu. "Numa noite tão clara, não há muito risco de contrabandistas. Eles gostam de trabalhar sob a lua nova."

"Vamos pela direita?" Isabel perguntou.

Era uma rota tão boa quanto à outra e, de qualquer forma, eles eventualmente encontrariam Lucy, Hugh e a Srta. Radclyffe. Enquanto Isabel caminhava à frente, ela não parava de se preocupar com a capa. "O rasgo não tem mais do que um centímetro e meio", ele gritou intuindo sua preocupação.

Ela se virou, diminuindo o passo. "Talvez eu consiga consertá-lo."

Ele a alcançou. "Presumo que você seja habilidosa com agulha e linha."

"Qual foi sua primeira pista? Minha loja de costura?"

"Acho que eu merecia isso."

"Para responder, sim, eu sou", ela disse sem um pingo de fanfarronice, "mas não como Eva ou Papai."

Percy podia deixar passar ou insistir. Na verdade, ele só tinha uma escolha. "Como seu pai se tornou um *hidalgo de privilegio*?" Ele baixou a voz, ele esperava, para não soar ameaçador.

"Com a agulha dele", ela respondeu melancólica. "Ele é... *era* o alfaiate do Rei Ferdinand."

Agora eles estavam chegando a algum lugar. "E seu pai também veio para a Inglaterra?"

Isabel mordeu o lábio inferior e balançou a cabeça. "Ele continua em Madri."

A admissão soou tensa e infeliz. Isso fazia parte dela, o seu verdadeiro *eu*, um *eu* que ela não queria que ele conhecesse.

Bem, que pena. "O que a trouxe para a Inglaterra?"

"Muita sorte, é claro." Ela deu uma risada vazia que implicava o oposto. "Quem não quer ser inglês? Principalmente quando o país está devastado pela guerra." Suas palavras saíram amargas tanto no conteúdo quanto no tom, mas seu rosto brilhava com a raiva impotente que ele conhecera muito bem ao longo dos anos de guerra e suas consequências. "O senhor esteve na Espanha, Lorde Percival."

"*Percy*", ele a lembrou.

"E o seu tempo lá, *Percy*? Você se divertiu?"

"*Se eu me diverti?* Era uma guerra." Ele distribuiu cada palavra, sílaba por sílaba lenta. Do que diabos ela estava falando?

"Mas você é filho de um duque", ela insistiu, com os olhos brilhantes. Ela tinha uma declaração a fazer. Ele a deixaria. "Você era um aristocrata jovem, bonito e endinheirado, o filho de ouro do seu país. Não consigo imaginar que tenha sido recrutado."

"Não fui."

"Que nobre da sua parte." Ela o olhou com raiva. "E você tinha o cavalo mais vistoso?"

"Sim."

"E a espada mais brilhante?"

"Mais brilhante que o sol."

"E a pena mais alta do seu chapéu?"

"Mais espessa também."

Cada pergunta que fazia tornava suas palavras cada vez mais ácidas. Assim, também, seu sotaque espanhol ficava mais carregado. Ele sabia o que ela estava insinuando de forma não tão sutil, mas não tinha vontade de se defender ou desfazê-la de suas implicações. Pois ela não estava errada. O Lorde Percival Bretagne, que partira para a guerra, preocupava-se com cada ponto da sua lista de assuntos insignificantes.

"Eu conheço a sua espécie."

"A minha espécie?"

Por que ele a estava encorajando? Uma parte dele ansiava pela repreensão que ela estava oferecendo, era por isso. Ele queria ser punido, merecia, na verdade.

"*Sí*, você é definitivamente único."

"O vaidoso arrogante? Será que está se referindo a ele?"

Enquanto ele ansiava por uma surra verbal, outro lado dele tinha uma necessidade diferente. Ansiava por olhar diretamente em seus olhos verdes e claros e oferecer um adendo à narrativa que ela estava tecendo. Sim, ele tinha ido para a guerra, o garoto arrogante que ela descreveu, mas não permaneceu assim por muito tempo. Não que o homem que havia retornado à Inglaterra fosse um homem melhor, mas sim um homem diferente.

E como desenterrar o passado lhe serviria? Uma vez resolvido o assunto com Montfort, ele nunca mais veria aquela mulher.

Suas perguntas pairavam no ar, a resposta era óbvia e ofensiva demais para ser dita em voz alta, a expressão envergonhada no rosto dela dizia tudo. Então, caminharam em silêncio, lado a lado, sem se tocarem, até que o caminho se abriu de repente e eles se encontraram à beira do penhasco.

Isabel engasgou com a visão diante deles. "Oh."

Lá em cima, a lua cheia iluminava o mar estendido até o horizonte, iluminando ondas plácidas que ondulavam em direção à costa, convidando o olhar a retornar a terra. Trinta metros abaixo, havia uma pequena ilha conectada ao continente por uma pequena ponte de pedra.

"É Mercy Island?" ela perguntou.

"Sim."

"Oh, olhe." Isabel apontou para três figuras distantes cruzando a ponte. "Vamos nos juntar a eles?"

Ela deu alguns passos em direção ao caminho menor que se ramificava do principal e alternava entre a ponte abaixo. A mão de Percy disparou e agarrou seu braço, fazendo-a parar abruptamente. "Não."

Olhos arregalados e surpresos encontraram os dele por cima do ombro dela, depois pousaram intencionalmente em seus dedos ainda em volta do braço dela. Sua mão caiu naquele instante. "Podemos observá-los daqui. Minha presença só estragaria a aventura de Lucy."

Por que ele se sentiu compelido a acrescentar aquela última parte?

"Sua filha, ela..." Isabel estava claramente incerta de como dizer a verdade horrível e óbvia em voz alta.

"Mal consegue tolerar a minha presença." Ele falou. "Escolhas têm consequências. Eu não compreendia o alcance que elas teriam quando parti para a guerra."

O jeito como Isabel o olhava agora, com compreensão, fez Percy querer se chutar. Ele não queria a pena dela. No entanto, aquele olhar também teve outro efeito sobre ele. Aqueceu uma parte dele que estava fria há muito tempo.

Ele rompeu o contato, caminhou até o outro lado de uma

pedra e levou a mão à testa com o pretexto de procurar contrabandistas no mar. Os passos leves de Isabel se aproximaram. Ela não sabia?

Ele gesticulou em direção à pedra que poderia facilmente servir de banco. "Sente-se."

A ordem ficou no ar por três segundos, então Isabel soltou uma risada que brilhou na brisa. Era o tipo de risada capaz de perfurar a alma, se não se tomasse cuidado para não deixá-la.

"Você parece um ancestral antigo que vivia em uma caverna. Sente-se", ela se acomodou e enrolou o volumoso manto da duquesa em volta de si, de costas para ele.

O olhar dele pousou na nuca exposta dela, a pele morena brilhando como marfim ao luar, as linhas delicadas de tendões que se estendiam abaixo da superfície até a curva de sua orelha. Sua boca ficou seca.

"Não posso deixar você se esgueirando atrás de mim a noite toda", ela gritou por cima do ombro, sem se virar. *"Sente-se."*

Percy sorriu — não conseguiu evitar — e, contrariando seu bom senso, sentou-se.

Instantaneamente, ele percebeu o erro. A madressilva açucarada em um dia quente de verão espalhava sua doçura.

"Que noite adorável", ela disse. O grupo abaixo começou a circular uma área. Eles devem ter encontrado as pedras druídicas que procuravam.

Mas Percy não se importou muito com aquela cena, não quando tinha a oportunidade de estudar o perfil de Isabel. Era digno do adjetivo clássico, do tipo que se encontraria representado em uma moeda grega antiga. Nariz longo e aristocrático. Lábios carnudos e volumosos. Queixo delicado, mas firme. A dela não era a beleza simples exortada nos tranquilos salões de Mayfair, mas sim a beleza selvagem e indomável de um poema do falecido Byron.

O que ele havia escrito?

Ela caminha em beleza, como a noite.
De climas sem nuvens e céus estrelados.

Era esse mesmo.

Depois de todos esses anos, parecia que o lado poético de Percy não havia sido totalmente suprimido.

"Requintado", ele se viu dizendo. Não estava falando das palavras de Byron.

Deve ter sido a rouquidão sombria em sua voz que a fez ficar imóvel e então, muito lentamente, virar-se para encará-lo. Seus olhos se ergueram para encontrar os dele e se fixaram, silenciosamente buscando, questionando. Um movimento em seu colo chamou sua atenção. Ela estava tirando a luva, metodicamente, dedo por dedo. Então sua mão se ergueu e, antes que ele percebesse sua intenção, tocou sua maçã do rosto direita, traçando a cicatriz suavemente como uma pena.

"A sua guerra foi realmente tão divertida assim?" Seu contralto melodioso e baixo sacudiu e aqueceu suas entranhas.

"De alguém foi?" ele respondeu, a sua voz ficando rouca.

Uma dor não resolvida brilhava em seus olhos, e tudo o que ele queria era tirar isso dela .

Instintivamente, ele entendeu que nenhuma de suas ações dali em diante seria guiada por escolha ou razão. Ele pegou a mão dela e a levou aos lábios, inalando o doce calor da madressilva enquanto beijava sua palma. A respiração dela engasgou no peito, mas ela não se afastou, em vez disso, balançou para frente levemente, o suficiente para ele reconhecer a rendição.

Seus lábios deslizaram até o ponto de pulsação no pulso dela, com finas veias azuis batendo sob sua boca. Incapaz de resistir, ele a lambeu, e ela ofegou.

"Devo parar?" Ele não sabia como conseguiria, mas conseguiria.

A mão dela se soltou de seu aperto, e seu estômago afundou até os pés. Então os dedos dela retornaram, acariciando seu maxilar, deslizando ao redor de seu pescoço, entrelaçando-se em seus cabelos. Ela o puxou para frente. Com a boca a centímetros da dele, ela sussurrou contra seus lábios: "Acho que eu morreria."

Com um rosnado mais animalesco do que humano, ele segurou seu rosto com as duas mãos e reivindicou sua boca. Lábios macios se abriram sob sua exigência. Ela inalou o ar dele com um suspiro rápido. O fato de ela ter acolhido parte dele dentro de si fez seu pênis inchar. Ele o queria inteiro dentro dela.

Uma mão encontrou o meio das costas dela para firmá-la enquanto ele se pressionava para frente, seu peito contrastando com a maciez do dela. Sua língua começou um emaranhado lento e deliberado com a dela, e ele deslizou para a carnalidade. Ela tinha gosto de sal, doce e mulher.

Um gosto não era suficiente. Ele queria arrebatar e devorar cada centímetro dela com a boca, com o corpo. Nunca estivera tão faminto, *tão faminto*, por uma mulher.

Ela gemeu no fundo da garganta, e uma parte do cérebro de Percy, que se preocupava com seus próprios interesses, sabia que, se ele não parasse com o beijo naquele instante, talvez nunca conseguisse deixar aquela mulher ir. Ele estaria irremediavelmente perdido em sua perversidade.

Com grande dor, ele se separou dela, ofegante. Os olhos dela se abriram de repente, iluminados por uma confusão e uma frustração que poderiam se igualar às dele. "Lorde Percival", ela sussurrou.

"Percy."

Ela tocou os lábios esmagados pelo beijo com as pontas dos dedos. Se ele não soubesse, poderia pensar que aquele era o primeiro beijo dela, dado o rubor fresco em suas bochechas. Mas ele sabia. Exceto...

Será que sabia?

"Você beija como uma..." Ele hesitou por um instante. *"Virgem."*

O olhar dela se desviou.

O coração dele bateu forte. "Você é virgem", saiu de sua boca, cada sílaba lenta, atordoada e absolutamente certa.

Olhos arregalados encontraram os dele. "Como você pode saber disso?"

"Você está me dizendo o contrário?"

Ela engoliu em seco. O silêncio prevaleceu.

Pronto.

Como ele suspeitava: ela era virgem.

Isabel ofegou de horror.

Ele seguiu o olhar dela e encontraram, trinta metros abaixo, Lucy, Hugh e a Srta. Radclyffe olhando para eles de Mercy Island. Era evidente que tinham presenciado o beijo, que devia ser comparável ao evento astronômico, considerando a abertura de suas bocas. Lucy foi a primeira a se recompor ao se separar do grupo e caminhar pisando duro em direção à ponte. A Srta. Radclyffe acenou de leve, e Isabel retribuiu.

Percy agarrou a luva caída de Isabel enquanto se levantava. "Acho que você vai precisar disso."

A cabeça dela se inclinou para trás, e o olhar dele pousou em seus lábios inchados. Como ele queria chupar aquele lábio inferior carnudo e dar uma mordidinha de teste, uma que a fizesse ofegar, sorrir e implorar por outra.

Uma virgem, veio o pensamento seguinte.

Ela engoliu em seco. "Obrigada, Lorde — *Percy.*"

Ele gesticulou para que ela assumisse a liderança. "Depois de você."

No início da trilha que se separava em direção à ponte abaixo, ele e Isabel esperaram em um silêncio que era o silêncio mais alto e irritante que ele já havia suportado. Ele não podia pressioná-la agora, pois ali estava Lucy passando por ele. Ela fez uma curva fechada para a direita e marchou à frente sem olhar para ele.

Em seguida, veio a Srta. Radclyffe. Isabel perguntou sobre as ruínas enquanto acompanhava o passo da garota. A Srta.

Radclyffe lançou-se em uma explicação detalhada sobre a confluência única de astronomia e arqueologia daquela noite, à qual Isabel ouviu com atenção e fez perguntas quando apropriado. Percy era provavelmente o único que conseguia ver a tensão que irradiava dela. A mulher era extremamente habilidosa em se recompor.

Percy esperou por Hugh, que chegou por último. O rapaz manteve um silêncio persistente enquanto eles fechavam a fila juntos. Com a testa franzida pela variedade de contemplação profunda disponível exclusivamente para adolescentes, o olhar de Hugh não desviou um instante da figura alta e elegante da Srta. Radclyffe. O silêncio incompatível do rapaz combinava perfeitamente com Percy.

Aqui estavam os fatos como Percy os conhecia.

Isabel era costureira.

Ela era filha de um nobre espanhol de pequena nobreza.

Ela era judia.

Ela era virgem.

O que não mudava nada, não de verdade, não quando se considerava sua ligação com Montfort.

No entanto... Uma *virgem* envolvida no esquema da Casa Número 9, tendo o Conde de Pembroke como alvo?

A coerção era clara. Montfort era exatamente esse tipo de homem para obrigar uma virgem a seduzir um futuro membro do Parlamento para ganho político.

Percy precisava manter Isabel por perto. Mas, também precisava ficar longe dela.

Para outro homem, o beijo louco de alguns minutos atrás já teria começado a desaparecer na memória, suprimível e distante. Não para Percy. A loucura pulsava em suas veias a cada batida do coração. Agora que havia sido despertada, ficaria à espreita da próxima oportunidade. Sua perversidade era paciente nesse aspecto.

Na verdade, o que ele queria em seu âmago mais profundo e obscuro era mergulhar naquele sentimento e se tornar viciado naquela mulher. Seria a coisa mais fácil que ele já fizera na sua vida.

E a pior.

12

"**D**everia ser tão quente assim na Inglaterra?" perguntou a Srta. Bretagne, abanando-se dramaticamente como se estivesse à beira de um desmaio.

Até mesmo Lady Bertrand havia dispensado o lenço. "Afinal, somos somente nós, damas."

Embora um torpor pairasse sobre a biblioteca geralmente arejada, Isabel não a achou particularmente opressiva. Nem Eva, dado o rápido olhar de *"Você acredita nesses ingleses?"* que lançou a Isabel. Quando Lady Exeter se desculpou para uma "deitada revigorante" antes do chá da tarde, Eva lançou a Isabel outro olhar semelhante, e Isabel teve que esconder um sorriso enquanto continuava a consertar o manto da duquesa.

A Srta. Bretagne arrastou-se até o piano e levantou a tampa, expondo as teclas pretas e brancas. "Mina, venha compor uma música comigo. Este concerto de Bach precisa urgentemente de letra."

A Srta. Radclyffe olhou para o relógio de bolso. "Vou ficar lendo pelos próximos dezessete minutos."

A Srta. Bretagne fez um pequeno beicinho, mas não disse mais nada enquanto começava a dedilhar as teclas do piano.

"Os preparativos para o seu café da manhã cítrico estão em andamento, Duquesa?", perguntou Lady Bertrand.

"Café da manhã cítrico?", a agulha de Eva ficou suspensa no ar. "Vocês têm pomares de frutas cítricas na propriedade?"

"Temos uma estufa, Sra. Gardiner", explicou a duquesa.

"E está transbordando de todos os tipos de frutas cítricas que você possa imaginar", interrompeu Lady Bertrand.

"E você tem um dia para isso?"

"Bem", continuou a duquesa, "é algo bastante improvisado. Em alguns dias, a vila apresentará seu musical de verão, que será..."

"Terrível", interrompeu Lady Bertrand.

"Delicioso", corrigiu a duquesa. "Estou ansiosa para conhecer o talento local. Sempre gostei desse tipo de coisa. Em troca, convidaremos a vila para um café da manhã no dia seguinte, para saborearmos todas as laranjas, limões e limas que não conseguiremos consumir sozinhos. Cítricos são as melhores frutas para o verão."

"Ah, Lucretia, ainda não entendi por que você está oferecendo isso aos cidadãos da aldeia. Como pode tolerar essas pessoas em sua casa?" Por *você*, ficou claro que Lady Bertrand se referia a *mim*. "Nunca teríamos uma reunião dessas em Little Spruisty Folly. Bertie não aceitaria isso."

Como se Lady Bertrand não tivesse falado, a duquesa continuou: "Então pensei, bem, já que vamos receber a aldeia aqui hoje, por que não montar uma tenda e estender a reunião até a noite para um baile campestre? O que, devo confessar, é bastante egoísta da minha parte. Eu adoro violinos animados e canções country. Sra. Gardiner, a senhora deveria considerar se livrar de suas roupas de viúva para a ocasião."

Os dedos da Srta. Bretagne tocaram uma tecla dissonante no piano. "Um baile? A senhora nunca mencionou um baile."

"Eu nem precisava, Lulu." A duquesa fez um gesto de desdém para a moça. "Você, minha querida, ainda não foi apresentada a sociedade. E a Srta. Radclyffe também não."

"Mas é um *baile campestre*", choramingou a Srta. Bretagne. "Ninguém em Londres precisa saber."

Um sorriso travesso se formou nos lábios da duquesa. "Devo confessar que fui a um ou dois bailes country quando tinha a sua idade, Lulu." Um olhar sonhador surgiu em seus olhos. "Eles são tão divertidos."

Lady Bertrand emitiu um de seus característicos "oh, céus", e a Srta. Bretagne gritou ao saber que havia ganhado o dia.

A duquesa fixou o olhar em Isabel. "Querida, se o dia for um sucesso, este é exatamente o tipo de coisa que pode se tornar uma tradição para Gardencourt Manor. É vital que você deixe sua marca e estabeleça tradições desde cedo, não concorda?"

Todos os olhares — exceto o da Srta. Radclyffe — se voltaram para Isabel. "Ora, sim, claro", ela gaguejou.

A duquesa inclinou a cabeça para o lado, curiosa. "O Percy não te contou?"

"Contou?" Isabel se lembrou de quem ela era. Bem, de quem ela deveria ser. "Ah, sim, *isso*. Estou, hum, tão ansiosa por isso."

O que ela não sabia?

"Bem, suponho que ele chegará lá na hora certa."

"Mas, Duquesa", interrompeu a Srta. Bretagne do seu lado da sala, "eu não trouxe um vestido para a ocasião."

"Você vai conseguir dar um jeito, minha querida. Os jovens e determinados sempre conseguem."

Eva se virou na cadeira. "Srta. Bretagne, qualquer vestido pode ficar festivo com alguns toques aqui e ali."

"Ah, é?"

Eva estalou os dedos. "Não tem nada de especial. Está vendo este vestido que estou usando?" Ela se levantou e acenou com o braço como se quisesse demonstrar suas muitas qualidades.

A Srta. Bretagne assentiu lentamente, com os olhos arregalados, reconsiderando a irmã de sua nova madrasta.

"Eu o refiz três vezes." Ela apontou para Isabel. "E o vestido dela? *Cinco* vezes."

"A senhora é tão pobre assim?" acrescentou Lady Bertrand, mas ninguém lhe deu atenção. Não enquanto Eva estivesse com a palavra.

A Srta. Bretagne exclamou sobre o fino bordado de Eva, claramente tendo decidido que gostava da sua nova tia. "Você é uma excelente costureira."

Eva ficou rígida e um olhar sombrio apareceu em seus olhos. Antes que a inevitável resposta inflamada de Eva pudesse sair, Isabel se levantou rapidamente. "Na verdade, Eva é modista."

Eva se endireitou em toda a sua altura. "*Não* sou costureira."

"Ah." A Srta. Bretagne pareceu bastante desanimada.

"A diferença é que Eva desenha os vestidos que confecciona", continuou Isabel.

"Sra. Gardiner", começou a Srta. Bretagne, arrependida, "consentiria em aplicar seus talentos para refazer um dos meus vestidos para o baile?"

Isabel observava Eva com um olhar nervoso. Nestes últimos meses, a irmã que ela conhecia melhor do que a si mesma havia se tornado incompreensível para ela. Essa Eva era calculista e comedida. Por que ela estava se intrometendo nessa família? Havia um jogo estava em andamento, e Isabel desejava saber qual era.

O rosto de Eva se abriu em um sorriso repentino e encantado. "Eu farei."

"E, possivelmente", continuou a Srta. Bretagne, "você também faria um dos vestidos da Mina?"

Com o nariz enterrado no livro, a Srta. Radclyffe gritou: "Totalmente desnecessário", sem olhar para cima.

As feições da Srta. Bretagne se contraíram quando ela soltou um suspiro tempestuoso, sinalizando sua frustração. A garota tinha mais do pai nela do que imaginava.

"Não importa o vestido que eu use", continuou a Srta. Radclyffe, "contanto que eu esteja aquecida em um dia frio e fresca em um dia quente. Ou em um dia escaldante, conforme o caso."

Eva sorriu com conhecimento de causa, e Isabel viu sua verdadeira irmã emergir. "Ah, mas é aqui que você se engana, Srta. Radclyffe. As roupas que usamos são muito mais do que funcionais." Ela praticamente cuspiu a palavra. "Elas são sua armadura contra o mundo, não apenas contra os elementos. Suas roupas transmitem uma mensagem sobre quem você é, e você quer que essa mensagem seja clara. Há muito poucas coisas sobre as quais temos controle real em nossas vidas, mas nesse caso temos. Aconselho você a usar isso a seu favor."

Durante o discurso de Eva, Isabel notou um movimento na porta e olhou para cima. Seu estômago revirou. Diante delas estava Lorde Bertrand Montfort, de volta.

Tão cedo. Cedo demais.

Ela não fizera nenhum progresso com Lorde Percival.

Bem, isso não era exatamente verdade. Mas era o progresso errado.

"Você beija como uma virgem."

Borboletas percorreram seu estômago, e tudo o que ela conseguiu fazer foi manter as mãos ao lado do corpo e não tocar seus lábios.

Ela não contaria a Montfort sobre seu primeiro beijo. Mal se permitira pensar nisso, guardando a lembrança em uma parte não utilizada do cérebro e girando a chave na fechadura. Pena que a porta tivesse frestas pelas quais o beijo insistia em passar.

Seguindo Montfort para dentro da sala, estavam um cavalheiro de peito largo e rosto vermelho e uma jovem esguia, cujos olhos cinzentos e penetrantes percorriam o ambiente, sem nunca se fixarem em um único objeto por muito tempo. Isabel soube o momento em que Eva avistou Montfort, pois parou de falar no meio da frase. Isabel estendeu a mão para a irmã e apertou com força, tentando reprimir o tremor que detectou ali. Não era de medo, mas de uma raiva tão profunda e sombria que ninguém conseguia tocá-la. Isabel tentara e falhara.

"Oh, Bertie", exclamou Lady Bertrand, abanando-se, "você chegou com amigos. Trouxe uma brisa refrescante também?"

"Se não é o Barão Cheswick!" exclamou a duquesa, correndo pela sala para cumprimentar seus novos convidados. "E vejo que trouxe a Srta. Fox com você." A jovem fez uma leve reverência. A duquesa juntou as mãos diante do peito, encantada. "Agora nossa pequena festa vai ganhar vida. Cheswick sempre deixa as festas ainda melhores. Mas primeiro temos um assunto a tratar." Ela acenou com o dedo para Isabel, que soltou a mão de Eva com grande relutância. Os olhos de Eva não se desviaram de Montfort.

"Ainda não é de conhecimento geral", continuou a duquesa, "mas nosso Percy arranjou uma esposa. Lady Percival, posso apresentar-lhe Lorde Cheswick e sua filha, Srta. Fox?"

"É um prazer conhecê-la." Isabel tinha certeza de que essas eram as palavras corretas para apresentações aristocráticas inglesas.

Cheswick inclinou-se sobre a mão dela e pressionou os lábios úmidos contra o dorso. Ela permaneceu imóvel e não a puxou. Ao se levantar, piscou. "Lorde Percival sempre teve um olho para uma bela potranca."

Isso provocou uma repreensão encantada da duquesa. "Oh, Cheswick, você está incorrigível como sempre."

Um bufo ecoou pela sala, cortesia da Srta. Bretagne, Isabel sabia sem olhar. Por sua vez, a Srta. Fox sustentou o olhar de Isabel enquanto fazia uma reverência superficial. A vigilância do olhar da Srta. Fox não permitia que ninguém relaxasse.

Cheswick exalou um suspiro tempestuoso e deu alguns tapinhas em sua barriga protuberante. "Duquesa, eu não sou mais o que costumava ser. Um breve descanso talvez seja necessário."

"Quem entre nós é, Cheswick?" A duquesa fez um sinal para um criado. "Mostre o barão a Cowslip [1]."

"Cowslip?" perguntou a Srta. Fox.

"Os quartos têm nomes de flores, minha querida. Vamos colocá-la em Primrose [2]." Os lábios da Srta. Fox talvez tenham se contraído de divertimento. "Você também precisa descansar?"

A Srta. Fox balançou a cabeça. "Já me sinto revigorada pela boa companhia dessa sala."

"Acredito que seguirei o exemplo de Cheswick e buscarei um descanso", acrescentou Montfort.

Com a partida de Montfort, Isabel notou uma liberação da tensão no corpo de Eva. Se ele ficou surpreso com a presença de Eva, não demonstrou essa emoção. Uma lasca de presságio se instalou na mente de Isabel. Os dois na propriedade, cada um sabendo que o outro estava ali, não era nada bom.

"Ah, eu sei o que podemos fazer para combater o tédio neste dia mortalmente monótono", gritou a Srta. Bretagne. "Vamos cavalgar até o sinistro mosteiro em ruínas que os vikings destruíram há mil anos. Mina, isso parece interessante o suficiente para você?"

A Srta. Radclyffe pousou o livro no colo. "Sim."

A duquesa colocou as mãos na cintura. "E quem será sua acompanhante? Preciso me encontrar com Cook e Butler para tratar dos preparativos para o café da manhã e o baile da nossa aldeia. Não consigo imaginar quem se aventuraria a sair com você nesse calor sufocante."

Com um brilho malicioso nos olhos, a Srta. Bretagne sorriu. "Minha nova madrasta, é claro. Que oportunidade maravilhosa

---

1. Cowslip - A prímula é uma planta herbácea com flores amarelas brilhantes e é associada à primavera e à Páscoa.
2. Primrose - Primula acaulis é uma espécie de planta com flores coloridas, vulgarmente chamada pão-de-leite, pão-e-queijo, Primavera, prímula, quejadilho ou rosa-de-páscoa.

para nos conhecermos de verdade. Sério, seria uma tragédia deixar essa chance escapar."

Isabel abriu a boca para se desculpar quando Eva falou. "Isabel adoraria isso."

Um instante de perplexidade passou. "E você, querida irmã?" Isabel perguntou, na esperança de dar a Eva um gostinho do seu próprio tônico. "Você não quer se juntar a nós?"

Eva balançou a cabeça. "Ficarei aqui e me inspirarei em Lady Bertrand sobre os novos modelos que devo criar para os vestidos das Srtas. Bretagne e Radclyffe." Quando o rosto da Srta. Bretagne se contorceu em dúvida, Eva piscou para a garota. "A inspiração vem de muitas fontes, não?"

"Possivelmente", disse a Srta. Bretagne lentamente, sua apreensão não amenizada. "Então, o que você diz, querida madrasta?"

Isabel ordenou que sua boca se curvasse na impressão de um sorriso. "Nada me daria mais prazer."

A Srta. Fox pigarreou delicadamente. "Você se importaria muito se eu me juntasse ao seu pequeno grupo? Eu adoro uma boa ruína."

A Srta. Bretagne bateu palmas. "Está combinado. Nos encontramos nos estábulos daqui a quinze minutos."

Isabel relaxou no trote tranquilo de sua montaria.

À frente, as Srtas. Bretagne e Radclyffe, juntamente com Lorde Avendon, galopavam por campos verdejantes, com a grama alta balançando ao sabor da brisa salgada do mar próximo, cujo brilho se refletia ao longe. Um espesso manto de nuvens se formara e refrescava o ar, tornando-o perfeitamente agradável para um passeio.

Isabel, por sua vez, acompanhava o ritmo da silenciosa Srta. Fox, pois era óbvio que a Srta. Bretagne não tinha a menor intenção de conhecer melhor sua nova madrasta. Isabel quase se sentiu insultada. Então, lembrou-se de quem era.

"Que casamento encantador você e Lorde Percival fizeram", observou a Srta. Fox, sem motivo aparente.

Isabel olhou para frente e emitiu um evasivo "Hmm".

"Mas o amor verdadeiro é uma força e tanto, não?"

"Hmm."

"Algo que não se consegue parar."

"Você fala como se tivesse experiência", respondeu Isabel, esperando acertar a mulher com o pé esquerdo.

A Srta. Fox riu baixinho. Se uma risada pudesse ser um dar de ombros, a dela era. "Nunca, Lady Percival. Acredito ser excepcionalmente imune ao veneno específico do amor. Mas eu, como muitas solteironas antes de mim, sou uma observadora atenta dele. E você está radiante com seus efeitos benéficos. A menos, é claro, que você tenha pegado uma febre de verão."

"Você não acabou de chamar o amor de veneno?"

Outra risada serena. "O veneno de uma mulher é a cura de outra."

Isabel olhou para o lado e viu um sorriso bastante astuto se formando nos lábios da Srta. Fox. Era impossível decifrar a mulher. "A senhora tem uma mente bastante vívida, Srta. Fox. Como a ocupa? Não consigo imaginá-la vagando por uma sala de estar o dia todo."

"Sua opinião sobre damas nobres é tão elevada assim, milady?" A Srta. Fox estava definitivamente brincando com ela. "Se quer saber, há alguns anos meu pai ganhou uma pequena editora em um jogo de cartas. Me interessei por suas diversas publicações. Recentemente, adicionamos um periódico científico ao seu catálogo."

"A senhora dirige a editora?"

"Consegue imaginar Cheswick se interessando pela palavra escrita?"

"Acabei de conhecê-lo."

"Você aprendeu tudo o que precisava saber sobre meu pai, pode acreditar em mim. Senso de humor excêntrico. Alma da festa. Amado por todos, com exceção de seus credores." Ela disse aquela última verdade horrível com leveza, mas era uma leviandade forçada. "No entanto, não nos desviemos do nosso assunto original. Acho-o infinitamente mais interessante do que bordados e intermináveis rodadas de visitas sociais. Você e eu sabemos o que a sociedade não sabe. Uma mulher precisa se manter ocupada de forma diligente, se possível até mesmo remunerada."

Os finos pelos da nuca de Isabel se arrepiaram. "Você e eu sabemos disso?"

"Refiro-me à sua loja, é claro. *Galante: Costureiras Extraordinárias*. Um nome bastante grandioso, se me permite dizer."

"Minha irmã o escolheu."

"Bem, você e sua irmã estão construindo uma boa reputação por roupas de qualidade e elegantes para mulheres da classe média."

"Eu não iria tão longe. Tivemos nossos desafios este ano." Desafios que ela não compartilharia com esta mulher.

"Não precisa ser tão modesta, Lady Percival, sua fama está crescendo."

A Srta. Fox estava definitivamente procurando saber sobre a vida de Isabel, pois não havia possibilidade de ela saber dessa informação sem tê-la procurado antes daquele dia. Ela sentiu a mão de Montfort nisso.

"É claro", continuou a Srta. Fox, "não consigo imaginar Lorde Percival se apaixonando perdidamente por qualquer potranca a ponto de fugir com ela, por mais bonita que fosse."

A última parte foi uma piada, uma adaptação das palavras de Cheswick, mas Isabel não conseguiu rir. Era bem possível que a Srta. Fox e sua mente curiosa chegassem à conclusão correta sobre o plano de Isabel e Lorde Percival.

E depois?

Era horrível demais para contemplar.

"Não, Lorde Percival não gostaria de uma esposa que dependesse dele apenas para sua felicidade e realização. Acredito que ele já passou por isso. Não combina com ele, nem com a esposa, ouso dizer." A Srta. Fox balançou o pulso como se a conversa fosse irrelevante. "Estou divagando. Minha teoria é que sua ascendência espanhola foi o que transformou a paixão em loucura." Dos lábios da Srta. Fox, não soou como um elogio.

"Você está se referindo ao tempo que ele passou na Espanha durante a guerra, suponho?"

"E os dez anos depois disso."

A testa de Isabel franziu-se, e ela olhou para a Srta. Fox observando sua reação.

"Não faz um ano que Lorde Percival retornou à Inglaterra. Você não sabia?", perguntou a Srta. Fox.

"Ele esteve na Espanha todo esse tempo?"

"Suspeito que ele tenha estado por todo o continente."

Isabel soltou um suspiro de frustração. Por que a Srta. Fox não respondia simplesmente de forma direta? "Fazendo o quê?"

"Ele não te contou? Ah, isso é interessante."

A boca da Srta. Fox se curvou em um sorriso que indicava que ela estava prestes a revelar um segredo delicioso. Isabel se preparou.

"Sendo um espião, é claro."

"Um espião?"

"Esse é o boato, pelo menos." A Srta. Fox perfurou Isabel com seu olhar penetrante. "Sério, você não conhece a história?"

Isabel balançou a cabeça, incapaz de confiar em si mesma para falar. Na noite anterior, Lorde Percival a deixara acreditar que sua guerra era uma brincadeira enquanto ela o atacava, enquanto tentava torná-lo um pouco menos devastador. Mas, em seu coração, ela sabia que não. Não eram apenas as evidências que corriam por seu rosto, mas as evidências que jaziam em seus olhos.

"Ele foi considerado morto por mais de dez anos. Morto na Batalha de Maya [3]. Essa era a história."

"Morto?" A história de Lorde Percival tomava um rumo estranho após o outro.

"Enquanto sua esposa permaneceu em Londres como viúva e criou a filha deles, alguns anos atrás ele apareceu vivo em Paris. Ouvi rumores de amnésia, mas nunca confirmados. De qualquer forma, sua esposa causou um grande rebuliço quando pediu ao Parlamento que anulasse o casamento. Em um ano, ela foi conquistada pelo elegante Visconde St. Alban, que por acaso é pai da Srta. Radclyffe. Todo o assunto deixou a *alta sociedade* perplexa, posso garantir." A Srta. Fox fez uma pausa longa o suficiente para respirar. "Lady St. Alban deu à luz gêmeos em fevereiro, um herdeiro e um substituto de uma só vez. Sempre a achei uma mulher inteligente. Claro, ela também é gêmea, então não é uma surpresa tão grande."

Que história complicada, mas Isabel tinha uma curiosidade que gostaria que a Srta. Fox esclarecesse. "E a Srta. Bretagne? Como ela se saiu em tudo isso?"

A Srta. Fox deu de ombros, com indiferença. "Ela parece ter saído dessa com o espírito intacto. Mas, tecnicamente, a menina é uma bastarda, assim como qualquer criança cujos pais obtêm o *divorce a vinculo matrimonii.* Se a Srta. Bretagne fosse um 'homem', o Parlamento não teria sido tão complacente, não importa o

---

3. A Batalha de Maya, liderada por Jean-Baptiste Drouet, Conde d'Erlon, atacou a 2ª Divisão Britânica sob o comando de William Stewart na Passagem Maia, nos Pireneus Ocidentais. Apesar da surpresa, os britânicos, em menor número, resistiram. Apesar da surpresa, os soldados britânicos lutaram bravamente, infligindo perdas maiores aos franceses do que as que sofreram. À tarde, os franceses ganharam vantagem e avançaram, mas a chegada de uma brigada da 7ª Divisão Britânica estabilizou a situação. As forças britânicas escaparam sob o manto da noite e os franceses não as perseguiram com eficácia. A batalha da Guerra Peninsular em Maya fez parte da Batalha dos Pireneus, que terminou em uma vitória significativa dos anglo-aliados.

quanto o Duque de Arundel tenha pressionado em nome de sua ex-filha por lei."

As questões entre pai e filha ficaram mais claras para Isabel. "Não é de se admirar que a Srta. Bretagne não suporte a visão do pai."

"Talvez, mas pode não ser a causa direta da inimizade. A meu ver, o fato de ela ser bastarda não tem o menor impacto em sua vida, já que sua posição na família não parece ter mudado. Circulou um boato de que St. Alban se ofereceu para adotá-la, mas não deu em nada. Suspeito que o Duque de Arundel não aceitaria tal ação, pois é óbvio que a jovem é a menina dos seus olhos. Minha impressão é que a causa está enraizada no fato de Lorde Percival ter *optado* por se manter afastado."

"Se ele era um espião", respondeu Isabel, "talvez não tenha sido escolha dele. Ele poderia ter colocado a família em perigo se tivesse voltado."

Por que ela estava defendendo o homem? Ela não o conhecia a tempo suficiente para ter a menor ideia de quem ele realmente era. Podia ignorar a vozinha que lhe oferecia um contra-argumento de que ela o conhecera de verdade na noite anterior.

E possivelmente gostara dele.

"Uma garota de treze ou quatorze anos talvez não consiga enxergar as coisas desse ponto de vista", continuou a Srta. Fox. "Um pai ausente pode causar um dano surpreendente a uma filha. Ela pode perdoá-lo com o tempo. Não se pode apressar uma coisa dessas."

Isabel intuiu que a Srta. Fox não estava falando apenas da Srta. Bretagne. A Srta. Fox falava com a voz da experiência.

Elas chegaram ao topo de uma pequena elevação e, ao mesmo tempo, pararam os cavalos. "Ah, olhem só isso", disse a Srta. Fox.

A ruína com o mar ao fundo era obra de artistas românticos como John Constable. Situado à beira de um penhasco, parecia prestes a desabar no mar, uma ode decadente a uma época longínqua de monges católicos e saqueadores vikings que regularmente pilhavam suas riquezas, agora fantasmas assombrando suas muralhas em ruínas.

Quando Isabel e a Srta. Fox chegaram à muralha externa, encontraram um cavalariço esperando para amarrar seus cavalos junto com os outros. Isabel não achava que algum dia se acostumaria ao luxo que os aristocratas consideravam natural.

Com sua curiosidade insaciável a puxando, a Srta. Foz passou por Isabel, de modo que, quando ela entrou nas ruínas, a Srta. Fox já havia desaparecido em sua própria aventura.

Na verdade, Isabel ficou aliviada por estar sozinha quando começou a vagar, livre para passear à vontade. O céu aberto acima, o labirinto de muros de pedra marrom que em alguns lugares só chegavam ao seu quadril, o frescor da brisa, o rugido do mar, a conversa abafada dos jovens a duas muralhas de distância. Ela passou por eles explorando um cômodo e, em outro, a Srta. Fox, de joelhos, limpando uma área do chão que parecia ser um mosaico sujo. Isabel continuou explorando até que algo lhe chamou a atenção: o murmúrio baixo de vozes masculinas cultas.

Ele estava aqui.

Ela dobrou uma esquina e uma lufada de ar salgado a saudou em cheio no rosto quando a vista se abriu. Lá, a menos de vinte metros de distância, na beira do penhasco, estavam Lorde Percival e seu irmão, Lorde Exeter, suas vozes carregadas em fragmentos pelo vento instável. Como os irmãos eram semelhantes em altura e cor, mas como eram diferentes em personalidade.

Isabel afundou nas pedras antigas às suas costas, com os olhos voltados apenas para um irmão.

Lorde Percival — *Percy*, ele insistira — era um sentinela alto, cabelos negros desgrenhados esvoaçando em torno de um rosto irresistível, com ângulos pensativos. Como ela poderia desviar o olhar?

E a linha daquele corpo longo e magro, com o quadril apoiado na parede ao lado, gritava equilíbrio aristocrático, confiança e tensão contida. Ele parecia à vontade, mas estava pronto para a ação, dizia a pose.

Outra ação lhe ocorreu: o beijo. Mesmo na memória, ele a deixou sem fôlego.

Que outro tipo de beijo um homem como ele daria? *É claro* que seu beijo queimaria a terra e deixaria devastação em seu rastro. O brilho trêmulo em suas veias era uma prova disso.

Mas aquele beijo, por mais maravilhoso e surpreendente que fosse, deixara uma dor em seu corpo. Era uma dor que nenhum outro beijo poderia amenizar. Era uma demanda animal que queria, *precisava*, de mais. Desse *mais*, ela não tinha experiência, mas aquele homem tinha.

Seu beijo havia despertado algo novo dentro dela.

Há uma maneira de convencê-lo a lhe mostrar sua experiência, sussurrou uma pequena voz. Seduzi-lo. Não é isso que Montfort quer de você, afinal?

Mas ela sabia, no fundo do seu coração, que se — *quando* — seduzisse Lorde Percival Bretagne, não seria por Montfort.

13

Isabel não escondia sua presença, mas também não a anunciava.

Ainda assim, estava longe o suficiente para não ouvir o conteúdo da conversa dele com Michael, o que convinha a Percy. Uma parte dele desejava que ela fosse embora discretamente.

Outra parte, possivelmente maior, esperava que ela ficasse.

"Destruir tudo é a sua melhor opção." Isso vindo de Michael.

O olhar de Percy percorreu as paredes irregulares da ruína, três quartos das quais sem teto, e depois o mar, cinzento como o céu. "Eu gosto bastante."

Michael zombou. Seu irmão zombava pelo menos três vezes por dia. "Ideais românticos ainda intactos, irmãozinho?"

Percy tentou não ranger os dentes, mas não conseguiu. Michael havia acertado em cheio ao se referir ao jovem frívolo que Percy fora um dia. Mas ele jamais daria a Michael a satisfação de reconhecer isso. "Esse lugar tem história", ele disse.

"Uma história que é melhor esquecer." Michael deu um leve tapa na coxa com o chicote. "Está caindo aos pedaços. Melhor se livrar dele, mas a escolha é sua." Outro tapa no chicote. "É sua responsabilidade."

Percy sustentou o olhar do irmão. "Levo minhas responsabilidades a sério."

"Cuide disso. O velho não aguenta mais uma das suas brincadeiras." Concluído aquele assunto, um meio sorriso surgiu na boca de Michael, que era o sorriso mais largo que se podia ver do eternamente sério Exeter. Ele apontou para o olho esquerdo de Percy. "Talvez você queira colocar um pedaço de carne nele."

Percy tocou cuidadosamente com a ponta dos dedos o hematoma abaixo do olho esquerdo. Já havia desbotado para um marrom-avermelhado suave. "Eu bati em uma porta."

Michael balançou a cabeça com uma risada rouca. "Deve ter sido uma porta enorme."

"Ele era mesmo", respondeu Percy, arrancando outra risada do irmão.

Percy soube o instante em que Michael notou Isabel. Seu sorriso desapareceu e o humor em seus olhos se dissipou, substituído por uma dureza. Essa dureza sugeria que Michael considerava Isabel mais uma das piadas de seu irmão. O fato de ele não estar errado quanto a isso deixava Percy desconfortável. Michael deu a Percy um breve aceno de despedida enquanto se afastava da área, abaixando a cabeça em um breve reconhecimento ao passar por Isabel.

Os olhares de Percy e Isabel se encontraram e se fixaram à distância. Seu coração deu uma batida irregular e o ar ficou difícil de inalar. A língua dela lambeu os lábios nervosamente. Seus olhos caíram para a boca dela. Eles não conseguiram se controlar.

No espaço silencioso, entrou a noite passada.

Seus lábios nos dela, insistentes, exigentes.

Seu domínio, sua rendição.

"Pelos meus atos de ontem à noite", ele se viu começando, sem saber onde terminaria, "ofereço minhas sinceras" — isso era um exagero — "desculpas. Foi um momento de loucura."

Os olhos de Isabel se estreitaram em fendas verdes, e Percy de repente sentiu que, de alguma forma, havia pisado em areia movediça. Uma vez que alguém pisava nela, afundava. Um longo momento se passou, sem que seu olhar direto vacilasse. Percy se mexeu desconfortavelmente sobre os pés. Finalmente, ela falou: "Você fala de um desejo unilateral. *Seu*."

Um choque profundo percorreu Percy. Ela estava realmente insinuando o que ele pensava que ela estava?

"Mas", ela continuou.

"*Mas?*"

"*Mas* e o meu desejo?"

Ela estava.

Isabel se afastou da parede às suas costas e deu alguns passos à frente. As entranhas de Percy se contorceram um pouco. "Você acha que teve a única palavra a dizer sobre o assunto? E quem pode dizer qual desejo era maior? Talvez eu devesse pedir desculpas para você?"

A respiração de Percy se recusava a sair de seus pulmões enquanto sua maldade aumentava, embriagado pela perspectiva das inúmeras maneiras pelas quais ela poderia oferecer suas desculpas. Mas...

Ela era virgem.

Ele não se lembrava de já ter ouvido uma virgem falar com ele daquela maneira.

"Você já considerou a possibilidade", ela continuou, "de que eu desejasse seu beijo com cada fibra do meu ser?"

"Eu", ele começou e parou. A mulher continuava a atordoá-lo, sem palavras. Era tudo o que ele conseguia fazer para não empurrá-la contra a parede e explorar o que mais ela poderia querer com cada fibra do seu ser. Seu pênis inchado concordava com a ideia com cada fibra do seu ser.

Pare com isso, homem. A conversa não podia prosseguir por esse caminho. Era hora de consertar as coisas. *Agora.* "Preciso te fazer uma pergunta."

"Sim?" ela perguntou, com a voz de contralto não facilitando as coisas.

"Você está sendo coagida?"

"Estou exatamente onde quero estar."

"Por Montfort."

O desejo desapareceu dos olhos dela em um instante. *Ótimo.* Só que ele já não sentia mais falta.

"Por que você estava na Casa Número 9?" ele perguntou. "Mulheres como você não frequentam esses lugares."

Ele podia ver pela rápida subida e descida do peito dela que ela estava sem fôlego. Ele havia desistido de responder quando, finalmente, ela falou. "Há uma dívida."

Pronto. Como ele suspeitava. "Que tipo de dívida?"

A dúvida a fez apertar os lábios. Ele podia ver que ela já estava se arrependendo das palavras.

"Eu posso te ajudar", ele insistiu.

"Por quê?" ela retrucou.

"Por quê?"

"Por que você me ajudaria? Não passo de um peão neste jogo. Então, por que *você*, Lorde Percival, *me ajudaria?*"

Como essa conversa tinha se tornado tão confusa? Ele lhe contaria a verdade. Ela não se contentaria com menos. "Preciso da sua ajuda."

Um sorriso cínico curvou sua boca. Uma boca que ele estivera prestes a beijar há menos de dois minutos. Como a vida podia acontecer tão rápido em dois minutos. "Quid pro quo? [1]", ela perguntou.

---

1. *Quid pro quo* é uma expressão latina que significa "tomar uma coisa por outra". Em português e demais línguas latinas, tem o sentido de confusão ou engano ("isto em vez daquilo"), originando a forma aportuguesada *quiproquó*. A locução tem origem medieval e, originalmente, era usada para se referir a qualquer erro, no uso de termos latinos, num dado texto. Nos países anglo-saxônicos, o significado da locução evoluiu em sentido distinto, tendo presentemente o significado de troca de bens e serviços ou de um acordo de troca de favores - enfim, troca de uma coisa por outra.

"É assim que o mundo funciona."

Ela riu sem humor. "Pelo menos, você é honesto."

"Com aqueles que merecem."

Seu olhar procurou o dele. Ela queria acreditar, ele podia ver. Ele estava perto, tão perto...

"Oh, aí está você, Lady Percival!", disse uma voz aguda. Uma mulher que ele vagamente reconheceu apareceu.

A frustração uivou dentro de Percy enquanto ele questionava Isabel com o olhar. Ela respondeu com uma inspiração resignada.

"Este lugar", continuou a mulher, "que maravilha! Quer dizer, é uma ruína completa, mas que maravilha. Oh, Lorde Percival!", exclamou ela, tendo-o notado apenas agora. Ela olhou para ele e para Isabel. Ergueu uma única sobrancelha e ficou na ponta dos pés, depois voltou a se apoiar nos calcanhares algumas vezes, esperando, pacientemente.

Isabel, finalmente, intuiu a fonte da hesitação da mulher. "Srta. Fox, posso lhe apresentar Lorde Percival?"

A Srta. Fox estendeu a mão, e Percy, muito corretamente, curvou-se sobre ela. Apresentação completa, um silêncio que começava a criar raízes se arrastou, o único som era o vento assobiando através da argamassa solta que unia as paredes da ruína. Como anfitrião, cabia a Percy facilitar o conforto de sua convidada, mesmo que não a conhecesse.

"Srta. Fox", ele começou, "a senhora não acha que deveríamos terminar o que os vikings começaram e demolir a estrutura?"

Sua testa franziu. "E construir o quê no lugar? Uma ruína ornamental do tipo que está sendo erguida por toda a região?" Ela balançou a cabeça brevemente duas vezes. De alguma forma, o gesto revelava sua personalidade. "Não, meu senhor, quando se está de posse do objeto real, deve-se segurá-lo com as duas mãos e não soltá-lo por nada nem por ninguém."

Ele podia não conhecer a Srta. Fox, mas achava que gostava bastante dela. Um olhar rápido confirmou que Isabel compartilhava sua opinião sobre a mulher. Não deveria importar, mas, estranhamente, importava.

Lucy, Hugh e a Srta. Radclyffe marcharam para a área aberta. "Já vimos tudo", disse Lucy com a autoridade de uma juventude confiante.

A Srta. Radclyffe apontou para o mar. "Ah, olhem só isso", disse ela para ninguém em particular.

"O que é?", perguntou Hugh, totalmente atento. O rapaz estava especialmente atento a Srta. Radclyffe, que parecia não notá-lo nem um pouco.

"As nuvens se dissiparam no horizonte, e já se consegue avistar o nascer da lua."

Enquanto todos olhavam ao longe, Percy lançou um olhar furtivo para Isabel. Ele tinha bastante dificuldade em desviar os olhos dela. O olhar dela se ergueu e encontrou o dele. Ele viu ali uma mistura de emoções. Vulnerabilidade, questionamento e também o inesperado: a fome do tipo não correspondido, que ele tinha ampla experiência em reprimir. Seu sangue não teve escolha a não ser correr mais rápido em suas veias.

Ele desviou o olhar porque precisava. "Precisamos voltar antes do pôr do sol. Não adianta arriscar os cavalos."

O pôr do sol ainda demoraria algumas horas, mas ele precisava da desculpa para se distanciar daquela fome. Usando sua sugestão como desculpa para se libertar dos adultos, Lucy, Hugh e a Srta. Radclyffe aceleraram na frente. Isabel e a Srta. Fox formaram duplas, e Percy seguiu atrás.

Incapaz de desviar o olhar, Percy estudou o movimento de Isabel. Enquanto a Srta. Fox caminhava com confiança em cada observação concisa, Isabel caminhava com uma postura discreta e graciosa, satisfeita em ouvir sua companheira.

A Srta. Fox parou e apontou para um trecho de azulejos que sinalizava o que antes era uma entrada. "Acredito que este mosaico seja romano." Ela se virou para se dirigir a Percy. "Você deveria pedir a um especialista para inspecioná-lo."

Mesmo com seus tons de vermelho e preto desbotados, o mosaico era impressionante. Ele deveria ser grato a Srta. Fox por apontar sua importância. Mas, na verdade, não dava a mínima para isso, não com Isabel tão perto. Tudo o que precisava fazer era estender a mão para tocá-la, senti-la.

Pedras antigas e frias não se comparavam à sua carne quente e vibrante.

Ela o acendera com suas palavras ardentes.

Lá fora, encontraram Lucy, Hugh e a Srta. Radclyffe já montados e a caminho de Gardencourt. A Srta. Fox olhou de Percy para Isabel e pigarreou. "Vou acompanhar os jovens como acompanhante e deixar vocês, recém-casados, á vontade para fazer o que recém-casados fazem..." Ela parou, parecendo ter engolido um sapo, concluiu com um grasnido. Suas bochechas coraram de um rosa intenso.

Embora não fosse lá essas coisas, Percy ainda era cavalheiro demais para reconhecer o duplo sentido involuntário da Srta. Fox, mesmo com um bufo divertido implorando por alívio.

"Eu vou", começou a Srta. Fox e correu para sua égua antes que pudesse terminar. Ela galopou em questão de segundos. Percy nunca tinha visto ninguém montar um cavalo tão rápido.

Percy pegou as rédeas dos dois cavalos restantes das mãos do cavalariço. "Eu cuido, Watkins."

Watkins assentiu. "Milorde."

Agora Percy estava realmente sozinho com Isabel. Que seu sangue não pulsasse em suas veias com a perspectiva. Até mesmo estar perto dela era se sentir vivo em seu corpo de uma forma que não sentia há anos, se é que alguma vez se sentira.

Uma pergunta lhe ocorreu. "Você veio até aqui em sua própria montaria?"

Seus olhos se voltaram para os pés, como se de repente ela achasse suas botas uma fonte de fascínio. "Eu, hum, sim."

"Que maravilha equestre você é, Lady Percival." Ele não resistiu ao impulso de provocá-la. O impulso de um menino de dez anos com a garota por quem ele se apaixonara. "Há apenas dois dias, você não conseguia montar."

Agora era Isabel quem mostrava seu potencial. "Eu sei montar."

Ele sorriu ironicamente enquanto estendia a mão para ajudá-la. Foi só quando seus dedos apertaram a mão esguia dela em busca de apoio que ele percebeu: aquela era a mão que ele beijara na noite anterior. Não castamente nas costas, mas intimamente na palma.

Ela pigarreou. "Acho que você precisa me ajudar a subir na sela."

"Certo."

Com uma relutância maior do que teria preferido, ele soltou a mão dela e entrelaçou os dedos para ajudá-la. Sentada na sela, ela mexeu no vestido, no chapéu e nas luvas enquanto ele montava em seu garanhão, uma criatura gloriosa que não podia ter menos de quinze palmos de altura.

Lado a lado, cavalgaram em direção a Gardencourt, o baque abafado dos cascos dos cavalos corroendo a distância com facilidade. Na periferia de sua visão, ele não pôde deixar de notar que o corpo dela tinha a compreensão instintiva não apenas de como montar um cavalo, mas também de como lidar com ele com calma. "Você cavalga com bastante naturalidade."

Ele estava curioso, e ela lhe lançou um olhar que o revelava. "Em Madri, conhecemos um cavalariço que tinha uma queda por Eva." Ela sorriu ao se lembrar. "Então ele foi chamado para..." *Guerra*, ela não terminou. Ela se recuperou. "Cavalgar é a única atividade em que consegui superar Eva." Um sorriso surgiu em seus lábios. "Eu a venci em todas as corridas."

Percy queria encorajar aquele botão de sorriso primaveril a florescer completamente. "Então, estou lidando com uma amazona invicta?"

Ela lhe lançou um sorriso atrevido. Era toda a recompensa de que Percy precisava. "Ninguém jamais chegou perto."

A competição se acendeu entre eles, e o estômago de Percy revirou de expectativa, a deliciosa sensação percorrendo suas veias. Como na noite em que ela se sentara à sua frente na mesa de jogo, ele detectou uma vontade de vencer.

Ela se inclinou sobre o pescoço de sua montaria e sussurrou no ouvido do cavalo castrado, depois estalou a língua algumas vezes e agitou as rédeas. O cavalo não precisou de mais incentivo para alongar o passo e galopar. Seu gemido de prazer chegou até Percy quando o chapéu escorregou de sua cabeça, salvo apenas pela fita em seu pescoço, e o vento soprou em seus cabelos, longos fios negros chicoteando em seu rastro.

Percy ficou sem fôlego, em meio à poeira, com uma decisão a tomar: perseguir ou não.

Fazia tanto tempo que ele não experimentava a liberdade que ela oferecia. Aquela sensação de correr pela simples alegria de correr, sem outros motivos. Na verdade, ele nunca pensara em experimentá-la novamente. Mas ali estava ela, acenando, e ele era incapaz de resistir ao seu chamado selvagem. Um aperto nos joelhos foi o suficiente para que seu garanhão saltasse para um galope.

A perseguição começou.

Enquanto corria para alcançá-la, ele considerou deixá-la vencer, só para ver o triunfo em seus olhos. Mas ela era uma verdadeira competidora e não aceitaria uma vitória falsa. Ela queria o artigo genuíno.

Deixe-a vencer.

À frente, ela deve ter ouvido o bater implacável dos cascos de seu garanhão diminuindo a distância entre eles, pois encorajou sua montaria a galopar a todo vapor. Mesmo assim, Percy se aproximou dela. Quando se nivelou, arriscou um olhar rápido para encontrá-la sorrindo, sem reservas. Não pôde deixar de corresponder à alegria tão efusiva.

Chegaram ao topo de uma pequena colina, e os estábulos, com a mansão ao fundo, surgiram à vista. Ele avançou meio passo, depois um passo completo, com facilidade. Mesmo assim, Isabel se manteve firme, como ele sabia que ela faria, mesmo sabendo que a corrida estava perdida.

Ela era uma lutadora.

Ele gostava disso nela.

Essa alegria inebriante, era a primeira alegria pura que ele experimentava em anos. Ele havia se esquecido de como era bom senti-la em seu corpo, até as entranhas de sua alma.

Vencendo a corrida, ele puxou as rédeas de seu garanhão. "Whoa", ordenou, diminuindo o ritmo para um trote. Com a respiração ofegante e irregular, ele circulou para encará-la enquanto ela se aproximava. O sorriso dela não havia diminuído nem um pouco. Mesmo com a noite invadindo o dia, o mundo parecia brilhante por dentro e por fora.

"Antes de comemorar a vitória", ela exclamou, "lembre-se de que você, meu bom senhor, está montando a cavalo. Eu, por outro lado, estou montando de lado. Dificilmente chamaria isso de uma vitória irrepreensível." Um riso fácil escapou dela. Ela o tocou e o aqueceu.

"Não existe vitória irrepreensível quando se trata de vencedores e perdedores", ele retrucou. "E você, minha querida, é a perdedora neste cenário."

O riso borbulhou e transbordou dela. Ele a havia encantado e queria fazer isso de novo. Queria estender a mão, puxá-la para si e beijar seu riso leve até algo mais profundo.

Aos poucos, seu sorriso desapareceu. E, aos poucos, o riso dela desapareceu em resposta. Ele havia se esquecido de quem ele era, de quem ela era e de quem eles eram em relação um ao outro.

Ele pigarreou. "Preciso tratar de um assunto da propriedade. Watkins cuidará de você no estábulo."

Com isso, Percy circulou sua montaria e galopou para longe, deixando para trás a expressão confusa no rosto de Isabel e o prazer dela. Em seu lugar, expandiu-se o vazio familiar.

Que escolha ele tinha? Ela era o meio para atingir um fim, e esse fim era Montfort. Em poucos dias, ele nunca mais veria Isabel.

Ele podia ignorar que esse pensamento só aumentava seu vazio.

14

Sob o manto da escuridão, Percy caminhou pelos terrenos, dos estábulos até Rosebud Cottage, e seu estômago roncou de insatisfação com o estado de vazio.

Naquela noite, ele recusara o jantar com a família, alegando preocupações com uma égua prestes a parir. A verdade, mas não toda. Com toda a honestidade, ele não queria sentar ao lado de Isabel durante a hora que levaria para jantar.

Não queria?

Ah, ele *queria*.

O fato era que ele não confiava em si mesmo para sentar ao lado de Isabel. De alguma forma, a mulher havia se infiltrado em sua corrente sanguínea.

Ele precisava falar com ela em particular, não na frente de sua família em seu papel de marido apaixonado, um papel que, na verdade, ele poderia achar fácil demais de desempenhar.

Além de tudo o que descobrira sobre Isabel, ele recebera a confirmação: Montfort estava, de fato, usando algo sobre ela. Uma dívida, ela dissera. E então não disse mais nada.

Maldição.

Paciência lembrou a si mesmo.

169

Então, ele foi embora e estragou o resto da conversa. Quando ela perguntou por que ele a ajudaria, ele respondeu com a verdade — *quid pro quo* —, mas não era toda a verdade. Outra verdade estava mais profunda e próxima do cerne da questão. Ele não gostava de ver aquela mulher carregando o fardo de cuidar de Montfort sozinha. Ela faria qualquer coisa pela família, isso era claro, mas o fato de ela estar fazendo isso sozinha o incomodava profundamente.

Ela não precisava ficar sozinha.

Era isso que ele deveria ter dito a ela naquela tarde.

À sua direita, a estufa. Ele parou para apreciar sua magnificência em pedra e vidro, iluminada por dentro como um globo d'água erguido contra a luz. Rezava a lenda que sua mãe supervisionara pessoalmente sua construção, garantindo que ela fosse fixada à parede sul de Gardencourt e construída com vidro do chão ao teto, com pedra e argamassa suficientes para manter os painéis no lugar.

Mais adiante, um movimento chamou sua atenção. *Isabel*, iluminada como uma atriz no palco, e serpenteava e se movia entre a vegetação e as estátuas. Seu rosto exibia uma expressão despreocupada, como se ela estivesse passeando por uma floresta encantada e não desejasse nada mais do que se perder em seus mistérios.

Ela era incrivelmente linda, ele tinha que admitir, mas não da maneira como tantas mulheres se envolviam na fria fortaleza de sua beleza. Essa mulher era atraente, irradiando uma calorosa humanidade que era rara. Ele passara muitos anos cercado por pessoas que haviam esquecido ou descartado propositalmente sua humanidade, que a consideravam fraqueza. Aquela mulher a usava como força, como uma bússola.

Com vontade própria, seus pés começaram a se mover, não em direção ao seu quarto austero em Rosebud Cottage, que de alguma forma conservava um frio invernal no calor do verão e para onde ele deveria estar indo, mas em direção ao calor e à luz.

Em direção a *ela*.

Ele abriu a porta de ferro e vidro e foi instantaneamente recebido por uma lufada de ar úmido e pelo aroma peculiar de terra da estufa. A porta se fechou atrás dele com um clique, e ele começou a percorrer todo tipo de plantas. Orquídeas, gardênias e até uma babosa americana espinhosa, mas principalmente laranjeiras, limoeiros e lima, bem podados que haviam dobrado de tamanho desde a última vez que os vira. Todas essas plantas e árvores remontavam à época de sua mãe, que as escolhera com um olho na praticidade e outro na beleza.

Mesmo que sua mente se voltasse para as lembranças de quando brincava de tudo que se podia brincar na infância, ele também estava muito presente no momento, bem ciente de que se aproximava dela, com o coração batendo mais forte a cada passo que dava. Quando ele a avistou, seu coração disparou no peito.

Logo depois de um arbusto de camélia, ela testou o peso de uma laranja baixa na palma da mão sem luva, com as bochechas coradas pela umidade. Seus olhos se fecharam enquanto ela se inclinava e cheirava a fruta.

"Pode levar, se quiser", ele se viu gritando.

Seus olhos se abriram de repente, e ela recuou assustada, com um sorriso tímido nos lábios, uma risada escapando. Então, seu sorriso vacilou, mas não antes de Percy perceber que sorrir fora seu primeiro instinto. Ela continha uma luz dentro de si que ainda não havia sido apagada por qualquer coisa que a vida — e Montfort — tivesse jogado contra ela.

Percy queria um pouco da luz dela para si. Fazia dias. E esse desejo, por mais que ele tentasse evitá-lo e superá-lo, só aumentava a cada momento que passava com ela. Pois aí estava o problema:

Ele não fazia nada pela metade. Se experimentasse um pouco da luz dela, não ficaria satisfeito até consumi-la toda.

"Tem certeza?"

"Você é Lady Percival", ele respondeu, meio irônico. "Tudo em Gardencourt é seu."

A cabeça dela se inclinou para o lado, e um sorrisinho íntimo se curvou nos cantos da boca. Ela estava considerando as palavras dele, se deveria ou não entrar na ficção com ele. Ela colheu a fruta. "Este lugar é encantador."

Percy se aproximou, não conseguiu se conter. Arrancou uma laranja de um galho. "Para uma criança, é o lugar mais mágico do mundo. Pelo menos uma vez por dia, eu escapava da minha governanta, a poderosa Frau Gerta, e me escondia aqui por horas a fio."

"Você era um menino muito travesso?"

Oh, como ele gostava do jeito que ela fazia aquela pergunta. "Frau Gerta certamente achava isso. Eu nunca consegui fazê-la entender que eu era um explorador das selvas mais profundas e escuras da África e da Amazônia."

"Ah, um menino incompreendido. Em busca de ouro, presumo?"

"Prata serviria em caso de emergência."

"Você lutava com onças?"

"Pítons [1] também."

"Lutava contra piranhas sanguinárias?"

"Posso te mostrar as marcas de mordida nas minhas pernas."

Isso a fez rir, e Percy se sentiu como o rapaz que um dia foi, aquele que faria qualquer coisa para arrancar um sorriso de uma garota bonita.

"Menino intrépido", ela disse enquanto seu polegar tocava a laranja. Um toque cítrico fresco perfurou levemente os aromas intensos da terra úmida e dos trópicos fumegantes.

---

1. "Píton é o nome usado para fazer referência a diversas espécies de serpentes da família Pythonidae. São serpentes que não ocorrem naturalmente no Brasil, sendo encontradas na Ásia e África. Estão entre as maiores serpentes conhecidas, sendo a píton-reticulada a maior espécie de serpente em comprimento do planeta."

"Minha mãe esteve envolvida em cada etapa da criação desta estufa. O design, os materiais, as plantas."

"E o que ela achou dos seus feitos? Um título de cavaleiro pelos seus bravos serviços à Coroa?"

Percy hesitou. Isabel não sabia. Por que saberia? "Minha mãe morreu ao me dar à luz."

"A duquesa não é sua..." O balançar de cabeça dele interrompeu o resto da frase em sua boca. "*Oh.* Sinto muito."

Percy engoliu em seco, com um nó na garganta, a primeira vez que o sentia em décadas. Muitos outros já haviam dito tais palavras a um menino órfão de mãe ao longo dos anos, mas daquelas bocas as palavras eram meras banalidades. As palavras de Isabel conquistaram seu coração.

Ele ergueu sua laranja. "Essa é minha comida favorita."

"*Você* tem uma comida favorita, Lorde Percival? Eu pensei que você vivia de ar", ela disse, despreocupadamente.

"Consegue descascar a sua de uma vez?" ele perguntou.

Sua sobrancelha se ergueu, cheia de descrença de que ele ousasse fazer tal pergunta. "*Claro.* Eu teria que abrir mão de toda a minha herança espanhola se não pudesse."

Seus dedos começaram a se mover para reforçar seu ponto de vista, e os de Percy responderam. Em silêncio, descascaram as laranjas em um desafio silencioso, com a brincadeira no ar.

Ele *gostava* daquela mulher.

Quando isso tinha acontecido?

Terminando, ele ergueu uma ponta da casca e deixou o resto cair em espiral.

"Impressionante." Ela equilibrou a casca aberta na palma da mão. "Para um inglês." Quando deixou a casca cair, ela tinha o dobro das espirais da dele. "Finalmente, Lorde Percival, eu o superei."

Ele sorriu, não conseguiu evitar.

Há quanto tempo ele não sorria com o corpo todo?

Naquela tarde, na verdade, quando correram.

Ela cortou a laranja ao meio e descascou um gomo. Antes que Percy pudesse prever seu próximo movimento, ela levou a fruta à boca e a mordeu ao meio. Um fio fino de suco escorreu pelo seu queixo. Uma aceleração ocorreu dentro de seu corpo, seus pulmões suspensos no meio da respiração, e o sangue quente correu por suas veias. Seu olhar não teve escolha a não ser se fixar em seus lábios.

Com uma risada, ela fez menção de tirar o suco. Como se tivesse sido liberado de uma bobina, Percy cruzou a distância entre eles e segurou a mão dela no meio do movimento. "Permita-me."

O momento se transformou. Ela sentiu isso também. Ele viu isso no alívio do sorriso dela, no brilho de suas pupilas que empurravam suas íris em finos anéis verdes. Ele conhecia aquele brilho. Desejo correspondido.

O polegar dele traçou o rastro pegajoso do suco desde o delicado recorte em sua clavícula, subindo pela coluna do pescoço, passando pelo queixo empinado, até parar logo abaixo do lábio inferior carnudo. Seus olhos se encontraram.

A mão dela envolveu a dele.

Com um puxão sutil, e antes que ele percebesse o que ela estava fazendo, ela empurrou o polegar dele para dentro da boca. Sua língua roçou a pele escorregadia, e o desejo se transformou em pura luxúria, bruto e exigente.

Então ela chupou, sem desviar o olhar do dele.

Ele poderia ceder a isso, à atração por sua maldade inata — afinal, ele era apenas um homem.

Com um feito de força do qual ele não se imaginaria capaz, ele se separou.

Os olhos dela se encheram de confusão, seus lábios carnudos, vermelhos, brilhantes e escorregadios, formavam um "O" perfeito que exigia ser beijado.

Ele não conseguia olhar para aqueles lábios e dizer o que

precisava dizer. Com a respiração ofegante e sem palavras, ele conseguiu dizer: "Isso não pode ser."

Então ele se virou e correu como se sua vida dependesse disso.

E dependia.

Ou, pelo menos, a vida que ele havia construído para si mesmo dependia.

INCRÉDULA, Isabel encarou as costas de Lorde Percival recuando. Seus pulmões se recusavam a inspirar, expirar ou fazer qualquer coisa útil.

O que diabos ela tinha acabado de fazer?

Ele dobrou uma esquina e desapareceu de vista. A indignação a invadiu, e seus pés se apressaram em perseguição.

Ele não escaparia tão facilmente.

Eles não tinham terminado.

Seus pés ágeis correram pelo mármore xadrez verde e rosa enquanto ela se esgueirava entre grupos e aglomerados de plantas tropicais em sua perseguição. Ela avistou o maldito homem saindo pela porta externa e acelerou o passo. "Lorde Percival", ela chamou, "nós não —"

A porta bateu na sua cara. *Rude.* Com o maxilar cerrado em resolução, ela cravou o ombro no aço e empurrou a porta. Do outro lado da extensão do terraço iluminado pela lua, ela viu o topo da cabeça dele pouco antes de desaparecer de vista enquanto ele descia os degraus. Esses degraus levavam ao caminho para Rosebud Cottage.

Ele ia se esconder dela em seu quarto. Para remoer, ou o que quer que ele fizesse lá.

Não naquela noite.

Com a determinação redobrada, ela correu, descendo as escadas em perseguição. Ela não tinha certeza do que diria quando o alcançasse, mas estava absolutamente cansada de todas as interações inacabadas entre eles. Naquela noite, eles iriam resolver tudo, fosse o que fosse, uma perspectiva que a deixava ao mesmo tempo emocionada e tremendo de medo.

"Lorde Percival", ela gritou novamente enquanto ele desaparecia no bosque. "Isto é..." Ela procurou a palavra correta. "Isto é..." Ele havia chegado a Rosebud Cottage, com a mão na maçaneta da porta da frente. "*Indigno de você*... de um homem da sua posição!"

Mais uma vez, uma porta bateu em seu rosto, mas não antes de seu ouvido captar uma risada indiferente.

Que atrevimento!

Ela correu para dentro do chalé e parou antes de bater a porta. Tilly, Nell, Eva e o bebê estavam lá em cima. Ela tentou ouvir o choro de Ariel por três segundos, mas não detectou nenhum som. Exalou um suspiro de alívio. Não queria que Eva metesse o nariz onde não era chamada. Isso, o que quer *que* fosse, era entre Isabel e Lorde Percival, cuja porta do quarto ela ouviu fechar com um clique abafado.

Ela acelerou o passo para uma caminhada silenciosa na ponta dos pés pela casa escura, tropeçando apenas em duas cadeiras e na borda de uma mesa no caminho. Finalmente, ela alcançou a porta decididamente fechada e girou a maçaneta. Ela não se moveu. Ela encostou o ouvido no carvalho e escutou. Nem um pio.

Com a boca na fresta onde a porta encontrava o batente, ela sibilou: "Abra esta porta." Se um sussurro pudesse ser um grito, o dela era. "Ainda *não* terminamos."

Com o ouvido novamente encostado na porta, ela esperou... E esperou... Por um som, um sinal, um reconhecimento, *qualquer coisa*. Finalmente, ela ouviu: um movimento abafado, um leve rangido, um arrastar de pés no assoalho de tábuas.

O alívio foi rapidamente substituído por angústia quando a porta se abriu e ela praticamente caiu no quarto. Ele se sentou em uma pequena cadeira de madeira, com sua habitual expressão lacônica e devastadora.

Isabel parou no meio do quarto e observou os móveis: cama baixa e estreita com um cobertor surrado e um travesseiro plano; criado-mudo; cômoda com três gavetas; lavatório no canto; a cadeira em que ele estava sentado. Nada de adornos ou ornamentos. Simples. Básico. Sem excessos. "De quem é este quarto?"

"Era o quarto do mordomo quando Rosebud Cottage era a casa principal."

Propensão à abnegação.

A confirmação se instalou dentro de Isabel. "Você é filho de um duque e mora no quarto de um criado?"

Ele deu de ombros. "Sua família está lá em cima. Isso é mais simples."

"Mais simples?" Sério, esse homem... "Você poderia estar morando na mansão. Você tem acesso a todos os requintes conhecidos pela humanidade. No entanto, você mora num quarto de empregada" — ela estremeceu — "que parece não ter uma fonte de calor." Embora fosse verão, as noites traziam um toque de inverno que nunca faltava naquela ilha.

Ele apontou o pulso despreocupadamente para a parede atrás de si. "O calor deveria vir da cozinha, mas como ela não está mais em uso, um frio revigorante persiste."

"Um frio revigorante?" ela zombou. "Então, o filho de um duque dispensa."

"Eu gostaria que você parasse de me chamar assim."

"O filho de um *duque?* O que você é?"

Ele estremeceu.

"É importante."

"Se você diz."

"Eu digo."

"É só isso?"

"Na verdade, não é."

Outro dar de ombros. "Não é novidade para mim."

"Privar-se dos confortos mundanos e..." Ela hesitou na palavra seguinte. "Prazeres?"

Ele se mexeu e soltou um rangido angustiado da cadeira frágil que o sustentava. Finalmente, ela encontrara uma fraqueza em sua armadura. "Você não usa a seda e o linho finos da sua posição. Você não come carne. Nem açúcar. Nem creme. Não come quase nada, aliás. Você se nega a si mesmo como um monge papista. Você também está usando um cilício? [2]"

"Você certamente tem me observado."

"Oh, sim, *marido*, eu tenho, e o jeito que você vive faz pouco sentido para mim."

Mais um dar de ombros. "Perdi o hábito de viver como um lorde."

"Quando você foi espião por uma década?" Oh, por que ela dissera tal coisa, como se tivesse o direito?

A frieza do ar não se comparava à frieza em seus olhos. "Você não deveria falar de assuntos dos quais nada sabe."

Isabel balançou a cabeça. Ele não estava errado. Ela precisava retornar ao assunto principal da conversa. Se não fosse tratada adequadamente, ela tinha a sensação de que se desfaria em suas mãos antes que ela compreendesse sua essência.

"É como se você estivesse —" A compreensão a atingiu como um amanhecer repentino. "É como se você estivesse *viciado*."

Lentamente, ele descruzou as pernas e se sentou para frente, cotovelos apoiados nos joelhos, o foco fixo nela. O próprio retrato de um lobo pronto para entrar em ação. Ela engoliu em seco. Não tinha sido sua melhor ideia.

---

2. Cilício é uma túnica, cinto ou cordão de crina, que se traz sobre a pele para mortificação ou penitência. O termo vem do latim "cilicinus", que quer dizer "feito de pelo de cabra", ou "cilicium", que quer dizer "tecido áspero ou grosseiro de pelo de cabra" ou "vestido de gente pobre". Hoje é conhecido como instrumento de mortificação voluntária, ao lado do jejum e abstinência, dentre outras formas.

Ainda assim, ela levaria até o fim. "Você é viciado em privação."

A testa dele se franziu por um instante e depois relaxou. Será que ela havia lido confusão ali? Um segundo se passou, depois outro, o quarto envolto em um silêncio que não poderia se manter indefinidamente.

"Não tenho certeza", ele começou as palavras ásperas e baixas em sua garganta, "como você pode estar tão certa e tão errada ao mesmo tempo."

"Como assim?"

"Você está certa em um aspecto. Eu *sou* viciado." Ele se recostou na cadeira, que gemia de desgosto, e colocou as mãos atrás da cabeça como se estivesse se espreguiçando. Ela não era tola o suficiente para pensar que ele estava relaxando.

"Mas eu definitivamente *não* sou viciado em privação." Ele pronunciou suas palavras chocantes casualmente. Eram tudo menos isso. "Você não suspeita da verdadeira fonte do meu vício?"

"Deveria?" Oh, se ela conseguisse controlar o tremor na voz.

"Tenho observado que você é uma mulher lógica."

"Mas o que você está dizendo não faz sentido lógico", ela retrucou. "Um fato não pode estar certo e errado ao mesmo tempo."

Ele sorriu através dos três metros que os separavam. O sorriso de um lobo fixo em sua presa, preparado para a perseguição. Um arrepio a percorreu. "Não pode? Assim como uma moeda tem dois lados, o oposto do meu vício, a privação, também é. Você simplesmente a tem visto do ângulo errado."

Prendeu a respiração e ela esperou.

"É no *prazer* que sou viciado."

15

O corpo de Isabel esquentou.

Ali estava ela, no meio da sala, *exposta*, o único foco desse homem que agora a olhava como se pudesse devorá-la inteira.

Quem precisava de uma fonte de calor externa? A fonte interna era suficiente para a tarefa.

"Você deveria se virar e correr", ele disse. "Não seria esse o caminho lógico?"

Sim, ela deveria dizer *sim*, mas a palavra ficou presa na garganta e seus pés permaneceram presos ao chão.

"Veja bem, Isabel, uma mudança ocorre dentro de mim quando meu controle é quebrado e meu vício é liberado." Ele desdobrou seu corpo longo e magro e se levantou. "Não faço nada pela metade." Deu um passo à frente, mais como uma espreitadela. Agora, nove pés os separavam. "Meu apetite por privação é igual apenas ao meu apetite por prazer." Mais um passo. *Dois metros e meio.* "Uma maldade corre em minhas veias."

"*Oh*", Isabel respirou fundo.

Por que, por que suas pernas não se moviam? Tão rápido quanto pensou, ela soube a resposta.

Porque elas não queriam.

Ela tremeu e estremeceu, oh, sim, mas não de medo.

"Eu quero..." *Sete... Seis...* "E eu quero..." *Cinco... Quatro...* "E eu quero."

Mais dois passos, e ele parou a trinta centímetros dela. Ele colocou o polegar sob o queixo dela e o levantou. Os olhos dela não tiveram escolha a não ser encontrar os dele.

"Esse desejo estava sob controle até..."

"*Até?*"

Um sorriso sombrio iluminou seus olhos, curvando-se ao redor de sua boca. "Até *eu te encontrar.*"

"Você está tentando me assustar?" Era possível.

"Não mais."

A mão dele formou uma leve carícia. Ela se inclinou para frente, em direção ao seu toque. Seus olhos se abriram — quando haviam se fechado? — para encontrar os dele fixos nela.

"É só isso que você faz?" ela perguntou. Por algum motivo, ela queria provocá-lo.

Ele ergueu uma sobrancelha inquisitiva.

"Pensar nos seus próprios desejos?" Ela lançou a pergunta como um desafio.

O ar ficou elétrico. Seus olhos se estreitaram. Ela o havia intrigado. Inclinando a cabeça sutilmente para o lado, ele a avaliou, decidindo se ela falava sério.

Cada célula dela pulsava com sinceridade.

"O prazer que dou é igual ao prazer que recebo, posso garantir." Ele diminuiu a distância restante entre eles. O calor acumulado de seu corpo a alcançou. "Devo demonstrar?" ele perguntou num sussurro. "Você *morreria* se eu não fizesse isso?"

Ele estava jogando as palavras dela de volta para ela. "Acho que sim."

Agora, se ao menos ele *demonstrasse.*

Ele segurou sua nuca, inclinando a cabeça enquanto se aproximava dela. Ela fechou os olhos, antecipando a pressão da boca dele contra a sua. Em vez disso, os lábios dele tocaram sua orelha, causando arrepios em sua pele, endurecendo seus mamilos.

"Por exemplo", sussurrou ele, "eu sinto um grande prazer em beijar *essa* pele sensível." Os lábios dele tocaram seu pescoço, e ela ofegou. Sentiu o roçar áspero do sorriso dele. "Acredito que seu prazer seja proporcional ao meu. Corrija-me se eu estiver errado."

Ela agarrou os ombros dele para se apoiar, sentindo os músculos tensos sob os dedos, e inclinou a cabeça para permitir que ele tivesse mais acesso enquanto ele espalhava todo o comprimento dela.

Ela não o corrigiria tão cedo.

"Mas não basta te tocar. Eu também te provaria." A língua dele percorreu sua clavícula, subindo pelo pescoço até a orelha.

E ela pensou que morreria se ele *não a* beijasse?

"Em breve, mostrarei o que mais tenho prazer em saborear."

Um arrepio percorreu sua coluna, até o âmago de seu sexo. Ela se apertou contra ele, seu corpo urgente de necessidade, incapaz de suportar muito mais de sua lenta sedução. Ele entendeu a deixa e estendeu a mão para desfazer os botões do vestido dela e os cadarços do espartilho curto em alguns movimentos eficientes, as peças caindo em uma poça silenciosa a seus pés.

Ele se inclinou para trás para apreciar seus seios. "Magnífico", ele disse, com uma voz áspera. Dedos longos e másculos agarraram a delicada corrente de ouro pendurada em seu pescoço, levantando-a para revelar o pingente de hamsá de sua mãe. Isabel encontrou uma pergunta em seus olhos, mas sua mão envolveu a dele e ele a deixou cair.

Antes que ela percebesse o que ele estava fazendo, ele segurou seu seio por baixo e tomou um mamilo na boca, sugando através da fina combinação de algodão branco. Um calor líquido se acumulou entre suas pernas, e ela agarrou seus antebraços para se firmar, músculos de aço correndo sob as pontas dos dedos.

Incapaz de resistir, ela se pressionou contra ele novamente, precisando senti-lo por inteiro. *Oh.* A extensão rígida de sua masculinidade se contraiu contra sua barriga.

O calor líquido se transformou em lava enquanto ela o desejava vorazmente.

Ela era virgem, mas inocente, não.

Ela entendia o penhasco para o qual estavam se dirigindo, e não conseguia sair da beirada rápido o suficiente. Ela queria, *precisava* daquele homem dentro dela.

Ela estendeu a mão entre os corpos deles, úmidos de luxúria e suor, e passou as pontas dos dedos ao longo do comprimento dele, *oh*, tão longo, através da lã de suas calças. Embora fosse o mais leve dos toques, arrancou dele um longo gemido animal que chamou a fera dentro dela. Ela o acariciou novamente, desta vez mais devagar e com mais pressão, evocando um som ainda mais gratificante e primitivo dele.

"O que você está fazendo comigo? Tentando me matar antes de começarmos?"

"Isso *me* dá um grande prazer."

Ele a encarou. "Isso lhe dará muito mais."

Oh, suas palavras. A maneira como ele as dizia. Brincalhão. Sério. A deliciosa promessa nelas contidas que ela veria cumprida. Ela empurrou seu abdômen duro e magro — realmente, ele não cedia — e ele franziu a testa, confuso. "Você está vestido demais para a ocasião."

Ele entendeu o que ela queria dizer e deu um passo para trás até chegar à cama. Mais um empurrão e ele se sentou. Gulosa, ela puxou a camisa dele pela cabeça e ofegou, completamente despreparada para vê-lo.

O homem era uma glória, todo músculos magros e definidos no peito e na barriga, divididos em segmentos que ela queria desesperadamente lamber.

Mas era a pele dele que a segurava, ou, mais precisamente, as cicatrizes que a cobriam. Algumas superficiais, outras profundas;

alguns cortes longos e estreitos, outras cicatrizes redondas e profundas. Uma história se escondia por trás de cada uma delas. Feridas só cicatrizavam na carne, não no coração ou na alma. Representavam mágoa, ela sabia disso por tê-lo olhado nos olhos.

Ela tocou levemente um deles com a ponta dos dedos. "Quem te machucou?"

"Você tem a noite toda?"

"O que aconteceu com você?" ela sussurrou.

Ele estendeu a mão e acariciou sua bochecha. "Agora não."

Os dedos dele se curvaram na parte de trás da cabeça dela e a puxaram para baixo. Foi só quando os lábios dele tocaram os dela que ela percebeu que ainda não haviam se beijado. Começou suavemente antes de se transformar em algo imediato e feroz enquanto ele a puxava entre as pernas e todo o comprimento do corpo dela se pressionava contra ele. Antes que ela percebesse o que ele estava fazendo, ele a virou de modo que ela agora estava deitada na cama e ele pairava acima, seu olhar percorrendo seu corpo, devorando-a com os olhos. "Eu posso te devorar com uma mordida."

Ela estremeceu, embora queimasse. Oh, ela queria ser devorada. Por ele.

"Vamos ver se você está pronta." Ela não tinha certeza do que ele queria dizer até sentir: o deslizar do dedo dele por sua fenda molhada. Ele sorriu, como um lobo. "Eu diria que sim."

Ela arqueou as costas. Ela precisava mais do toque dele.

"O que foi isso?" ele sussurrou em seu ouvido.

Será que ela tinha falado em voz alta? Não importava. Ela gritaria dos telhados, se isso significasse conseguir o que queria, que era... *Mais.* A palavra saiu áspera, pulsando de desespero.

Com uma risada baixa, a boca dele encontrou a dela, intensificando o prazer do dedo pressionando sua vagina. As costas dela se arquearam contra ele, e ela gemeu em sua boca. O emaranhado de sua língua e o deslizar do dedo dele acenderam o fogo que era o corpo dela, que era como lenha seca, e o transformaram em uma conflagração total, com o desejo lambendo-a com chamas incandescentes.

Enquanto isso, uma tensão começou a se acumular dentro dela, fazendo-a ofegar de dor enquanto se esforçava contra a mão dele. Então o polegar dele roçou um ponto particularmente sensível, e ela suspirou, inspirando o hálito dele em seus pulmões. Ele esfregou novamente, um toque suave foi o suficiente para enviar ondas por todo o seu corpo, mesmo enquanto aquela tensão em sua vagina se intensificava, levando-a a algo mais. O dedo dele começou a deslizar ritmicamente. "Você gosta disso, não é?"

"Sim", ela exalou, sem fôlego.

Ah, ela gostava.

Muito.

Então, tudo se abateu sobre ela, aquilo que seu corpo tanto buscava, e ela de repente entendeu do que se tratava aquele ato e por que as pessoas arriscavam tudo para vivenciá-lo.

Ela caiu de um precipício e caiu de cabeça em um êxtase do qual não tinha noção, enquanto seu corpo se contraía e se mantinha firme pelo momento mais longo e mais curto da história. Então, seu corpo se liberou em tremores que a percorreram, disparando raios em suas veias.

O dedo dele deslizou para fora dela, e ela gemeu um pequeno grito de protesto. Com a voz áspera e aveludada, ele disse: "Acho que você está pronta."

Ele desabotoou as calças e sua masculinidade pressionou contra o sexo dela. Ela olhou para seu comprimento rígido, grosso e pronto, e sentiu uma enorme onda de luxúria. Ela o queria, cada centímetro dele, dentro dela, *agora*. Ele empurrou a fenda do sexo dela, e seus quadris se ergueram para recebê-lo, guiada pelo instinto.

"Tão molhada", ele sussurrou, as palavras quentes e sujas apenas aumentando sua luxúria.

Ele era tão... *Grande*. Ela deu um grito de frustração quando suas mãos encontraram e agarraram suas nádegas tensas. Ela o queria *agora*, ele não entendia?

Seu sorriso dizia que ele sabia, e não ia lhe dar o que ela queria.

Ele lhe daria o que ela *precisava*.

Seu corpo se inclinou para frente, seu peso delicioso pressionando-a, seu pênis duro e pronto para a abertura de seu sexo.

Ele mal começara a penetrá-la quando ficou imóvel como pedra. Olhos inquietos encontraram os dela. *"Maldição*. Precisamos parar. Você é —"

Ela pressionou levemente as pontas dos dedos contra a boca dele. *"Shh."*

Se ele terminasse essa frase, *eles* terminariam.

E ela não tinha terminado. "Não por muito tempo."

Com o corpo se ajustando à sensação densa dele, ela envolveu as pernas em volta da cintura dele. O corpo dele tremia.

Uma tempestade se formou em seus olhos. "Não consigo pensar quando você faz isso."

"Quando eu faço o quê?" Ela apertou as coxas.

A tempestade em seus olhos não havia diminuído, mas a fome neles se expandiu.

Ele a desejava, e ela o teria.

"Estamos aqui, agora. Eu *preciso* de você."

Uma emoção indizível cintilou em seu olhar. Uma mão deslizou por baixo dela e segurou seu traseiro, no processo erguendo seus quadris. "Tem certeza?"

Ela assentiu, nunca tão certa de nada em sua vida.

Com uma única e rápida estocada, ele a penetrou completamente, e ela gritou em uma combinação de prazer e dor.

Ele havia rompido o hímen dela.

Ela girou os quadris levemente enquanto se ajustava à sensação dele. O prazer já superava a dor.

Ele colocou o polegar sob o queixo dela, forçando-a a encará-lo. "Vamos desacelerar."

"Mas —"

Ele pressionou a boca contra a dela, inalando o protesto dela de que não queria ir devagar, e deu-lhe o que precisava com um impulso deliberado dos quadris.

"Oh", ela gemeu. Como ela havia duvidado dele?

Ele entrava e saía, sem pressa, a respiração, o suor deles se misturavam, a dor da virgindade dela se tornando uma lembrança distante enquanto ele lhe proporcionava prazer, com cada movimento deliberado. Apoiado em um cotovelo, ele alternava entre beijá-la e observá-la enquanto ela começava a se desfazer sob seu olhar atento. Os dedos dela se cravaram em suas costas, com medo de que, se ela o soltasse, ele pudesse parar e então ela não sabia o que faria.

O joelho dele deslizou para cima, dando-lhe força para penetrar mais profundamente em outro ângulo. "Oh, sim", escapou de sua garganta quando seu corpo começou a ser levado pela mesma onda de minutos atrás.

"Se abra para mim novamente, Isabel", ele rosnou enquanto aumentava o ritmo e seus olhos vidrados de luxúria — certamente um espelho dos dela — mantinham os dela, aumentando seu desejo à medida que suas investidas se tornavam mais focadas, mais exigentes. Sua vagina se contraiu cada vez mais até que, finalmente, seu mundo se abriu e desmoronou, reduzindo-a a um ser composto puramente de sensações, com suas pulsações e liberações devastando-a desde o âmago de sua vagina até a ponta dos dedos dos pés.

Acima dela, ele ficou tenso naquele doce momento antes do clímax e explodiu em um grito, o suor do esforço escorrendo em finos filetes por seu pescoço, pingando sobre ela em gotas resfriadas pelo ar. Golpe após golpe, ele diminuiu o ritmo e depois parou, e ela sentiu o impacto quando o corpo exausto dele desabou. Ela abraçou o peso dele.

Quando ele deslizou para o lado para aliviá-la de seu peso, ela sentiu uma pontada de perda, e a realidade da situação deles começou a se infiltrar. Ela fez o que queria fazer — parte dela até queria fazer de novo —, mas também fez o que Montfort queria que ela fizesse. A própria ideia disso a fez se contrair de ansiedade.

A saciedade se transformou em urgência. Ela precisava deixar aquele quarto e aquele homem, que agora estava deitado de lado e a observava com aqueles olhos escuros e inescrutáveis, agora mesmo.

No momento em que seus dedos tocaram o assoalho nu, ela ouviu atrás de si: "Vai embora tão cedo? Pensei que poderíamos discutir alguns assuntos."

Isabel se levantou de um salto e agarrou o vestido. Ela não estava a fim de conversar.

Que pena.

Percy estava.

"Este sangue nos lençóis?" Ele apontou. Ela não olhou. Em vez disso, pegou seu espartilho descartado. "Era para o Conde de Pembroke, certo?"

Ela fechou os olhos com força, como se pudesse mudar suas circunstâncias com pura força de vontade.

"Não funciona assim", ele disse.

Seus olhos se abriram de repente. "O quê?"

"Realidade. Ela permanece a mesma, não importa o quanto você deseje que ela se torne algo mais palatável. Acredite, eu sei."

Ela deu um grito de frustração e se virou, atravessando o quarto, os dedos agarrando a maçaneta da porta em questão de segundos.

"Eu posso te ajudar", gritou Percy. Ela congelou, a postura dos ombros sugerindo que estava esperando a captura. "Mas você precisa me contar tudo."

Ela respirou fundo, os ombros se erguendo e relaxando com o

peso. Ela balançou a cabeça. "Você não pode ajudar com isso", ela disse com a voz embargada.

Ela revelou medo e frustração, sim, mas também algo mais: anseio. Anseio pelo quê, ele não sabia. Mas ele sabia disso: ela ansiava que sua situação fosse diferente do que era.

Ela abriu a porta o suficiente para passar e se foi.

Percy caiu de costas com um gemido frustrado direcionado a um teto que não continha respostas. Ela era virgem e, ainda assim, ele a seduzira. O pior do que se sussurrava sobre ele era verdade. *Selvagem. Depravado. Libertino. Perverso.*

Ele negou isso durante anos. A negação era a única solução que funcionava, pois um prazer inevitavelmente levava a outro. Era uma ladeira pela qual ele estava propenso a escorregar.

Ele poderia se casar com ela, na verdade. Era a solução a posteriori buscada por muitos casais de amantes ardentes. Ela era filha da aristocracia espanhola, portanto, um par ideal aos olhos da sociedade.

Não. Ele interrompeu a sequência de pensamentos imediatamente. Não. Ela podia ser uma esposa ideal, mas ele não era um marido ideal. Já havia provado isso antes.

Isabel não precisava de um marido inútil. O que ela precisava era de ajuda e, embora não admitisse, de proteção também, pois não era uma participante voluntária dos jogos de Montfort. Percy entendeu este último ponto com clareza cristalina.

"Você não pode ajudar com isso."

Ah, mas ele podia, e o faria.

Aquela luz que ele via nela, a única que a vida não conseguira extinguir, precisava de proteção. Isabel não estaria sozinha. Ela o tinha.

Então, ela tinha que ajudá-lo.

16

Isabel passeava de braços dados com Eva, o sol suave do amanhecer espreitando através de um elegante salgueiro à sua frente, e mal conseguia imaginar como havia chegado ali.

Em um momento, ela estava lutando para dormir uma noite que conseguiu ser ao mesmo tempo satisfatória e agitada. No momento seguinte, Eva a acordou e acalmou a preocupação de Isabel de que, mais uma vez a vida tinha dado terrivelmente errado e elas tinham que fugir. Mas, não, tudo o que Eva queria era uma caminhada matinal antes que o calor do dia chegasse.

Não fora Isabel quem recusara, pois detectou traços da antiga Eva na Eva que estava à sua frente. Aquela Eva que estava sempre à procura de uma nova aventura, aquela de antes de Montfort bater à porta de sua família e virar o mundo deles de cabeça para baixo.

Agora, com as botas molhadas de orvalho, elas passeavam a beira do lago, com uma leve névoa flutuando acima enquanto os raios de sol a atravessavam e espalhavam uma luz suave. Eva apertou Isabel contra si. "Que lugar mágico. Que família esplêndida você formou, *mi querida*."

Uma nota de discórdia perturbou o senso de retidão de Isabel, lembrando-a de que ela e Eva não estavam *no passado*. "Você sabe que isso não é verdade."

"Ah, mas isso é ficção." Um sorriso frio se formou nos lábios de Eva. "É a sua realidade atual."

Isabel não podia negar essa verdade em particular. Mas, já que Eva havia aberto a porta, Isabel pensou que poderia muito bem passar por ela, pois desejava discutir um assunto relacionado. "Você parece ter se interessado decididamente pela" — oh, que estranha realidade a fez pronunciar a próxima palavra — "família do meu *marido*."

Um toque de calor transpareceu no sorriso de Eva. "As Srtas. Bretagne e Radclyffe são moças esplêndidas. Elas estão a caminho de se tornarem diamantes de primeira qualidade, não concorda?"

Isabel assentiu. Ela não tinha dúvidas disso.

"Quando voltarmos a Londres, gostaria de pedir que posassem para esboços em algumas das minhas criações originais."

"Elas são filhas de aristocratas", Isabel observou, gentilmente. Às vezes, as ambições de Eva podiam fugir do controle. "Não tenho certeza se isso é possível."

Eva tirou uma mosca em sua manga. "Certamente, minha irmã lógica, com sua mente voltada para o comércio, consegue ver como essa exposição nos beneficiaria."

"Duvido que você consiga costurar rápido o suficiente para atender à demanda." Não era o ramo jovem dos hóspedes da propriedade que Isabel queria discutir, no entanto. "E quanto a Lady Bertrand Montfort? Você parece estar dedicando considerável atenção a *ela*."

O pouco de calor que havia no sorriso de Eva esfriou em um instante. "Uma mulher tão encantadora", ela quase cuspiu.

"Ela é a esposa de Montfort."

"O nome dela torna esse fato bastante óbvio, *mi querida*. Qual é o seu ponto?"

"Uma amizade dessas", insistiu Isabel, "não é a mais sábia—"

"Falando em sabedoria!" exclamou Eva. "Você já ouviu as pérolas que saem da boca de Lady Bertrand? Às vezes, o efeito delas é tão grande que me dá vontade de dar um tapa na cara dela."

Isabel fez Eva parar e encarou a irmã. "Isso é algo que você simplesmente nunca conseguirá fazer." Essa era a Eva, aquela que se tornara selvagem e desconhecida, que Isabel temia. *"Nunca."*

Uma centelha de rebelião brilhou nos olhos de Eva e desapareceu em um instante, substituída por uma expressão cautelosa e indiferente. "Tão séria, *mi querida*, falei figurativamente, é claro. Venha continuar nosso pequeno passeio." Ela puxou o braço de Isabel, puxando-a para frente. "Aproveite o frescor do ar antes que o calor chegue. Você sabe que me sinto mais eu mesma a cada minuto que passo aqui? Agradeço sinceramente por me trazer para sua lua de mel improvisada. Todos nós precisávamos de uma pequena pausa de Londres. Olhe para você."

"Eu?"

"Ah, sim, a propriedade certamente fez sua mágica em você."

"Oh?" Isabel teve a certeza de que não gostaria da direção que Eva estava tomando. Embora tivesse experimentado um medo momentâneo de que Eva tivesse novamente obtido láudano, essa conversa acalmou essa ansiedade. Eva podia estar diferente em muitos aspectos da pessoa despreocupada que fora um dia, mas seu senso de travessura havia retornado. Um bom sinal, mesmo que Isabel fosse a destinatária.

"Essa manhã, você tem um... um..." Os olhos de Eva se estreitaram para o céu, como se ela estivesse procurando a palavra perfeita. *"Brilho.* Na verdade, nunca te vi tão radiante."

Isabel lançou um olhar penetrante para Eva e apertou a boca em uma linha firme. Por sua vez, Eva manteve o olhar fixo na trilha à frente delas, a imagem da inocência.

"Dito isso", continuou Eva, "detectei apenas um incômodo

com o nosso paraíso encontrado." Ela se inclinou e falou em tom de conspiração. "Rosebud Cottage tem um fantasma."

"Eva, você não acredita em bobagens góticas assim", descartou Isabel.

"É verdade, eu não acreditava." Eva deixou um tempo dramático passar. "Até ontem à noite."

Suor repentino escorreu pelas palmas das mãos de Isabel. "Ontem à noite?"

"Oh, de fato, Rosebud Cottage estava simplesmente viva com todos os tipos de rangidos, gemidos e grunhidos. Eu até pensei ter ouvido um grito."

Isabel parecia não conseguir respirar.

"Os barulhos não te acordaram?" perguntou Eva.

Isabel balançou a cabeça em silêncio, sem conseguir emitir nenhum som.

"Eles também não acordaram Ariel." O rosto de Eva tinha *aquela* expressão, aquela que Isabel conhecia desde a infância. Aquela que dizia que ela ia brincar com você e que não havia nada que se pudesse fazer a respeito. "Acho que fui a única testemunha da assombração. Ela durou um tempo, eu diria." Seria um sorriso brincando nos lábios de Eva? "Bastante impressionante."

Isabel entendeu o que Eva tinha feito. Ela não queria que Isabel a pressionasse sobre suas intenções em relação à esposa de Montfort, então virou a conversa contra ela. *Touché.* Isabel deixaria os pensamentos adormecidos de Eva em paz, se ela apenas retribuísse o favor. Pois aqui estava a questão: Isabel não discutiria, nem sequer pensaria, sobre a noite passada.

Seu corpo, por outro lado, não parecia ter muita escolha. Ela formigava e doía com uma leveza deliciosa que não parava de percorrê-la desde a noite anterior. *Viva,* era assim que se sentia. Seu corpo nunca estivera tão consciente de quão vivo estava. Não era de se admirar que estivesse radiante.

Mas não era uma sensação que pudesse desfrutar, por mais que seu corpo tentasse convencê-la do contrário, pois complicava ainda mais as coisas que já eram complicadas demais. Ao fazer a coisa certa, a coisa que deveria fazer — perder sua virgindade para Lorde Percival — ela fizera uma coisa muito errada — perder sua virgindade para Lorde Percival sem a permissão de Montfort.

Como essa sequência de pensamentos a enojava.

O que deveria fazer? Roubar os lençóis e apresentá-los a Montfort como um *fait accompli*? Ela se retraiu diante da ideia, de corpo, mente e alma.

No entanto, ela não podia ter as duas coisas. Não podia salvar sua família, ou o que restava dela, e manter sua integridade intacta. Afinal, ela só fizera o que deveria ter feito naquela primeira noite na Casa Número 9 com outro homem. Mas...

Parecia tão diferente ter feito aquilo com Lorde Percival.

"Eu posso te ajudar."

Como ela esteve perigosamente perto de aceitar a oferta dele. E a tentação ainda a atraía, pois tinha visto em seus olhos que ele falava a sério.

Mas era Montfort quem detinha as chaves para a liberdade do seu pai.

Ela não podia confiar nas promessas incertas de Lorde Percival. Precisava manter o rumo. Sua principal lealdade era à família.

Agora que Montfort havia retornado a Gardencourt, ela não tinha desculpa para não ir até ele e contar tudo. Mas ela simplesmente não podia. Revelar a Montfort o que acontecera na noite anterior na cama de Lorde Percival seria uma traição da mais baixa espécie. Essa situação havia se transformado em um nó górdio [1] que nenhuma lógica conseguiria desfazer.

"Mi querida", começou Eva enquanto se aventuravam a uma

---

1. O nó górdio é uma lenda que envolve o rei da Frígia (Ásia Menor) e Alexandre, o Grande. É comumente usada como metáfora de um problema insolúvel (desatando um nó impossível) resolvido facilmente por ardil astuto ou por uma quebra de paradigma.

parte desconhecida da propriedade, "você está tão quieta de repente. Esse glorioso passeio matinal clareou completamente sua mente de conversas?"

Isabel se esforçou para encontrar um assunto diferente daquele que ocupava quase todo o espaço em sua mente. "Fico feliz em ouvir você falando da nossa loja novamente, Eva." Um assunto seguro e confiável. "Estes últimos meses têm sido bastante monótonos sem a sua inspiração, e acredito que nossos clientes notaram. Você tem planos para retornar ao trabalho?"

"Ah, eu tenho planos."

Superficialmente, as palavras de Eva poderiam ter acalmado os medos de Isabel, mas uma qualidade enigmática as permeava, o que incitava uma boa dose de ansiedade. Antes que Isabel pudesse questioná-la sobre seus "planos", uma série de estalos abafados chegou até elas em uma brisa leve. Os olhares das irmãs se encontraram, as sobrancelhas erguidas. Um rugido estrondoso, seguido por um longo gemido, rasgou o ar.

"É um animal?" Isabel sussurrou.

Elas diminuíram o passo até pararem, com os ouvidos atentos a novos gritos. Os estalos abafados tinham ritmo, mas os sons dos animais eram menos previsíveis.

"Se me lembro dos sons dos meus animais corretamente", começou Eva, "eu diria que estamos ouvindo um animal humano macho envolvido em alguma atividade extenuante. Ou isso, ou" — ela inclinou a cabeça como se estivesse ouvindo atentamente — "o fantasma de Rosebud Cottage está assombrando essa parte da propriedade."

A certeza de que Eva estava definitivamente brincando com ela, possivelmente a punindo por não ter lhe contado sobre a noite passada se instalou. Isabel simplesmente não conseguia. Ela mesma não entendia. Exceto que ela precisava de Percy e, à luz do dia, sua mente estava tendo dificuldade para raciocinar sobre essa necessidade, sua força pura e incalculável. Ela desafiava toda a lógica.

"Irmã?" Eve a encarava com expectativa.

"Sim?"

"Eu perguntei se deveríamos investigar."

"Ah, sim, claro."

Por esse caminho que serpenteava por entre arbustos repletos de uma dúzia de tons de verde-verão, Isabel e Eva seguiram os sons abafados e os gemidos dos animais, que ficavam mais altos a cada passo. Por fim, deixaram os arbustos para trás e entraram em uma clareira. A visão diante delas as fez parar no meio do caminho.

Eva lançou um olhar curioso para Isabel. "Eu certamente não esperava por isso."

"De fato", disse Isabel.

Ao longe, Percy e Lorde Avendon trabalhavam arduamente, suados, grunhindo, brandindo raquetes, rebatendo bolas, imersos na mais intensa partida de tênis que Isabel já vira. Ela já vira muitas partidas disputadas nas cortes reais da Espanha, mas eram principalmente damas e cortesãos envolvidos em pouco mais do que voleios leves. Nada sério. Nada comparado aos ritmos que Percy e Lorde Avendon estavam impondo um ao outro.

Com os cabelos colados no rosto e as bochechas coradas pelo esforço, eles corriam para cima e para baixo, de um lado para o outro, em busca obstinada da bola, vestindo calças leves de lã e camisas brancas de linho, com as mangas arregaçadas até os cotovelos. Cada um deles exibia uma determinação típica de qualquer competição, em que o objetivo é aniquilar o adversário, golpe após golpe, sem desistir de nenhum ponto, com uma vontade de vencer tão forte que não permite desistir.

Ainda assim, mesmo que a partida tivesse acendido seu espírito competitivo, Isabel percebeu que não estava concentrada no jogo, mas sim em um jogador. O corpo longo e esguio de Percy em movimento possuía uma força e graciosidade que dominavam a quadra. Musculoso e vigoroso era um corpo feito para a resistência.

Ela havia experimentado cada centímetro daquele corpo na noite anterior.

Ela se aqueceu vários graus.

E não tinha nada a ver com o verão.

Agora que o tivera uma vez, e experimentara o que aquele corpo magnífico era capaz de fazer, ela o queria de novo. Estava trêmula com a sensação. Ele não era o único viciado.

"Cuidado, *mi querida*", disse Eva.

Isabel percebeu que os olhos diabólicos de Eva a estudavam. "Do quê?"

"Para manter a baba na boca."

Com as bochechas quentes, Isabel voltou o olhar para a quadra, concentrando sua atenção na partida. Seus punhos cerraram-se ao lado do corpo... Seu maxilar se apertou... Seu coração acelerou, enquanto ela era irremediavelmente atraída para a competição entre esses dois adversários tão equilibrados, sem dúvida alguma sobre qual dos dois jogadores ela queria que saísse vitorioso.

Depois de um ponto particularmente longo, trocando golpes violentos da linha de fundo, Lord Avendon correu para a rede e marcou o ponto com um voleio leve. Eva aplaudiu e gritou sem refinamento: "É isso aí!". Se alguém era mais competitivo do que Isabel, era Eva.

As cabeças dos dois homens se viraram bruscamente. Lord Avendon acenou discretamente, surpreso. "Sra. Gardiner, meus agradecimentos."

A atenção de Percy imediatamente se voltou para a bola que ele quicava. Mesmo a quinze metros de distância, Isabel sentiu sua irritação.

"Primeiro set point", ele gritou e Lord Avendon se agachou em posição de prontidão. Percy jogou a bola para o alto e bateu a raquete nela com tanta força que Isabel não se assustaria se ela se desintegrasse com o impacto. De forma anticlimática, a bola penetrou profundamente na rede.

Mais uma vez, Percy realizou o ritual de quicar a bola até estar pronto para sacar. "Segundo saque. Segundo set point."

Seu corpo se esticou e arqueou no arremesso, e sua raquete atingiu a bola com mais força dessa vez, uma estratégia incomum para um segundo saque, que geralmente era jogado em um ritmo mais seguro. A bola passou zunindo pela rede e atingiu a linha central com uma velocidade tão alta que Lorde Avendon não teve a menor chance de alcançá-la a tempo de devolvê-la.

Mais uma vez, Eva comemorou sua apreciação, mas desta vez os ombros de Lorde Avendon caíram em derrota. No instante seguinte, ele pareceu se lembrar de que era um futuro duque — e que havia damas presentes. "Boa jogada, meu velho", gritou ele com a alegria típica dos cavalheiros ingleses da classe alta.

"É verdade", gritou Eva, "jogue outra partida!"

Lord Avendon abriu a boca para responder quando Percy se adiantou. "Precisam de mim no estábulo." Ele ainda não havia olhado nos olhos de Isabel, e ela não pôde deixar de se sentir aliviada e ligeiramente irritada. Lorde Avendon lançou um olhar interrogativo ao tio. "Não vamos jogar um set de desempate?" Seus olhos brilharam com uma ideia. "Vocês, senhoras, gostariam de jogar duplas?"

Isabel se aproximou para responder antes de Eva. "Obrigada pela gentil oferta, mas minha irmã e eu não jogamos."

"Ah, Isabel, como você adorava assistir às partidas de tênis nas cortes reais." Os olhos de Eva se arregalaram em falsa inocência. "Não se lembra?"

Percy virou a cabeça bruscamente. Ela tinha toda a sua atenção agora. A curiosidade do homem nunca se saciava.

"Uma ideia me ocorreu", continuou Eva. "Você poderia dar uma lição à Isabel, Lorde Avendon, e isso o deixaria livre, Lorde Percival, para voltar ao estábulo, que parece ser seu habitat natural."

Isabel interrompeu antes que qualquer um dos homens pudesse responder. "Não estou vestida para esse esporte."

Lord Avendon fez uma reverência superficial. "Seria uma honra, minha senhora."

Eva sentou-se no chão úmido, tirou uma amostra da bolsa e retomou seu bordado. "Está decidido, *mi querida*."

Com os pés pesados como chumbo, Isabel caminhou até a quadra, consciente da presença de Percy, mesmo que ele não a tivesse reconhecido diretamente. Já haviam passado desse ponto. Seus corpos simplesmente *sabiam* sua relação espacial entre si.

Com a leveza da juventude, Hugh saltou até a rede. "Tio, você se importa se usarmos sua raquete?"

Percy entregou o item com um grunhido que só poderia ser descrito como mal-humorado.

Enquanto o muito sério Lorde Avendon ilustrava a técnica de um forehand [2] adequado, Isabel só conseguia ouvir com metade da atenção, enquanto a outra metade estava voltada para Percy. Primeiro, ele amarrou novamente os cadarços de uma bota, depois da outra. Em seguida, deu um nó no rasgo na rede e inspecionou toda a sua extensão. Depois, pegou uma pequena bolsa de couro e começou a percorrer as linhas brancas da quadra. Quando encontrava uma borda manchada, ele mergulhava na bolsa e espalhava giz na seção danificada, alisando a linha. Parecia que Percy estava fazendo tudo, menos voltar para o estábulo.

Determinado em cumprir a tarefa que ele mesmo se propôs de criar com as linhas de giz perfeitamente retas, Percy foi até o lado deles da quadra. Cada molécula do corpo de Isabel entrou em um estado de alerta ainda maior.

Até então, Lorde Avendon estivera parado diante dela, mostrando como ela deveria segurar e balançar a raquete. O rapaz fora paciente, mas aparentemente sua paciência tinha limi-

---

2. O Forehand, ou direita, no tênis é um golpe executado movimentando a raquete com a palma da mão virada para frente. O contato com a bola é feito do lado direito, para destros, e esquerdo, para canhotos. As bolas podem ser batidas com *topspin* ou *slice*, e com uma variedade de *grips (punhos)*.

tes, já que ela imitara seus movimentos com apenas metade do coração. Ele abandonou a postura e se posicionou atrás dela. A cabeça de Percy se ergueu de repente.

"Aqui..." Lorde Avendon estendeu a mão e cobriu a dela antes de puxá-la de volta. As sobrancelhas de Percy se uniram. "Quando você balança a raquete para frente, precisa girar o pulso assim... *assim.*"

No movimento para frente, Lorde Avendon torceu rapidamente o pulso de Isabel, o que a arrancou um "Ai!" assustado.

Percy os alcançou em um instante. "O que você está fazendo, Hugh?", rosnou ele. "Tentando quebrar o pulso dela?"

Lorde Avendon deu um pulo para trás, com a testa franzida em confusão. "Claro que não."

Instintivamente, Isabel colocou a mão no antebraço de Percy, com o aço sob os dedos. "Percy", ela disse em uma voz baixa e firme, mesmo em meio à onda de emoções que a percorria, "não foi nada."

Finalmente, o olhar dele encontrou o dela. O que ela viu foi um Percy sem máscara.

O mau humor e irritação brilhavam em seus olhos, sim, mas havia mais do que isso. Havia também proteção e preocupação. Cada uma dessas emoções era inesperada, mas nenhuma delas indesejada.

Na verdade, elas a abalavam e a aqueciam, e a faziam se perguntar se havia tomado a decisão errada ao rejeitar a oferta de ajuda dele na noite anterior.

Então ela notou que o antebraço dele estava nu, assim como a mão dela.

A pele tocava a pele, úmida e quente.

Assim, a noite passada deu lugar ao dia de hoje.

17

S omente com grande força de vontade e caráter, Percy puxou o braço para trás e rompeu o contato com Isabel. Ainda assim, a marca da mão dela permaneceu.

Qual foi *essa* reação? Ele estava pronto para despedaçar Hugh, membro por membro.

Rude, ele estendeu a mão. "Sua raquete."

Hugh a entregou, com um brilho cauteloso nos olhos. Percy tentou manter sua grosseria intacta enquanto ocupava o lugar de Hugh atrás de Isabel, separado dela por quinze centímetros a menos.

Foi o cheiro dela que primeiro agrediu seus sentidos. Sua boca salivava. Ele não conseguia respirar, nem soltar o ar. Ela olhou por cima do ombro, seus olhos encontrando os dele e dizendo-lhe para continuar com aquela farsa. *Certo.*

"Tente", ele disse incapaz de esconder a aspereza em sua voz.

"Assim?" Ela repetiu o movimento.

"Não exatamente", ele disse incapaz de se inclinar para frente, com a boca perto do ouvido dela, tão perto que seu hálito quente poderia arrepiar seu corpo, e os pelos finos de seus braços. Seu pênis se contraiu, e ele usou toda a sua lendária força de vontade para controlá-lo. "Ao mover o braço para frente, gire o pulso quando a raquete atingir a bola para dar impulso suficiente para que ela passe por cima da rede. Tente com uma bola dessa vez."

Isabel executou o movimento, resultando em uma bola que quicou na rede.

Percy viu que não tinha escolha. Ele precisava tocá-la. "Vamos com calma."

Sua mão cobriu a dela. Seu olho se fixou na pulsação dela na curva do pescoço. O comprimento do corpo dele pressionava-se contra ela, seu traseiro doce dando ideias ao seu pênis contido. Juntos, ele e ela balançavam ao ritmo do movimento. Finalmente, ela compreendeu, mas Percy não se importava.

O vício que havia sido despertado exigia mais do que uma única noite. Exigiu que ele a jogasse por cima do ombro e encontrasse a cama mais próxima. Ele imaginou que encostar-se a uma árvore seria suficiente em caso de emergência.

"Srta. Radclyffe!" Hugh chamou, libertando Percy de pensamentos que não serviam para nada.

Isabel girou para encarar Percy. Com as bochechas brilhantes, ela encontrou seu olhar. Queria desviar o olhar, mas Percy o manteve no lugar. Ele queria que ela visse o efeito que ela causava nele. "Isso talvez já seja lições suficientes por hoje", disse ela, um pouco sem fôlego.

"É mesmo?" Percy mal reconheceu sua voz, tão grave que se transformara em desejo. "Mas eu tenho muito mais a lhe ensinar."

Suas pupilas se dilataram. *Desejo.* Era tudo o que ele podia fazer para não possuí-la ali mesmo na quadra de tênis. A sociedade achava que havia se escandalizado com suas façanhas de outrora? Eles não tinham visto nada.

Aqui estava quase algo tangível e exatamente o que ele esperava: sua maldade liberada. Naquela manhã, ele acordara, desejando-a com cada célula do corpo — o cheiro dela, a sensação dela, quente, úmida e viva.

Então, procurara Hugh para uma partida de tênis extenuante,

na esperança de que a exaustão física clareasse sua mente. Por um tempo, convencera-se de que seu remédio funcionara, até que ela aparecera e ele soubera que o oposto era verdade. Ele se entregara uma vez, e uma vez bastou para alimentar seu vício com força total. Saber que ela também o desejava só o encorajava.

"Lulu está com você?" perguntou Hugh a Srta. Radclyffe. O nome de sua filha tirou a mente de Percy de sua névoa de iniquidade.

A Srta. Radclyffe, que parecera satisfeita em continuar seu caminho, agora apontava os pés na direção da quadra de tênis. "Lucy ainda estava na cama quando saí de casa, pouco antes do amanhecer." Ela sorriu ironicamente. "É meu destino ser uma pessoa noturna e matinal."

A testa de Hugh se franziu. "Você estava andando pelos jardins no escuro? Uma série de calamidades pode acontecer a uma jovem sozinha."

A Srta. Radclyffe encolheu os ombros, indiferente à preocupação de Hugh. "Registrei o nascer do sol da varanda no terraço da mansão, e decidi dar uma caminhada revigorante antes de tomar o café da manhã. Agora encontrei todos vocês." Ela gesticulou em direção ao grupo um tanto desorganizado. A Sra. Gardiner acenou de seu lugar do outro lado do pátio. "Essa é a totalidade das minhas atividades matinais, Lorde Avendon. Gostaria de ver meu diário?" Ela estendeu um pequeno caderno.

Um olhar envergonhado cruzou o rosto de Hugh. Qualquer um que tivesse olhos podia ver que o rapaz estava perdidamente apaixonado pela moça, uma condição que Percy compreendia bem, já tendo passado por algo parecido. A salvação de Hugh talvez fosse o fato de a Srta. Radclyffe não parecer nem um pouco ciente do interesse do rapaz ou inclinada a retribuí-lo. Sem a luz do sol do seu incentivo, esse sentimento provavelmente murcharia.

"Você se importaria de se juntar a nós em uma partida de duplas?" perguntou Hugh. "Só precisamos de uma quarta pessoa."

"Acho que não estou vestida adequadamente para tal atividade", objetou a Srta. Radclyffe.

"Você me parece vestida para a ocasião", insistiu Hugh. Percy quase se sentiu mal pelo rapaz. "E seus movimentos não devem ser inibidos, já que você não usa espartilho."

Os olhos da imperturbável Srta. Radclyffe se arregalaram e sua boca se abriu levemente. "Que observador da sua parte, Lorde Avendon", ela disse calmamente, recuperando a compostura.

A pele de Hugh adquiriu um tom pálido de verde.

"O senhor certamente apresentou seu argumento", continuou a Srta. Radclyffe. "Terei o maior prazer de ser a quarta pessoa."

Hugh se animou. "Vou só buscar mais duas raquetes no galpão." O rapaz saiu como um raio e retornou em menos de trinta segundos, tempo suficiente para Isabel lançar um olhar perplexo a Percy. *Como chegou a esse ponto?* parecia dizer. Ele deu de ombros, inseguro.

"Serão as damas contra os rapazes?" perguntou a Sra. Gardiner de seu assento na grama. Percy não havia passado tempo suficiente com a irmã de Isabel para entendê-la bem, mas ela parecia inteligente e... Travessa.

"Receio decepcionar minha parceira", disse a Srta. Radclyffe. "Só joguei com Lucy algumas vezes."

"Isso pode ser um desastre, considerando como esses dois jogam." Isabel apontou de Percy para Hugh.

"Então está decidido", disse Hugh. "Juventude versus idade. Eu darei cobertura para você, Srta. Radclyffe", concluiu ele com uma galanteria que começava a irritar Percy. Jovens e seus atos heroicos.

Assunto resolvido, o jogo começou. Começou bastante amigável, com risadas e sorrisos por toda parte enquanto eles se envolviam em um voleio leve. Percy teve o cuidado de direcionar todos os seus golpes para Hugh, pois a Srta. Radclyffe não estava exagerando sua falta de experiência, e Hugh fez o mesmo. Mas

Percy também se manteve meio atento ao que sabia que estava por vir, enquanto Isabel começava a se firmar e testar os limites de seu forehand, que ganhava precisão a cada golpe.

Então aconteceu: Isabel parou de rir e seu sorriso se estreitou antes de desaparecer completamente. Ela se concentrou no jogo mais fraco da Srta. Radclyffe e começou a direcionar seus forehands cada vez mais precisos para o lado feminino da quadra, conquistando pontos fáceis.

O espírito competitivo de Isabel havia sido despertado. Ela queria vencer e que se danasse se Percy não achasse isso extremamente atraente.

Por sua vez, a Srta. Radclyffe riu disso, o que só irritou Hugh, que tentou ensiná-la técnica. "Lorde Avendon", disse a garota, "receio que o senhor me ache frustrantemente imune a qualquer instrução sobre esporte."

Embora Percy não pudesse ter previsto o que aconteceria em seguida, ele não conseguia deixar de pensar que deveria ter previsto.

Isabel estava na quadra, Percy sacou a bola. Hugh deu uma bola rasteira profunda para Percy, que a devolveu. Isabel, claramente insatisfeita em ficar apenas assistindo enquanto os homens jogavam, mudou para o lado oposto da quadra para rebater a bola de Hugh, esticou a raquete e rebateu a bola com força na direção da Srta. Radclyffe. Não no lado da quadra dela, mas em seu corpo.

"Ai", gritou a garota, chocada.

"Lady Percival!" exclamou Hugh. "Isso simplesmente não se faz!"

Com as bochechas brilhantes e o peito arfando de energia competitiva, Isabel retrucou: "O que não se faz? Estratégia?"

"Não desse tipo", gaguejou Hugh. "Não em uma sociedade civilizada!"

Isabel se manteve firme. "Que tipo de idiota acha que há algo de civilizado em uma competição?"

"Lady Percival!" Hugh parecia ter ficado sem argumentos.

"Essa é a minha Isabel!" exclamou a Sra. Gardiner.

Percy conteve a língua, mas conteve o sorriso que repuxava os cantos da boca.

Hugh se empertigou, indignado. Ele seria um duque formidável algum dia. "Nós não nos batemos. É melhor terminarmos a partida aqui."

A Srta. Radclyffe deu um passo à frente. "Ah, não pare de jogar por minha causa. Não me machuquei e estou me divertindo bastante."

"Peço desculpas, Srta. Radclyffe", disse Isabel, com a sede de batalha desaparecendo dos olhos. "Eu posso me deixar levar no calor do momento."

Hugh olhou para Percy significativamente, como se lhe dissesse para manter a esposa na linha. Percy respondeu com um dar de ombros quase imperceptíveis, mas Hugh percebeu, e suas narinas se dilataram de frustração.

Primeiro, Isabel não era sua esposa para receber ordens.

Segundo, mesmo que fosse, ele nem sonharia com isso. Ele gostava dela assim.

Ele deu três saltos curtos com a bola e preparou seu saque. "Set Point." Ele jogou a bola para o alto, na esperança de fazer um ace na linha central, quando um grupo de quatro meninos com olhos arregalados saiu correndo dos arbustos, gritando e agitando os braços em um grito de guerra cacofônico enquanto corriam em círculos ao redor da quadra, provocando e zombando de seu irmão mais velho, Hugh.

Todos entenderam que a partida havia chegado ao fim imediatamente. Todos, exceto Isabel, que permaneceu imóvel, esperando Percy sacar. Ela lançou um olhar impaciente por cima do ombro. "E então?"

"Acho que acabou a partida, *esposa*." Ele não conseguiu evitar a última palavra, que pretendia ser uma provocação, mas de alguma forma não parecia uma.

Isabel jogou a raquete no chão, enojada. Percy não queria nada mais do que jogá-la por cima do ombro e levá-la para a cama. A mulher havia se tornado uma droga em suas veias. Só mais dela serviria.

"O que eu perdi?" Lucy estava parada na beira do pátio, com a expressão de quem gostaria de participar e contribuir para o caos que se instalara. Como Percy gostava da filha. Se ao menos pudesse convencê-la a gostar dele também.

A Sra. Gardiner se levantou e se limpou. "Srta. Bretagne, Srta. Radclyffe, venham caminhar comigo." Ela acenou para as meninas. "Precisamos discutir como vocês gostariam que seus vestidos fossem refeitos para o baile. Temos apenas alguns dias e precisamos estar no nosso melhor para uma ocasião tão animada. Quais são suas cores favoritas? Srta. Radclyffe, por favor, me diga que a sua é ameixa."

"Acredito que roxo seja uma cor de luto, Sra. Gardiner", respondeu a Srta. Radclyffe.

A moça era prática e direta. Percy a aprovava como a amiga mais querida de sua filha. Não que ele tivesse esse direito, como Lucy deixara claro.

"Oh, maldita convenção social", disse a Sra. Gardiner. "Mas você tem razão. Talvez possamos colocar um tom claro de lavanda no acabamento sem que ninguém perceba. Venha, vamos tirar suas medidas."

O trio acenava distraidamente por cima dos ombros enquanto caminhavam em direção à mansão, as três imersas em conversas sobre alfaiataria.

Hugh olhava como um cachorrinho desamparado enquanto as observava desaparecerem na distância. Uma bola de tênis lançada por um de seus irmãos mais ousados o atingiu na lateral da cabeça com um estalo *alto*! O rapaz se recuperou. "Quem fez isso?"

Os meninos riram e sopraram framboesas para o irmão tão sério. Hugh ficou sozinho, prestes a tomar uma decisão. Com a decisão tomada, ele ergueu os braços acima da cabeça, as mãos cerradas em garras, o rosto contorcido de ferocidade, e soltou um rugido alto. "Não deixe eu te pegar!" Seus irmãos correram para longe, gritando de alegria enquanto Hugh os perseguia, agarrando o menor do grupo e o aconchegando debaixo do braço, enquanto continuava sua investida morro abaixo em direção ao lago.

Isso deixou Percy sozinho com Isabel.

Com as bochechas dela coradas, ele não resistiu a estender a mão e colocar uma mecha rebelde atrás da orelha dela. Qualquer desculpa para tocá-la, para sentir um pouco de sua intoxicação.

A consciência se insinuou no ar.

"Eu deveria voltar para a casa de campo", ela disse em uma voz não muito segura de si. Aquela voz implicava que ela poderia ser convencida a ficar. "Talvez precisem de mim para ajudar com o bebê."

Os dedos de Percy coçaram para segurar a mão dela. Ele resistiu. "Isabel, sobre ontem à noite—"

"E você não tem assuntos para resolver no estábulo?" Um sorriso que queria sair surgiu em seus lábios. "Seu habitat natural."

Toda essa evasão não os levava a lugar nenhum. Ele precisava de mais fatos. Ele decidiu começar pelo mais simples. "Precisamos de mais honestidade entre nós."

Todos os resquícios do sorriso dela desapareceram completamente.

Havia tanta coisa que ele precisava contar a ela. Que ele sabia que ela era uma mulher necessitada. Que compreendia o poder das circunstâncias e da má sorte, sua capacidade de subjugar alguém à sua vontade e privá-lo da liberdade de escolha. Que ele compreendia isso porque havia passado por essa provação específica. Que ele não queria ver a vida dela arruinada porque Montfort a havia prendido entre suas garras. Que ele não queria apenas levá-la e a si mesmo a um doce esquecimento, mas também protegê-la.

"Ora, se não são Lorde e Lady Percival", Percy ouviu atrás dele. Os olhos de Isabel se arregalaram em um ponto por cima do ombro dele.

Percy girou e suas mãos se fecharam em punhos ao lado do corpo. "Montfort."

Um pouco sem fôlego, o homem parou diante deles. "A propósito, Bretagne, eu me esqueci de parabenizá-lo por ter recuperado a saúde. Você parecia bastante abatido da última vez que o vi."

"As aparências enganam", disse Percy, fervendo de raiva. "Imagino que você saiba disso melhor do que ninguém."

Percy olhou para Isabel e observou seu olhar cauteloso. Seus pelos se arrepiaram.

Um medo mortal brilhou em seus olhos. O que o homem havia feito com ela?

Percy teve que se conter para não agarrar Montfort pelo pescoço e apertá-lo até que toda a vida se esvaísse dele. Ele deveria ter feito isso anos atrás. Quantas outras vidas o homem havia destruído desde então?

"Eu acredito..." Isabel engoliu em seco. "Eu acredito que me juntarei às outras damas."

Ela fugiu como se o diabo estivesse às suas costas. Ele estava.

A sós com Montfort, Percy foi direto ao ponto. "Qual é o seu jogo?"

"*Jogo?*" Montfort teve a audácia de rir. "Você não ouviu? Estou fora do jogo, já faz quase dois anos. Você não acha que a vida de um cavalheiro do campo me cai bem?"

Percy bufou. "O que você tem a ver com Isabel?"

Montfort deu seu sorriso familiar, o de um adulto mimando uma criança, seguro de que a criança acabaria se esgotando. "Falando em negócios, tem uma coisa que preciso discutir com você. Tiny Tim's? Pizzy's Pleasure Palace? Tsc, tsc."

"É." Percy não negaria.

"Você foi longe demais com a Casa Número 9. Isso não vai dar certo."

"Eu nunca pensei que daria."

Toda a falsa alegria desapareceu do rosto de Montfort. Em seu lugar, restou o olhar frio e morto de uma aranha.

Montfort estava vindo atrás dele. Ótimo. Que ele viesse. Era exatamente isso que Percy vinha almejando nos últimos meses: atrair Montfort. Fazê-lo atacar.

Mas a vingança não era mais seu único objetivo.

Percy enfrentou Montfort, que não se abalou. As conexões do homem nos corredores do poder o tornaram intocável por tanto tempo que ele acreditava ser intocável para sempre. "Escute-me e escute-me com atenção. Isabel é alguém que eu—"

"*Ama*, certo?"

"...Alguém sob minha proteção", concluiu Percy, nem um pouco abalado pelo que quase dissera. "Você não vai usá-la do jeito que me usou."

"Agora, Percy, sua situação era completamente diferente. E, se for honesto consigo mesmo, você sabe o tempo que passamos juntos foi o que fez de você um homem."

Uma onda de raiva surgiu dentro de Percy. Ele a enrolou em uma bola apertada em seu estômago, mesmo quando ela clamava por liberação. "Se algum mal acontecer a ela, eu vou te encontrar e acabar com você."

"Que drama. Tudo o que eu quero para Isabel é a segurança dela e de sua querida e amada família."

Mentiras.

A boca de Montfort se curvou em um sorriso condescendente que nunca conseguiu alcançar seus olhos. "Sempre valorizei isso em você, Bretagne. Sua tenacidade."

"Eu não tenho valor para você. Não sou mais seu trunfo." Percy seguiu seu instinto e acrescentou: "E Isabel também não."

A boca de Montfort se contraiu em desgosto e se abriu no

instante seguinte. "Que ideias tolas vocês, jovens, têm na cabeça hoje em dia."

"Seu dia está chegando, Montfort."

"Oh, será interessante ver qual dia chega primeiro." Com isso, Montfort partiu, com passos medidos e confiantes, de volta à mansão.

Ou de volta a Hades [1], onde ele pertencia, pelo que Percy sabia.

Um acerto de contas estava chegando. O homem não se preocupou em negar que estava coagindo Isabel. Montfort era o tipo de homem que não pensava na destruição de uma vida, se esse fim fosse o meio para atingir seu objetivo. Doze anos atrás, ele usara Percy em seu momento de maior fraqueza, sem um pingo de compaixão ou escrúpulo.

Como alguém que conhecia a crueldade de Montfort em primeira mão, Percy era a única pessoa em posição única para ajudar Isabel.

Mas ele precisava da confiança dela primeiro.

Como convencê-la a se juntar a ele para garantir a queda de Montfort? Percy precisava saber qual era a dívida que Montfort estava usando para pressioná-la. Era óbvio que envolvia sua família. Mas quais eram os detalhes?

Além disso, como ela havia ido da corte espanhola para um antro de jogos de azar em Londres? Qual era o envolvimento de Montfort? Ela não daria nenhuma dessas informações a Percy se não confiasse nele.

---

1. Hades na mitologia grega, é o deus do mundo inferior e dos mortos. Equivalente ao deus romano Plutão, que significa *o rico* e que era também um dos seus epítetos gregos, seu nome era usado frequentemente para designar tanto o deus quanto o reino que governa, nos subterrâneos da Terra. Hades costuma apresentar um papel secundário na mitologia, pois o fato de ser o governante do Mundo dos Mortos faz com que seu trabalho seja "dividido" entre outras divindades. Como o senhor implacável e invencível da morte, é Hades o deus mais odiado pelos mortais, como registrou Homero (*Ilíada*). Platão acentua que o medo de falar o seu nome fazia usarem no lugar eufemismos, como Plutão.

Maldição. Ele provavelmente já tinha desperdiçado a chance. Como poderia ganhar a confiança dela se tudo o que ela via em seus olhos era desejo?

Ele estava preso dentro de um paradoxo demoníaco. Por um lado, precisava se aproximar dela. Por outro, precisava manter distância.

Nenhum dos dois resultados parecia provável, nem mesmo possível.

18

Percy se acomodou contra a parede de ripas da baia e observou o potro recém-nascido, as pernas desengonçadas e os olhos negros arregalados, aconchegar-se à mãe e começar a mamar.

Ele se voluntariou para ficar de olho na Princesa Polly durante a noite. As primeiras 24 horas após o nascimento com saco vermelho [1] eram as mais perigosas para a mãe, pois poderia ocorrer uma infecção. Diante dele estava o futuro do estábulo, e ele as acompanharia durante aquela noite.

"Você sentiu falta disso, não é?"

Percy olhou para cima e viu seu pai na porta do estábulo. "Como o fogo", admitiu.

O duque entrou na baia e se acomodou ao lado de Percy sobre o feno denso. Paralelamente, eles apreciaram a vista. "Meus ossos podem estar ficando velhos demais para isso. Isso é trabalho de jovem, com certeza."

---

1. O parto com bolsa vermelha em éguas ocorre quando a camada externa da placenta não se rompe no início do parto. Essa separação prematura da placenta pode fazer com que o potro não seja mais adequadamente sustentado pela circulação da égua.

Percy se sentiu mal ao ouvir o pai falar daquela maneira. Ele havia perdido tantos anos. Por quê? Protegendo seu país, ele poderia ter dito no passado, o que era apenas uma pequena parte da verdade. A situação era muito mais complexa e não o refletia bem como filho.

No presente, ele conhecia aquela expressão no rosto do pai. O pai queria conversar, e não apenas sobre os assuntos superficiais que eles mantinham desde o retorno de Percy à Inglaterra. Essa conversa se aprofundaria. Ele supôs que já era hora.

"Os papéis foram lavrados", começou o duque. "Eles chegam de Londres nos próximos dias. Tudo o que precisamos são nossas assinaturas, e Gardencourt será sua."

"É muita generosidade sua, pai." Percy hesitou. "Eu não mereço."

O duque dispensou as palavras com um gesto. "Bobagem. Estava esperando que você voltasse e fizesse algo com isso." Ele apontou o queixo para a mãe e o bebê. "Você começou bem. Além disso, Isabel parece adorar o lugar."

Percy permaneceu em silêncio. Ele não queria contribuir com mais uma palavra para a mentira do seu casamento.

"Na verdade, você parece ter uma ótima garota. Com a beleza dela, ela não precisa ser muito mais do que isso, mas tem um cérebro na cabeça que está disposta a usar. E ela possui o tipo de comportamento compassivo que seria uma bênção para você na administração da propriedade."

Percy assentiu, concordando silenciosamente com o pai em cada ponto. "Você a faz parecer um verdadeiro modelo."

"Ela pode ser, mas de uma coisa eu sei que ela não é."

"E o que é?"

"Sua esposa."

Se Percy já não estivesse sentado no chão, suas pernas teriam cedido. Mas, falando sério, o que ele deveria esperar? Não se enganava o duque facilmente. "Como você soube?"

"Porque você não é o jovem que já foi. Você não se apegaria a uma mulher que mal conhece sem pensar nas consequências." O duque bateu levemente no joelho dobrado. "Posso perguntar por quê?"

"Poderia, mas talvez não goste da resposta."

O duque assentiu. "Já pensei sobre isso."

Percy engoliu a náusea. Será que ele nunca deixaria de ser uma decepção para o pai?

"Você se lembra de quando salvou o gatinho da roda da carruagem?" perguntou o duque.

"Talvez eu tenha uma vaga lembrança de tal evento."

"Bem, você não devia ter mais de seis anos. Pelo que consegui entender de Frau Gerta, ela estava levando você e Michael para o parque quando você avistou um gatinho na sarjeta e o pegou pouco antes de ser esmagado pela roda da carruagem. Que confusão você causou quando trouxe a criatura para dentro de casa. A Sra. Landry ameaçou pedir demissão na hora. Você não se lembra?"

"Houve um ferimento, certo?"

Um sorriso distante surgiu nos olhos do duque. "A carruagem acertou seu ombro e quase o deslocou. Então, lá estava você, com um braço pendurado, inútil devido ao ferimento, o outro agarrando um gatinho frenético, sem a mínima vontade de soltá-lo."

Percy também sorriu com a lembrança. "Acho que me lembro dela arranhando meu rosto para fugir. Ela venceu aquela batalha. Ela foi vista novamente?"

"Tornou-se a melhor caçadora de ratos que a cozinha já viu segundo a Sra. Landry. Você se lembra do que Michael disse?"

Percy fez sua melhor imitação do irmão. *"Que criatura ingrata."*

"E sua resposta?"

Percy deu de ombros. "Uma bobagem infantil, com certeza."

"Você disse a Michael que ela era uma criatura selvagem e que estava apenas sendo ela mesma, e que você não a aceitaria de outra forma. Você continuou com bastante paixão, mas nunca esquecerei o que você disse em seguida. *Nem toda criatura precisa ser domada."*

Aquilo soava exatamente como o tipo de coisa que Percy já havia dito em mais de uma ocasião, e em idades vergonhosamente maiores que seis anos. Ele fora incrivelmente idealista, mesmo na idade adulta.

"Quando você andava solto por Londres", continuou o duque, "eu sabia exatamente quem você era e o homem que se tornaria."

"Como você deve ter ficado decepcionado quando eu não me tornei assim."

"Percy, olhe para mim." Com grande relutância, Percy fez o que seu pai pediu. Olhos azuis penetrantes o encararam. "Você é exatamente esse homem. Sempre foi."

"Foi por isso que você ajudou Olivia a se divorciar de mim?" Percy se viu dizendo com uma dose considerável de amargura. Em todos os meses desde que retornara, o assunto não havia sido abordado entre eles. Chegara a hora de deixar isso claro, pois Percy guardava uma mágoa.

"Pegou você de surpresa, não foi?" perguntou o duque.

"Sim."

"Você acha que eu poderia ter evitado?"

"Eu sei que poderia." Tal era o poder que o Duque de Arundel exercia no Parlamento.

"Você desejava voltar para casa e retomar seu casamento infeliz? Continuar levando uma vida separada da de sua esposa? Pois essa era a existência tanto para você quanto para Olivia."

"Nunca pensei que sobreviveria para voltar para casa. Mesmo assim... *por que* você ajudou Olivia a garantir isso?"

"Eu vi uma oportunidade de lidar com uma situação insustentável." O duque levantou uma mão. "Havia Olivia, que eu aprendi a amar como se fosse do meu próprio sangue. Eu queria que ela tivesse uma chance de ser feliz." Ele ergueu a outra mão. "E havia você, meu filho. Eu queria lhe dar a chance de recomeçar quando voltasse para a Inglaterra."

"Mas Lucy", começou Percy. Lá estava a sua queixa. "Ela é minha bastarda porque o casamento foi anulado. Acho que ela nunca vai me perdoar."

"Você acha que Lucy está chateada com isso? Pare de se fechar e deixe que ela te conheça. Ela vai mudar de ideia."

Percy não tinha certeza se era do interesse da filha se associar a um homem como ele. Isso era mais próximo da verdade. Mas ele não podia admitir tal coisa para o pai, não do jeito que ele o olhava, seu menino de ouro. Era demais. Percy não era aquele menino desde a Batalha de Maya.

"Mas, Percy, preciso te dizer uma coisa, e não sei como."

A pulsação de Percy disparou. "Sim?"

"Seja lá o que for que esteja te envolvendo agora, tome cuidado. Não posso te perder de novo. Aqueles anos em que você esteve desaparecido foram os piores da minha vida."

"Tem a minha palavra, pai." Uma promessa que Percy esperava poder cumprir. No entanto, se as coisas dessem errado com Montfort...

Bem, não dariam.

O duque sustentou o olhar de Percy até que, finalmente, assentiu. Enquanto se levantava lentamente, Percy se esforçou para não ajudar, mas sabia que era melhor não oferecer ajuda.

"Filho, você precisa se barbear direito. Mandarei Drummond para a casa de campo amanhã de manhã."

"Drummond?" perguntou Percy, atônito. "Ele ainda está vivo?"

"Maligno demais para o diabo levar, eu suspeito."

"Deve ter oitenta anos."

"Oitenta e três no dia do nome do seu santo."

"E este é o homem a quem você gostaria de aplicar uma régua no meu pescoço? Pensei que você quisesse que eu permanecesse entre os vivos."

O duque bufou. "Aquele homem tem o olhar mais aguçado e a mão mais firme da Inglaterra. Ele estará lá às onze horas."

Com a saída do duque, Percy ficou sozinho com a Princesa Polly, seu potro e seus pensamentos como companhia. Ele se jogou contra as tábuas e fechou os olhos. A égua estava sobrevivendo sem infecção. Se ao menos outras questões se resolvessem tão facilmente.

Nestes últimos dias, parecia que todas as decisões que tomara na vida, certas e erradas, convergiam para ele. Com toda a sinceridade, ele estava fortemente tentado a sucumbir sob o peso delas e deixar que o puxassem para baixo.

Fazer isso, no entanto, seria indigno do homem que seu pai acreditava que ele era. Mesmo que Percy entendesse, em um nível fundamental, que ele não era e nunca seria aquele homem, seu pai o considerava assim.

Aqueles anos em que você esteve desaparecido foram os piores da minha vida.

Como se Percy precisasse de mais motivação para perseguir Montfort até a morte, ele a tinha. O ano em que Montfort manteve Percy sob sua influência magoara o duque, uma mágoa que ainda ressoava nos olhos de seu pai.

Montfort precisava ser detido. Não era uma questão de se, mas de quando.

19

I sabel subiu as escadas com cuidado, um degrau de cada vez, com a carga preciosa nos braços. "*Pequeño* leão, por que você não dorme?"

Com os olhos negros arregalados fixos nela, Ariel soprou bolhas como uma resposta babada, e Isabel não teve escolha a não ser sorrir e aninhar o topo da cabeça peluda dele. "Você venceu."

Seus pés encontraram o térreo, e ela começou a andar de um lado para o outro na sala de estar — afofando almofadas de plumas de ganso, arrumando rosas recém-cortadas em seus vasos — qualquer pequena atividade que a mantivesse em movimento e Ariel contente e quieto. Sempre que ela parava por mais de dez segundos, o rosto gordinho dele se contraía de inquietação, prenunciando um grito muito alto. Se ao menos ele tirasse um cochilo.

Desde o encontro de ontem com Montfort, ela não saía do Rosebud Cottage, implorando pelo retorno das enxaquecas. Previsivelmente, os tônicos da duquesa haviam aparecido de manhã e à noite. Felizmente, Isabel não precisou bebê-los, pois haviam chegado pelos criados.

No entanto, permanecendo enclausurada na casa, Isabel não

teve escolha a não ser ajudar no ambicioso projeto de costura de Eva. Não só estavam refazendo vestidos para as Srtas. Bretagne e Radclyffe, mas também para Tilly e Nell, já que participariam do café da manhã e do baile de Gardencourt, que era um dia para ser apreciado por todos.

Uma hora antes, elas, junto com Eva, tinham se aventurado até a vila para escolher alguns enfeites, e foi assim que Isabel acabou ficando com o bebê. Não que ela se importasse. O pequeno bebê a fazia sorrir da cabeça aos pés.

Seu ouvido captou o zumbido não muito distante de vozes masculinas. O som vinha do corredor dos criados. Uma das vozes que ela conhecia. *Percy.*

Com a curiosidade despertada, ela se viu rastejando em direção ao quarto dele, com o coração, a cada passo, batendo cada vez mais forte. Embora confinada à casa, ela havia se mantido decididamente longe dessa parte dela, o que não era necessário. Percy não estava lá.

Ela teria sentido a presença dele.

Como agora.

Ela chegou à porta aberta e piscou ao ver a cena diante dela. No canto mais próximo da única janela do quarto, estavam Percy sem camisa e um homem que parecia tão velho quanto a terra.

"Drummond" começou Percy, cansado, como se já tivesse dito as próximas palavras uma dúzia de vezes, "sou perfeitamente capaz de me barbear."

"Você está dizendo que não teve um criado todos esses anos?"

"É exatamente isso que estou dizendo."

Drummond balançou a cabeça, pesaroso. "Não é apropriado que um filho do Duque de Arundel faça a própria barba. É vergonhoso."

O filho do Duque de Arundel. Houve momentos em que Isabel se esquecia desse fato sobre Percy.

Os homens ficaram em silêncio de repente, e o olhar dela

encontrou o de Percy no espelho. Ele permaneceu ali por um breve instante.

"Acho que esta é a mais nova Lady Percival?" perguntou Drummond.

Percy pigarreou. "Isabel, posso lhe apresentar do Duque de Arundel, a mais antigo…"

"Cuidado, rapaz", alertou Drummond.

"… o mais leal…"

"Assim está melhor", interrompeu Drummond, apaziguado.

"…criado…"

"E um homem completo", acrescentou o criado.

"…Drummond, para você?"

"Muito prazer em conhecê-lo", respondeu Isabel.

Drummond a olhou de cima a baixo. Ela endireitou a coluna e torceu para que atendesse aos seus padrões exigentes.

Aparentemente satisfeito com suas descobertas, ele começou a guardar seus acessórios de barbear em uma pequena maleta preta. "Você terá muito trabalho mantendo este aqui" — ele apontou o polegar para Percy — "no caminho certo. Isso é um fato que vale a pena saber." Ele lançou um olhar penetrante para Percy. "Informarei o duque sobre o seu comportamento hoje, não se engane."

Isabel se afastou enquanto Drummond passava arrastando os pés, resmungando sobre os jovens de hoje em dia não saberem o que é certo e apropriado. Foi só quando a porta da frente se fechou que o olhar de Isabel voltou para Percy. Diversão enrugou os cantos dos olhos dele, e uma gargalhada escapou da pressão firme dos lábios dela.

"Qual será o seu castigo, Lorde Percival? Sem pudim de sobremesa?"

Percy pegou sua navalha, o aço brilhando ao sol. "Um dia de banimento do estábulo sempre funcionava."

Ariel ergueu o pequeno punho no ar e começou a se contorceu nos braços de Isabel. Ela começou a balançar de um lado para o outro, dando a ele o movimento que ele queria enquanto o ajudava a encontrar o polegar. O bebê se acalmou.

Quando voltou a atenção para Percy, encontrou-o observando-a pelo espelho, a navalha no meio do maxilar. A hilaridade do momento anterior desapareceu sob a expressão em seus olhos. *Fome.* Ele piscou e retomou a barba.

O olhar de Isabel se desviou apenas para pousar em seu peito sem camisa. Enquanto o sol forte do meio-dia entrava pela janela ao seu lado, a luz captava cada ondulação de músculo sob a pele bronzeada, iluminando a beleza dele. *Magro. Musculoso. Forte. Com cicatrizes.* Mais uma vez, ela se perguntou sobre aquelas cicatrizes. Cada uma tinha uma história para contar, mas elas se combinavam também para contar a história do homem.

Foi só quando ele terminou de se barbear e tirou a camisa pela cabeça, impedindo Isabel de vê-lo, que lhe ocorreu que não precisava ficar.

Mas ela precisava.

"Você tem minha mais sincera gratidão por salvar minha vida", disse Percy enquanto se virava para encará-la.

"Por salvar a sua vida? Como assim?"

"Drummond estava tão disposto a cortar minha garganta quanto a raspá-la." Seu queixo se projetou em direção a Ariel. "Como ele se adaptou?"

"Ele é um rapaz muito gentil", ela disse para o bebê de olhos arregalados. "Mas você não está dando muito trabalho hoje?" Ela olhou para cima. "Literalmente."

"Ah?"

Uma ideia lhe ocorreu. "Você tem algum assunto urgente para tratar?"

"Vou me arrepender de dizer não?"

Isabel se decidiu naquele instante. "Acho que você serve."

"Eu sirvo?", perguntou Percy, cauteloso.

"Eva, Tilly e Nell foram à vila fazer compras, e eu tenho que cuidar do Ariel durante a soneca dele. Mas, como você pode ver, o pequeno não tem interesse em cochilar." Olhos arregalados encaravam Percy como se quisessem ilustrar o ponto de vista da tia.

"Não sei bem o que isso tem a ver comigo." Percy parecia prestes a sair correndo.

"Bem, você vai segurá-lo, é claro. A menos que saiba costurar?"

"Nada além de um ponto rudimentar aqui e ali."

"Então está combinado."

"*O que* exatamente está combinado?"

"Você vai segurar o Ariel e levá-lo para passear enquanto eu refaço o corpete de um vestido com novos babados." Ao diminuir a distância entre eles, uma possibilidade lhe ocorreu. "Você nunca segurou um bebê?"

Percy se encolheu, um movimento sutil, mas ela percebeu. "Não."

O que não foi dito era que ele nunca tinha segurado Lucy quando bebê, sua própria carne e sangue, e isso o machucou.

"Bem", Isabel começou em um tom leve, "não tem nada a ver. Simplesmente estenda os braços e..." Ela começou a transferir Ariel. O bebê deu um grito de advertência.

"Isso pode não ser uma boa ideia."

"Ah, que droga. Ele vai ficar bem contente quando descobrir que você tem um peito tão gostoso para se aconchegar."

"É mesmo?" Não havia como confundir o humor na voz de Percy.

Foi só depois que ele fez a pergunta que Isabel ouviu suas próprias palavras. Um rubor lento a percorreu. Como se ele soubesse, o canto da boca dele se curvou em um sorriso diabólico. *Dios mio.*

"Agora, vamos tentar de novo", ela instruiu em um tom que esperava ser pragmático. Desta vez, a transferência ocorreu sem problemas. "Aí está. Só certifique-se de que a cabeça dele esteja bem elevada."

Percy puxou Ariel alguns centímetros para cima. "Assim?"

Isabel assentiu. Seu interior esquentou. Era a visão de Percy segurando Ariel com tanto carinho. Por sua vez, Ariel parecia bastante satisfeito em observar o mundo de sua altura recém-elevada.

"Sigam-me, bons senhores." Isabel girou sobre os calcanhares. Atrás dela, Percy murmurou para Ariel: "O que você diz, homenzinho?"

O coração de Isabel deu uma daquelas cambalhotas que Percy costumava provocar quando ela encontrou seu lugar favorito no sofá, diante da grande janela em arco da sala e retomava sua costura. Encolhida em um canto confortável, com a visão periférica, ela observou Percy perambulando pelo quarto com Ariel, apontando para o retrato de um ancestral há muito falecido ou para a estatueta de bronze de um garanhão de peito orgulhoso. Esta última, Percy deixou Ariel agarrar.

"Cuidado", aconselhou Isabel, "ele quer pegar tudo e colocar na boca."

Percy ergueu uma sobrancelha brincalhona para o bebê. "O mundo é sua torta de maçã?" Ele se afastou pouco antes de o bebê roubar um vaso de cristal com rosas recém-colhidas em plena floração de verão. "Todas as flores por aqui são obra sua?"

Isabel assentiu. Ela havia começado a encher os vasos da casa, dos pequenos aos grandes, com todas as variedades de flores que encontrava nos terrenos de Gardencourt.

"Eu pensei que sim."

Ela gostava que ele pensasse isso dela. "Flores frescas transformam uma casa em um lar."

"Você tem uma flor favorita?"

Isabel deu de ombros. "A rosa. Era esperado, admito, mas não consigo evitar. Gosto da ideia da rosa."

"Que ideia?"

"Uma rosa pode se proteger."

Ele assentiu, seus olhos sérios a observando. "E uma rosa é linda."

De repente, Isabel não achou mais que estivessem falando de rosas. O que ele poderia estar dizendo, bem, roubou seu fôlego e fez seu coração disparar. Ela deu uma risadinha nervosa.

O olhar dele se fixou intensamente nela. "Isabel, você é uma rosa."

Mais uma vez, sua risadinha nervosa soou. "Eu dificilmente sou uma rosa inglesa." Simplesmente, ela era muito morena, muito estrangeira e muito judia. Fatos que ela tinha certeza de que Percy entendia.

"Não do tipo inglês padrão. Você é da variedade de rosas selvagens. Ainda mais preciosa por sua raridade."

Que coisa para se dizer. Isabel não tinha certeza se conseguiria respirar novamente. Seu olhar se desviou do dele e encarou, sem ver, a agulha e o pano em suas mãos. Ela não tinha resposta para tais palavras. Mesmo que tivesse, não tinha certeza se conseguiria pronunciá-las com o nó que se formara em sua garganta.

"Imagino que flores sejam difíceis de encontrar em Londres", ele disse.

Ele mudara de assunto, pelo que ela estava verdadeiramente grata, mesmo que outra parte dela, uma parte que não devia ter liberdade de ação, ansiasse pela outra conversa. "Eu as encontro às vezes."

"Em Cheapside?" Ele estava tentando obter informações sobre ela.

Ela assentiu. Não havia mal nenhum em lhe dar essa informação.

"Presumo que você more acima de *Galante: Costureiras Extraordinárias*?"

Uma risada tímida escapou de Isabel, e ela assentiu. Eva ficara tão animada com o nome que Isabel não teve escolha a não ser concordar. Era bastante grandioso.

"Que belo trabalho", ele disse apontando o queixo em direção ao colo dela.

Isabel olhou para o corpete que estava reconstruindo com a borda de veludo, como se estivesse profundamente concentrada em seu trabalho. Na verdade, ela estava escondendo a satisfação que a invadiu com o elogio, temendo que ele a visse em seus olhos. "Você é especialista em trajes femininos?"

Percy bufou. "Dificilmente." Ele começou a balançar de um lado para o outro, pois Ariel estava irritado por ficar parado por muito tempo. "Estou apenas apontando para o fato de que, se isso é um indicativo da qualidade dos seus produtos, então você deve administrar uma loja de sucesso."

"Administramos." Sua testa se enrugou. "Ou administrávamos. Enfrentamos alguns desafios este ano."

Ele ficou completamente sério. Mais uma vez, ele era o homem devastador que ela conhecera pela primeira vez. Ela não conseguia evitar a sensação de que ele havia manobrado a conversa de propósito para aquele ponto. "Isabel, o que você estava fazendo na Casa Número 9?"

"Acho que isso já está bem estabelecido." Ah, que ela não sentisse um rubor intenso subindo por suas bochechas.

A intensidade do olhar dele não diminuía. "Mas como você foi obrigada a estar lá?"

Isabel desviou o olhar dele. Ela precisava. Ele estava chegando perto demais do assunto. Ela olhou para Ariel, aconchegado em segurança nos braços de Percy. "Ele adormeceu."

Percy olhou para o bebê. O olhar dele se suavizou e o coração de Isabel se contraiu. A visão de um homem forte segurando um pequeno bebê com ternura e cuidado, bem, era demais. Ela deixou a costura de lado e se levantou. "Aqui", começou, atravessando o quarto. "Vou levá-lo para o berço."

Ela estendeu os braços para a transferência. Ao contrário de antes, quando Ariel estava acordado, eles precisavam se mover com mais cuidado para não acordar o bebê.

Primeiro, foi o cheiro de Percy que a alcançou, o calor do corpo dele infundindo sândalo *nele*, um cheiro que ela havia recentemente conhecido intimamente. Depois, foi a sensação dele, pois ela não conseguia deixar de tocá-lo — a extensão tensa de seus antebraços, o roçar das pontas dos dedos nas costas de sua mão — enquanto transferia Ariel dos seus braços para os seus.

"Ele está seguro?"

O rosto dele se abaixava enquanto falava. Ele estava perto, tão perto que ela podia se erguer na ponta dos pés, inclinar-se levemente e pressionar os lábios nos dele.

Seria tão simples. E *certo*.

Tornaria as coisas infinitamente mais complicadas. E *erradas*.

Ela deu um passo para trás, rompendo com um momento que não podia — *não deveria* — acontecer. Por cima do ombro, disse: "Vou demorar alguns minutos, você—?"

"Estarei aqui."

Ela deveria se sentir mortificada com a pergunta não formulada e por ele a ter intuído tão facilmente. Mas não conseguia evocar a sensação. Uma leveza a invadiu com a confirmação. Ela o queria ali quando voltasse para o andar de baixo.

Que sensação terrível, horrível, maravilhosa, de que ele a conhecesse tão bem. Não poderia levar a nada de bom, disso ela tinha certeza, mas, talvez, dentro de Rosebud Cottage, eles pudessem deixar que seu feitiço mágico os protegesse das duras realidades do mundo fora de seus muros e não se preocupassem com o que os levaria.

Em vez disso, eles poderiam simplesmente *ser*.

E deixar o futuro para depois.

20

Percy observou Isabel desaparecer escada acima com o bebê. Ele finalmente havia conduzido a conversa para onde precisava chegar, mas então — de forma totalmente previsível — se distraiu.

Preste atenção às suas prioridades, homem.

Ele não poderia proteger Isabel se não conseguisse conquistar a confiança dela.

E como ele poderia conquistar a confiança dela se ele se comportava como um galanteador apaixonado? Sério, do que se tratava aquela conversa sobre rosas?

Ele não tinha certeza, exceto que era a verdade. Uma verdade na qual ele achava que ela não confiava em si mesma. Ela era linda *e* conseguia se proteger. Duas qualidades raras de se encontrar em uma mulher.

Uma voz ecoou em sua cabeça que parecia suspeitosamente como seu antigo eu. Não seu antigo e perverso eu, mas um eu ainda mais antigo, aquele que tinha capacidade para sentir alegria.

Era verdade que ela se tornara uma necessidade em suas veias. Não adiantava negar. Mas...

Não parecia tão errado ou terrível.

Parecia estranhamente *certo*.

Ele não conseguia se livrar da sensação de que ela era um vício que lhe fazia *bem*. A maldade que ela provocou, bem, foi assim tão má?

Seus passos leves ecoavam escada abaixo, e ele se ocupava com um arranjo de foxgloves [1] roxas para não parecer o idiota apaixonado que se sentia. Ainda assim, ele não conseguia deixar de observá-la pelo canto do olho enquanto ela reassumia seu lugar ao lado da janela. Ela era exatamente como o duque a havia descrito — bonita, inteligente, compassiva —, mas ainda mais do que isso.

Ela era *doce*.

A maneira como a luz do sol a acariciava, captando reflexos de um castanho claro intenso em seus cabelos negros, demorando-se nos lábios vermelho-cereja entreabertos concentrados em seu trabalho. Nem mesmo a natureza conseguia resistir a ela.

Ele era apenas um mero homem. Que chance ele tinha?

"Você gosta de fazer arranjos de flores?"

Suas mãos congelaram, segurando um pequeno buquê de flores cor-de-rosa Sweet Williams, e seu olhar se ergueu. Olhos divertidos brilharam para ele. "É" — ele se esforçou para encontrar uma palavra, qualquer palavra — "reconfortante."

Sua sobrancelha se ergueu. Ela estava gostando disso. *"Reconfortante?* Você nunca me pareceu o tipo de homem que precisa particularmente de conforto."

Percy pegou o vaso. "Isso ficaria lindo no aparador atrás de você."

"É mesmo?"

Na verdade, ele não sabia, nem se importava.

---

1. Digitalis é um gênero com cerca de 20 espécies de plantas herbáceas perenes, arbustos e bienais (uma planta bienal é aquela que demora 24 meses para completar o seu ciclo biológico), comumente chamadas de foxgloves.

Na verdade, ele estava procurando uma desculpa para atravessar a sala e ficar perto dela, o que fez rapidamente. Colocou as flores Sweet Williams no centro do aparador e, como se só agora tivesse lhe ocorrido, acomodou-se na extremidade oposta do sofá. A atenção dela permaneceu decididamente fixada em sua costura. Era hora de parar de agir como um pretendente apaixonado e começar a obter algumas respostas. "Fiquei curioso."

Isabel não levantou o olhar. "Curioso?" Ela passou a agulha pelo algodão.

"Sobre sua ligação com a corte real espanhola."

Seus dedos congelaram no meio da costura. "Sim?"

"E seu pai não é mais alfaiate de Fernando?" Algo — uma pergunta, um pressentimento — pairava fora de alcance ali.

"O Rei não precisa mais dos serviços do meu pai."

O mesmo olhar que ele notara nos olhos dela quando ela encontrou Montfort brilhava ali agora.

Medo.

E, de repente, ele entendeu. "Lorde Bertrand Montfort tem ligações com todas as cortes da Europa. Aliás, não seria nenhuma surpresa se ele conhecesse o alfaiate do Rei Fernando."

A costura de Isabel caiu em seu colo, um fato que ele duvidava que ela tivesse consciência. O medo em seus olhos se expandiu. Ele duvidava que ela conseguisse respirar naquele momento. "Essa dívida com Montfort", ele continuou em um tom suave e tranquilizador, como se estivesse tentando atrair um animal selvagem para mais perto, "é do seu pai?"

A testa dela se enrugou, congelada em um estado de perplexidade. Então, se dissipou. O medo se foi, substituído por uma faísca de fogo. "É tão fácil para você?"

"O que é tão fácil para mim?" ele perguntou cauteloso. O chão sob seus pés parecia estar começando a se mover.

"Separar-se da sua família."

A declaração atingiu Percy como um golpe forte no plexo

solar. Ele não estava apenas observando-a. Ela também o observava.

"É um problema da nossa família", continuou ela. "O que afeta um, afeta a *todos*."

A implicação de suas palavras a atingiu como um soco no queixo. *Família.* Percy havia negligenciado a sua; ela jamais abandonaria a dela. Ele merecia seu desprezo.

Mas, agora, o brilho de raiva desapareceu de seus olhos, e ela o encarou com uma espécie de contrição. "Uma dúzia de costureiras e alfaiates costuravam para o papai na corte real", ela começou gentilmente levando a conversa para um rumo menos combativo. "Ele supervisionava a compra de materiais e a confecção de todos os uniformes dos criados. Mas apenas suas mãos costuravam as roupas do rei. Não há um ponto que ele não consiga fazer."

Mas Percy não conseguia deixar o assunto de lado, mesmo que ela despejasse uma avalanche de desprezo sobre sua cabeça. "Por que seu pai não está na Inglaterra com as filhas?"

Seu olhar se desviou. "As coisas se complicaram, então Eva e eu saímos primeiro. Ele virá logo. Recebemos garantias."

"De Montfort?" Percy precisava de um sim, ou mesmo um aceno de cabeça, qualquer coisa que transmitisse confiança.

Em vez disso, Isabel se concentrou em sua costura. "Cada pequeno ponto é vital para a integridade da peça e de quem a fabrica. Papai nos ensinou isso."

Ela ainda não estava pronta para tanta confiança, e Percy sabia que não devia forçar. Além disso, a luz estava voltando aos seus olhos. Ele gostava disso. Ele sentia-se atraído por ela como um ímã que encontra seu oposto polar. Ela tinha o poder de iluminar e afastar a escuridão dele.

Como tinha sido frio nas sombras todos esses anos.

Como era quente a luz dela.

"Quando uma mulher usa uma roupa bem-feita", ela continuou, "e sente os pontos perfeitamente alinhados com as curvas do corpo, isso lhe dá confiança. Ninguém mais no mundo pode usar esta roupa como ela, porque foi feita exclusivamente para ela. Mais do que tecidos finos, este é o luxo que sempre foi privilégio dos ricos."

"E você gostaria de mudar isso?" Ele queria que ela continuasse falando e contando sobre suas esperanças, sonhos e objetivos. Era extremamente atraente.

"Ah, sim, muito. Um segmento inteiro da classe média anseia por moda sob medida que possa pagar. Nossa ideia é manter os custos baixos com materiais cuidadosamente selecionados, usando as últimas criações de Eva. Ela é um gênio do design."

"E você comanda o negócio?"

Isabel riu. "Não se pode confiar em Eva sozinha em uma loja de tecidos. Seria tudo seda shantung, musselina jamdani e prisão para devedores."

Percy sentiu-se sorrindo junto com ela.

De repente, ela se levantou de repente com um doloroso "Oh!". Ela ergueu o dedo indicador. Na ponta dele, havia uma gota de sangue.

Antes que ela pudesse levá-lo à boca, Percy atravessou o pequeno sofá entre eles e segurou seu pulso. "Posso?" ele se viu perguntando.

Outro "Oh" escapou de seus lábios, este suave e possivelmente convidativo. Com os olhos arregalados, ela assentiu.

Era tudo o que Percy precisava.

Com o olhar recusando-se a soltar o dela, ele levou o dedo dela à boca, e ela sorveu um rápido gole de ar que lhe ficou preso no peito. A língua dele acariciou a ponta, e ele a provou. *Metálica. Amarga. Doce.* Com um rosnado gutural, ele levou o dedo dela para dentro da boca e chupou.

Ela suspirou.

Parecia perverso, aquele arrancar de sangue dela, mas não havia parte dela que ele não quisesse provar.

Sua boca moveu-se para a palma da mão dela, levemente pegajosa com uma fina camada de suor, até o pulso, finas veias azuis pulsavam rapidamente sob seus lábios. O único som da sala era a leve respiração dela contra a garganta. Um rubor da tonalidade de um rosa escura subiu por seu decote, pelo pescoço, iluminando suas bochechas. O desejo estava estampado em seu rosto, no balanço de seu corpo para frente. Ela gostava disso, de ser provada.

Ele recuou um centímetro, e a angústia franziu a testa dela. Ele gostava bastante de segurá-la na palma da mão. "Aqui está o que você deveria saber sobre mim, Isabel", disse ele com uma voz rouca que mal reconheceu como sua.

Ele se abaixou e colocou os pés dela em seu colo. A testa dela se franziu ainda mais, desta vez por curiosidade. Ele começou a desamarrar as botas dela.

"Depois que começo a me entregar, não consigo parar."

Primeiro uma, depois a outra, as botas caíram no chão. Ele passou as pontas dos dedos levemente pelo peito do pé dela, fazendo cócegas nos dedos dos pés, até o tornozelo, até a bainha do vestido, que estava bem arrumado logo acima.

"Você estava certa em um aspecto na outra noite."

Ele não precisou esclarecer qual noite. Ambos sabiam.

"Ah, sim?"

"A privação. Eu *tinha* me viciado nela, mesmo que fosse apenas por ser um refúgio seguro contra a minha verdadeira natureza." A mão dele subiu mais, empurrando o vestido dela acima dos joelhos, onde as meias brancas de algodão eram presas por ligas de cetim azul-claro. Ele começou a desamarrá-las e parou. Elas poderiam ficar. O sangue acelerou em suas veias e correu direto para seu pênis, que já estava a meio mastro.

"Mas agora eu provei *você*." Ele empurrou o vestido dela mais para cima, a coxa nua revelada à luz do dia.

"O que você está...", ela começou, sem fôlego. "O que você está fazendo?"

Ele ignorou a pergunta. "Como tantos miseráveis presos a um

vício, uma vez que eu experimento, estou perdido." Ele desviou o olhar da carne exposta dela e encontrou os olhos dela. Assim que avistasse sua doce vagina, não haveria como detê-lo. "Nunca consegui aprender a arte da saciedade."

Ele encontrou uma pergunta nos olhos dela. Ela realmente não tinha ideia do que ele estava fazendo. Mesmo assim, ele encontrou permissão para levá-la para o desconhecido.

Seu pênis inchou em prontidão dura, e ele tentou conter suas expectativas. Tratava-se de um tipo diferente de prazer.

Ele empurrou o vestido dela alguns centímetros mais para cima até que, finalmente, sua vagina foi revelada, o monte de pelos cacheados escuros contra sua pele, banhado pelo sol do meio-dia que entrava pela janela. Uma dor primitiva o invadiu. *Minha.* "Abra as pernas para mim, Isabel."

Seu corpo ficou rígido com uma tensão repentina. *"Abrir as minhas pernas?"* ela sussurrou, chocada, sim, mas também... *Intrigada.*

Ela queria ver o que ele faria em seguida.

Ela dobrou os joelhos e floresceu para ele como a rosa selvagem que era, revelando sua vagina rosada e brilhante aos poucos. A luxúria o percorreu enquanto ele se inclinava para frente, suas mãos alcançando seu doce traseiro, deslizando-a em sua direção, ao mesmo tempo em que se posicionava entre suas pernas, apoiando um dos pés dela em seu ombro.

"O que você está...?" começou um protesto que ele sabia que o decoro exigiria.

Com grande relutância, ele ergueu a cabeça. "Você confia em mim?"

Ela mordeu o lábio inferior carnudo, a indecisão estampada em seu rosto. Um trio de batimentos cardíacos rápidos passou galopando. Finalmente, ela soltou os lábios e disse a única palavra que ele queria ouvir. "Sim."

Incapaz de se conter por mais um instante, ele abaixou a

cabeça, inalou o perfume dela, sol, madressilva e *mulher*, e *a* tocou com a língua.

"Lorde Percival!"

Ele quase corrigiu aquele afetado e ofegante *Lorde Percival!* Mas decidiu que gostava bastante. Passou a língua pela extensão úmida de sua fenda.

Um ofegante *"Oh"* escapou da garganta de Isabel. Ela jogou um braço sobre a cabeça enquanto seus quadris se inclinavam para cima e as pernas se abriam mais. Ela precisava ter mais do que a língua dele oferecia. Ele sorriu contra ela e a acariciou.

Os dedos da outra mão dela se entrelaçaram em seus cabelos e se apertaram. "Oh, isso é bom." Ela não era tímida em relação ao seu desejo. Mais uma coisa que ele gostava nela.

"Apenas *bom*?"

Ele parou, e os quadris dela se contorceram com a perda. Ela mordeu o lábio inferior. "É muito...muito... *bom*."

A língua dele lambeu sua pele sensível como recompensa. Ela deu um grande gemido de alívio ao pressionar sua cabeça.

Ela *queria, precisava*... Mais.

E ele daria a ela.

A língua dele encontrou o ponto sensível logo abaixo do seu clitóris. Seus quadris se contraíram quando ela soltou um grito agudo de prazer. Lá estava, o lugar que a faria se desfazer sob ele. Seu pênis começara a pulsar. A ponta da língua dele endureceu e se concentrou nessa pequena área de terminações nervosas, acariciando em círculos apertados, tocando com movimentos rápidos e precisos. A cada toque da língua dele, o corpo dela se abria para ele, mesmo estando tenso. Os suspiros dela ficavam mais agudos, mais melancólicos. Ela estava perto, tão perto, e molhada, tão molhada. "Goze para mim, Isabel."

Os dedos de ambas as mãos se enredaram nos cabelos dele, os olhos fechados com força, o rosto tenso em doce angústia, os lábios entreabertos enquanto ela se esforçava com tanta ânsia por uma libertação requintada, todo o seu ser reduzido ao pedaço de pele onde a língua dele a tocava. Ela era uma libertina, dependente dele para a única coisa que ansiava nesse mundo.

Mais algumas lambidas com a língua, e lá estava ela, rendendo-se debaixo dele, gritando de prazer enquanto seu sexo se despedaçava, sua vagina pulsando em rápidas contrações. Seu pênis *implorava* para que ele a possuísse agora. Ela estava disposta e pronta, e ele certamente estava disposto e pronto. Mas...

Se ele a possuísse agora, não conseguiria se livrar do desejo por ela...

Nunca.

"Isso foi... *oh*", ela suspirou.

Com o peito arfando sob o espartilho que permanecia no lugar, e as bochechas brilhantes de desejo saciado, ela era uma glória ao sol. Seus olhos se abriram e sua boca se curvou em um sorriso ao qual nenhum homem na história jamais resistira.

Mas ele precisava.

Ele recuou um pouco e puxou o vestido dela para baixo até que chegasse ao meio da coxa. A cabeça dela se inclinou para o lado, em dúvida, enquanto ele se acomodava ao seu lado no sofá.

"Isso é...", ela começou, com uma voz confusa. "É só isso?"

Percy controlou seu pênis enquanto desviava seus olhos do olhar demasiado direto dela. "Isso foi para você."

Em uma sequência repentina de movimentos eficientes, ela se empurrou para frente e, antes que ele pudesse piscar, ela se sentou em cima dele, pernas abertas de cada lado das coxas dele, as mãos levantando seu rosto, forçando-o a encará-la.

"Estou *desesperada*" — sua voz de contralto falhou ao pronunciar a palavra — "para sentir você dentro de mim." Uma mão se estendeu entre seus corpos e acariciou a dura extensão de seu pênis através da lã esticada. "Você me negaria o prazer de você?"

"Isabel", ele começou, com a voz reduzida a cascalho na garganta, "eu não lhe negaria *nada*."

Foram as palavras mais verdadeiras que ele já havia dito.

Ela se inclinou sobre ele, inclinando a cabeça, sua respiração sussurrando em seu pescoço, causando arrepios em sua pele, antes que lábios carnudos encontrassem seu pescoço e seus dedos ágeis o fecho de suas calças, libertando seu pênis no instante seguinte. Sua mão esguia o envolveu e apertou enquanto ela se posicionava acima dele, sua doce vagina pairando tentadoramente fora de alcance.

Ele segurou uma mão atrás do pescoço dela e trouxe sua boca para a dele, as respirações se misturando, as línguas se entrelaçando, enquanto ela se abaixava sobre ele, sua vulva quente e escorregadia. Contra todos os instintos, ele agarrou seus quadris, impedindo-a de ir rápido demais. Em vez disso, penetrou-a, centímetro por centímetro, deliberadamente. Ela era tão deliciosamente *apertada*.

Ela gemeu em sua boca, e uma selvageria começou a crescer dentro dele. Mãos trêmulas agarraram seus ombros, e ela girou os quadris sem pensar. Agora era *ele* gemendo na boca *dela*.

"Oh, a sensação de você", ela gemeu em seu ouvido. "Eu preciso disso... *oh*... eu preciso disso... *oh*..."

Ela havia perdido a capacidade de terminar uma frase. Não importava. Ele sabia como terminava. "*Mais fundo?*" Ele deu uma estocada forte com os quadris enquanto a trazia para si, e suas inibições se dissiparam.

"Oh, sim, e... *oh*... e..."

"*Mais forte?*"

Ela jogou a cabeça para trás, abandonada. Havia apenas ele e ela, e essa necessidade que os prendia.

"E... *oh*..." ela continuou, "e... *oh*..."

"*Mais rápido?*" Ele rosnou em seu ouvido.

"Oh, sim."

Sua boca encontrou seu pescoço, seu decote, mãos puxando seu corpete para baixo, revelando um doce mamilo rosado. Ele colocou-o dentro da boca enquanto a puxava para cima dele, com uma investida implacável após a outra. Sua excitação aumentava a cada movimento, mas ele não conseguiria chegar ao clímax sem ela.

Ele fez movimentos superficiais, e ela gemeu de frustração. *Ótimo.* A provocação a deixava ansiosa por todo o prazer que seu pênis poderia oferecer, *se ele apenas...*

"Preciso de mais", ela disse entre respirações rápidas. Ela estava desesperada por mais dele. *"Por favor"*, ela implorou.

Esse *por favor* mexeu com suas entranhas. Ele a penetrou — *mais fundo, mais forte, mais rápido* — exatamente como ela queria.

"Sim", ela sussurrou repetidamente, como um apelo, uma oração, suas unhas cravando em seus ombros, apenas aumentando seu desejo, enquanto ela se tornava selvagem em seus braços.

Ela inspirou profundamente e prendeu a respiração, com o equilíbrio do mundo suspenso na ponta de uma agulha, enquanto ela se debatia a beira do orgasmo. Então, ela tombou em um esquecimento irracional, sua vulva apertando o pênis dele. Ele não teve escolha a não ser segui-la enquanto gozava, seu clímax o atingindo com abandono implacável, o prazer correndo em cascata por suas veias a cada pulsação de seu coração, até que logo — *cedo demais* — tudo acabou, e ele ficou ofegante, com o suor escorrendo pela coluna.

De longe, um pensamento lhe ocorreu: ele havia derramado sua semente dentro dela. Duas vezes.

Estúpido. Mas a aspereza não tinha qualquer substância por trás. O que de pior poderia acontecer? Ela poderia estar grávida? Ele teria que se casar com ela de verdade?

A consideração não o perturbou tanto quanto deveria.

Ela deslizou para o lado e se afastou completamente dele. Ele teve que se conter para não agarrá-la e colocá-la de volta em cima dele, *onde era o seu lugar.* Ela se levantou e deixou o vestido cair até os tornozelos, e ele enfiou a masculinidade de volta nas calças.

Ela o encarou, a respiração ainda curta, a perplexidade brilhando nos olhos. Ela se perguntava o que a havia dominado. *Desejo intenso*, ele poderia lhe dizer.

"Isso foi —"

"Inesperado?" ele completou a frase. Não podia concordar inteiramente, para ser sincero.

A porta externa se abriu repentinamente. Entraram a Sra. Gardiner, Tilly e um jovem criado cujo nome entrara e saíra da mente de Percy no instante em que ele o aprendera. Como se fossem um só, a conversa se dissipou e seus pés pararam abruptamente.

Embora suas expressões não pudessem diferir mais radicalmente uma da outra, era claro como o céu azul que cada um entendia o que acabara de acontecer entre ele e Isabel no sofá do qual ele agora se levantava. Com os olhos arregalados, a boca da jovem criada formou um silencioso "O". Um sorriso atrevido surgiu na boca de Tilly e brilhou em seus olhos.

E a Sra. Gardiner, bem, seus olhos se estreitaram em fendas finas como navalhas e ela parecia pronta para atravessá-lo com um sabre curvo. "Está tudo como deveria ser, *mi querida?*" ela perguntou, baixa e duramente. Era claro que ela não confiava nele. Ou em qualquer outro homem, ele suspeitava.

"Exatamente, Eva", disse Isabel rapidamente. Rápido demais. "Exatamente como, hum, deveria ser."

Embora as palavras pudessem carecer de convicção, o significado por trás delas não. Ela estava assegurando à irmã que o que acabara de acontecer acontecera com o seu consentimento.

Solenemente, Eva assentiu em concordância.

Todos os olhares se voltaram para Percy. Ele interpretou isso como uma deixa. "O *prazer* foi meu", começou ele e imediatamente percebeu seu erro. Era aquela palavra, prazer. Tilly bufou, e as sobrancelhas de Isabel se encontraram em consternação. Ele recomeçou. "Foi agradável" — outra bufada de Tilly — "cuidar do seu sobrinho enquanto você costurava." Ele fez uma leve reverência. "Bom dia."

Sem olhar para trás, ele saiu pela porta aberta, com o riso zombeteiro de Tilly em seu encalço. Um dia ele fora um espião e mentiroso consumado, capaz de enganar qualquer um. Bem, ele estava enferrujado. Ou isso, ou Isabel havia confundido seu cérebro a ponto de deixá-lo irreconhecível. Nenhuma das duas possibilidades lhe oferecia paz de espírito.

Enquanto Percy atravessava a propriedade em direção ao estábulo, seu passo diminuiu sob o peso dos pensamentos. *Você confia em mim?* Ele perguntou. *Sim,* ela respondeu.

Ter a confiança dela era como se ele tivesse recebido tudo o que sempre desejou. Não para usá-la e guiá-la, como fizera com a confiança dos outros no passado, mas para protegê-la. Era com a total confiança dela que ele poderia protegê-la de Montfort.

Seu coração se elevou diante da confiança que lhe fora concedida, aprofundando ainda mais o vício por ela, que não parecia mais perversidade. Parecia honesto, verdadeiro e...

Maldição.

Ele estava apaixonado.

Essa era a verdade da questão. E não parecia tão errado ou perverso. Na verdade, não continha nenhum traço de vício. Ele poderia se censurar. Tentar se convencer do contrário. Mas *por quê?*

Para o bem dela, soou uma vozinha que o fez cair de volta à realidade. Ela podia ser pura e boa para ele, mas *ele era bom para ela?*

No canto mais escuro de seu coração, ele sabia a resposta para aquela pergunta.

Certo.

A luz que existia, as sombras do passado — *da realidade* — foram apagadas. Eles compreenderam a verdade, mesmo que o resto dele não compreendesse. Ele mudou a direção de seus passos. Não precisava ir para o estábulo. Ele precisava entrar em contato com Hortense e verificar o progresso dela.

O tempo estava passando.

Por Isabel.

Pelo seu coração.

21

Isabel saiu de debaixo da alameda de tílias que ladeava a viela que levava à praça do mercado da vila. O sol do meio da manhã derramava seu calor abundante no ar e nela.

"Esse é um dia simplesmente glorioso", exclamou a Srta. Bretagne para todos e para ninguém em particular. A garota sentia tanto e tão profundamente que Isabel sentiu uma pontada de preocupação por ela. Eva já fora uma garota assim.

Isabel descartou o pensamento. O fato era que a Srta. Bretagne possuía riqueza e privilégios demais para sofrer tal destino.

Além disso, era um dia esplêndido demais para preocupações inúteis. Tudo o que se exigia era se deleitar na glória combinada do sol amarelo e das árvores verdejantes, das flores brilhantes e um corpo completamente saciado.

O passo de Isabel ficou para trás de Eva, das Srtas. Bretagne e Radclyffe, e ela se permitiu um sorriso secreto naquele último momento. Era possível que ela estivesse se tornando uma mulher lasciva, pois não havia como negar que aquele homem devastador havia infundido prazer em seu corpo de uma maneira que ela jamais imaginara. Que uma língua pudesse ser usada para tal fim...

Pensar nisso agora, entre os cidadãos honestos e respeitáveis da praça do mercado da vila, parecia um pouco pecaminoso. Porque, *oh*, como ela queria que Percy soltasse sua língua perversa sobre ela novamente.

Eva lançou um olhar por cima do ombro. "*Mi querida*, você está se sentindo bem? Parece corada."

Isabel forçou seu olhar a permanecer firmemente neutro diante do que Eva deixou de dizer e do que seu olhar sugeria.

"Você se importaria muito se dermos uma passada na biblioteca circulante?", perguntou a Srta. Bretagne, alheia à troca de olhares entre Isabel e Eva. "Preciso voltar, ah, é um título bem longo." Ela tirou um livro da bolsa e leu em voz alta*: "Memórias e Confissões Particulares de um Pecador Justificado*, do Sr. James Hogg [1]. Na verdade, estou chocada que eles tenham um livro desses. Devem ter acreditado que era um texto religioso." Ela deu uma bufada nada feminina. "Posso garantir que definitivamente não é piedoso. De qualquer forma, eu gostaria de perguntar se eles por acaso têm... Ah, Mina, qual é o título daquele livro do escritor americano?"

---

1. The Private Memoirs and Confessions of a Justified Sinner: Written by Himself: With a detail of curious traditionary facts and other evidence by the editor (Memórias e Confissões Privadas de um Pecador Justificado: Escrito por Ele Mesmo: Com um detalhamento de fatos tradicionais curiosos e outras evidências do editor), é um romance do autor escocês James Hogg, publicado anonimamente em 1824. O enredo gira em torno de Robert Wringhim, um calvinista convicto que, sob a influência do misterioso Gil-Martin, acredita ter a Salvação garantida e justificada em matar aqueles que ele acredita já estarem condenados por Deus. O romance foi classificado em vários gêneros, incluindo romance gótico, mistério psicológico, sátira e o estudo do pensamento totalitário; também pode ser considerado um dos primeiros exemplos de ficção policial moderna, na qual a história é contada, em grande parte, do ponto de vista de seu anti-herói criminoso. A ação do romance se passa em uma Escócia historicamente definível, com cenários observados com precisão, e simultaneamente sugere um mundo quase cristão de anjos, demônios e possessão demoníaca.

"O Último dos Moicanos?"[2]

"É esse mesmo! Estou a fim de uma aventura."

"E quando você não está?" perguntou a Srta. Radclyffe. "Eu diria que sua sede por aventura é uma das principais qualidades que compõem sua constituição." Era evidente pelo tom de voz que ela gostava disso na amiga.

Eva irradiava impaciência. "Encontre-me na loja quando terminar." Seu olhar penetrante se voltou para Isabel. "Você se importaria em me ajudar a escolher algumas peças de acabamento?"

"Acho que vou explorar as opções da biblioteca." Isabel havia conseguido evitar ficar sozinha com Eva desde ontem. Ela não estava disposta a quebrar sua sequência agora.

Sem escolha a não ser admitir a derrota, Eva cumprimentou o grupo com um aceno firme e seguiu pela calçada, sozinha.

Isabel seguiu as Srtas. Bretagne e Radclyffe para dentro da biblioteca circulante mal iluminada. Ela tinha o cheiro reconfortante de mofo, poeira acumulada, couro envelhecido e papel amarelado típico de todas as bibliotecas. Enquanto as meninas interrogavam a administradora sobre novos romances, Isabel se aprofundou no espaço. Inesperadamente, ela se deparou com uma figura familiar debruçada sobre um grosso livro. "Srta. Fox?"

A moça se endireitou e tirou os óculos de leitura. "Lady Percival, que surpresa."

Isabel não conseguiu retribuir o sentimento. Este era precisamente o tipo de estabelecimento onde ela esperaria encontrar a Srta. Fox. "Uma leitura leve?"

A Srta. Fox riu baixinho. "Ah, estou curtindo a história local. Você sabia que os teixos do cemitério foram plantados para

---

2. *O Último Dos Moicanos* (*The Last Of The Mohicans: A Narrative Of 1757*) é um romance histórico de James Fenimore Cooper. Foi lançado em 1826. Baseia-se em acontecimentos relativos à Guerra Franco-Indígena (1754-1763), aos quais foram adicionados elementos ficcionais. É uma das obras mais representativas do romantismo dos Estados Unidos.

fornecer madeira para os arcos da milícia local? E que a casa paroquial é assombrada por uma mulher que se perdeu em Dent há quinhentos anos e morreu nos degraus da igreja durante uma tempestade de neve? Tremendo de frio, ela se esconde nos cantos, tricotando e murmurando: 'Está *tão frio, tão frio, tão frio'*", concluiu com um tremor dramático.

A cabeça da Srta. Radclyffe apareceu no canto de uma estante. "Lucy e eu estamos indo para a loja." Seu olhar se fixou na Srta. Fox. "Olá, Srta. Fox. Gostaria de se juntar à nossa expedição de compras?"

Para grande surpresa de Isabel, a Srta. Fox se levantou. "Eu ficaria muito feliz. Fiquei sentada por muito tempo e preciso de um pouco de exercício."

Lá fora, as Srtas. Bretagne e Radclyffe caminhavam à frente, e a Srta. Fox entrelaçou o braço no de Isabel, de modo que elas caminhavam de braços dados.

"Minha irmã" começou Isabel, buscando uma conversa leve, "acha que as damas deveriam usar guirlandas de cabelo para o musical desta noite. Talvez a senhora queira uma?"

"Ah, eu não gostaria de incomodá-la", objetou a Srta. Fox, com um ar de surpresa e perplexidade.

Só então ocorreu a Isabel que a Srta. Fox poderia levar uma vida plena, mas talvez solitária. É bem possível que ela não tivesse amigos que lhe oferecessem pequenas gentilezas por capricho. Dada a predileção do pai por jogos, a Srta. Fox já vira o lado desagradável da natureza humana, Isabel tinha certeza disso. Nisso, Isabel sentia simpatia por ela. Ela entendia como camadas se acumulavam sobre uma pessoa até que seu verdadeiro eu fosse enterrado, em segurança, bem fundo. A Srta. Fox era uma dessas pessoas.

O grupo não havia percorrido mais de meio quarteirão quando chegaram ao único mercado da vila. Pela janela, Isabel podia ver Eva examinando vários pedaços de enfeite dispostos pelo proprietário. As Srtas. Bretagne e Radclyffe entraram, o sino pendurado acima da porta tilintando em seu rastro. Quando Isabel fez menção de segui-la, a Srta. Fox apertou seu braço com mais força, impedindo-a de entrar. Isabel lançou à mulher um olhar inquisitivo.

"Lady Percival, a senhora poderia dar uma volta pela praça do mercado comigo enquanto as outras fazem compras?"

Surpresa, Isabel assentiu em concordância e logo se viu perambulando pela praça com uma Srta. Fox desconcertantemente silenciosa. Ausentes estavam suas habituais perguntas, cutucadas e provocações. "Você está bastante meditativa hoje, Srta. Fox."

A Srta. Fox lançou a Isabel um olhar rápido e penetrante. A mulher parecia estar no meio de um debate interno. Estranhamente, Isabel se viu esperando ansiosamente. Finalmente, a Srta. Fox parecia ter chegado a uma decisão. "Você conhece o Savior de St. Giles?"

Isabelle deu de ombros, um pouco intrigada com essa mudança de assunto. "Devo confessar que não fiquei tão empolgada com a história quanto outras pessoas que conheço." Ou seja, Tilly.

"Nos últimos meses, ele ganhou algumas casas de jogos de azar das mãos de seus proprietários."

Uma sensação se arrepiou dentro de Isabel, uma que fez seu estômago desafiar a gravidade.

"E", continuou a Srta. Fox, "ao libertar Londres das garras de seus palácios de vício e perversão, ele chamou a atenção de alguns homens muito poderosos."

A boca de Isabel ficou seca.

"E os irritou."

"Ah?"

"Um homem poderoso em particular."

"Não me chame por esse nome ridículo."

Foram exatamente essas as palavras que Percy rosnou ao final do jogo de cartas na Casa Número 9. Agora ela entendia o que ele queria dizer com elas. *Aquele nome bobo...*

O Savior de St. Giles.

"Muitos rumores circulam sobre a identidade do Savior de St. Giles", continuou a Srta. Fox. "Alguns acreditam que ele seja um príncipe italiano. Outros um nababo da Companhia das Índias Orientais. Em uma teoria, no entanto, estou inclinada a acreditar. Gostaria de ouvi-la?"

Isabel assentiu, imaginando como conseguia se mover dada a rigidez de seus músculos.

"Dizem que o Savior de St. Giles não é outro senão o filho mais novo de um poderoso duque da Inglaterra." Olhos arregalados e dissimulados se voltaram para Isabel. "Chocante, não?"

Isabel pigarreou e tentou se recompor. "Será que essa é a pior possibilidade? Tal heroísmo aumentaria a reputação de qualquer jovem."

A Srta. Fox deu de ombros, como se estivesse indiferente à sua história. A mulher longe disso, Isabel sabia. "Se não houvesse mais nada na história."

"Mais?" Isabel sentiu um nó no estômago.

"Exatamente. Parece que o Savior de St. Giles é uma fachada para um vilão verdadeiramente repreensível."

Isabel inspirou e expirou calmamente. *"Um vilão?"*

A Srta. Fox se inclinou e reduziu a voz a um sussurro. "Um *sedutor* de virgens."

Foi só depois de fechar a boca com um estalo que Isabel percebeu que ela estava escancarada.

"Dizem que ele usou todo o seu poder de persuasão", continuou a Srta. Fox. "Você conhece o tipo de poder — família nobre, riqueza considerável, beleza estonteante — para arrebatar uma jovem virgem destituída com promessas de casamento e segurança. Dizem que ele até enganou a pobre moça, fazendo-a pensar que já estava casada com ele. Quem sabe quantas virgens inocentes ele enganou, corrompeu e descartou da mesma maneira." A Srta. Fox fez uma pausa, e cada nervo do corpo de Isabel se esvaiu.

O estômago de Isabel se contraiu. *"História?"*

"Por acaso você lê o *London Diary*?"

Isabel balançou a cabeça lentamente.

"Não, você não parece ser o tipo. Bem, é um jornal de escândalos que meu pai possui, embora poucos na sociedade saibam disso."

"Esta é uma das publicações que ele ganhou em uma aposta?" Isabel teve a presença de espírito de perguntar.

A Srta. Fox assentiu. "Gostaria de saber por que Cheswick e eu estamos aqui?"

"Vocês são amigos do duque e da duquesa?" Era preciso fazer a pergunta, mesmo que já soubessem a resposta.

A Srta. Fox hesitou. "Um homem bastante poderoso cedeu ao *London Diary* os direitos exclusivos da história. Estampada na primeira página, a manchete será: *Savior ou SEDUTOR de St. Giles*? Bastante obsceno e chamativo, não concorda?"

As palavras que saíam da boca da Srta. Fox ficavam cada vez piores. Não haveria fim para elas?

"Quando?" Isabel perguntou.

"Em alguns dias, imagino. A história está se desenvolvendo rapidamente."

"Por que você está me contando?"

O olhar aguçado da Srta. Fox fixou-se no de Isabel por um momento. "Eu gosto de você."

Isabel não tinha certeza se conseguiria retribuir o sentimento. "Por que você concordou em publicar a história?"

"Deve-se sempre ter cuidado com quem se fica em dívida. Meu pai não tem esse cuidado."

Isabel só então percebeu que elas tinham dado a volta até o armazém quando uma porta se abriu com um estrondo e Eva saiu com as Srtas. Bretagne e Radclyffe, com pacotes nas mãos.

Um rubor de felicidade iluminava as bochechas de Eva. Ela

adorava uma excursão de compras bem-sucedida. "Isabel, espero que você esteja pronta para costurar esta tarde." Ela dirigiu suas próximas palavras a Srta. Fox. "Você tem habilidade com uma agulha? Precisaremos de todos a postos."

"Receio que não", objetou a Srta. Fox. "Estou profundamente aborrecida por perder o entretenimento desta noite. Eu gosto de um musical de aldeia. Tantas gamas e variedades de talentos."

Enquanto o grupo avançava, Isabel permaneceu de braço dado com a Srta. Fox.

"Lady Percival", começou a Srta. Fox, "espero não tê-la chocado profundamente com a minha história." Um instante de tempo se passou. "Foi contada com as mais sinceras intenções. Agora, se me perdoam, preciso buscar meus óculos de leitura na biblioteca."

Embora acreditasse que a intenção por trás das revelações da Srta. Fox fosse para o bem, o sentimento predominante de Isabel ao observar a mulher se afastar, seus pés um *clique-claque* determinado contra o calçamento cinza, *foi um alívio*. Pois estava claro: a Srta. Fox sabia que seu casamento com Percy era uma mentira. Não foi coincidência que ela tivesse chegado com Montfort. Ele a trouxera, junto com Cheswick, para Gardencourt Manor com o propósito expresso de expor o "Sedutor" de St. Giles.

"Não me chame por esse nome bobo."

Percy era o Savior de St. Giles.

Foi um choque, com certeza, e ainda assim...

Não foi.

Ela deveria ter percebido antes. Mas fora cega, inicialmente pelo fracasso naquela primeira noite, depois pela enxurrada de eventos que se seguiram. Na verdade, ela não havia pensado no Savior de St. Giles. O herói fantasma das prostitutas não significava nada para ela.

Só que, agora, ela sabia que ele não era um mero fantasma.

Agora, ela sabia que ele era um homem.

A revelação e suas implicações a deixaram sem fôlego. Percy

não estivera naquele inferno do jogo para mergulhar no mar da iniquidade. Ele estivera lá para drená-lo.

Um homem poderoso — palavras da Srta. Fox — estava querendo expor Percy. Isabel conhecia um homem tão poderoso.

Lorde Bertrand Montfort.

Ele discordaria da interferência do Savior de St. Giles em suas operações.

E o Savior de St. Giles era *Percy?*

A constatação só agravava os sentimentos que vinham se acumulando por ele, e os complicava também. Pois ali estava a terrível verdade da questão...

Montfort pretendia que ela fosse o instrumento da ruína do Savior de St. Giles — da ruína de *Percy.*

Um pensamento veio à tona. *E se... E se ela* avisasse Percy sobre o que estava prestes a acontecer com ele e, por extensão, com sua família?

Família...

E a família *dela?* O que aconteceria com seu pai, Eva e Ariel se ela desse tal aviso?

Montfort não aceitaria tal traição de ânimo leve. As repercussões seriam rápidas, violentas e definitivas.

No entanto, como ela poderia trair Percy, o homem que reivindicara não apenas seu corpo, mas provavelmente também seu coração?

Ela precisava deixar de lado seu coração. Não tinha nada a dizer sobre o assunto, não quando ela tinha o futuro da sua família em suas mãos. Mais uma camada acumulada pela vida. Esta seria mais espessa, mais pesada e mais dura do que todas as outras juntas.

Tão espessa, pesada e dura que poderia esmagar o coração que protegia.

.

22

O que fez a reunião brilhar?
Robin Adair.
O que tornou o baile tão especial?
Robin estava lá...

E mbora uma menina de no máximo doze anos cantasse "Robin Adair" diante da plateia, Percy sentiu o sentimento da canção até a alma, que substituiu Robin por *Isabel*.

Vestindo sua melhor roupa de domingo, a menina continuou a cantar a melodia popular e melancólica com uma doce voz de soprano que preencheu a sal de reuniões até seu teto alto em caixotões e não pôde deixar de despertar emoção dos corações mais endurecidos, mesmo com um tremor revelador, um tremor que a fez entender que ela cantava para um duque. De fato, toda a vila estava ciente da presença do Duque de Arundel e sua família, sentados em destaque na primeira fila.

O intervalo não poderia chegar cedo o suficiente para Percy. Não foram as apresentações, tanto vocais quanto instrumentais, e de qualidade variável, que o fizeram bater os dedos impacientemente no joelho. Para dizer a verdade, ele gostou bastante deles. Em vez disso, foi a ordem dos assentos.

De alguma forma, ele se sentou em uma ponta da fileira e Isabel na outra, com a família inteira entre eles. Além disso, cada vez que ele tentava atrair a atenção de Isabel, a duquesa fazia uma observação em voz baixa no ouvido dela.

Por fim, a garota terminou a canção com uma nota que apenas vacilou levemente, e os presentes irromperam em aplausos entusiasmados. A garota sorriu timidamente, mas com um alívio considerável, enquanto fazia uma rápida reverência e saía apressadamente do pequeno palco. O prefeito, certo Squire Noble, apressou-se em seu lugar. "Vamos fazer uma pausa para um lanche e nos reunir novamente daqui a meia hora?"

Permissão concedida, a sala se dividiu em cinquenta conversas diferentes enquanto pessoas se levantavam para esticar as pernas rígidas. O duque caminhou lentamente em direção ao palco e parabenizou o Squire Noble pela performance excepcional de sua neta. Lucy e a Srta. Radclyffe levaram as palavras do prefeito a sério enquanto caminhavam de braços dados pelo corredor central para inspecionar a profusão de petiscos salgados e doces dispostos para o consumo da plateia, com Hugh em seus calcanhares.

Com o caminho praticamente livre para Isabel — a duquesa se mostrou uma parceira de conversa tenaz — Percy se aproximou, atraído por sua luz como uma mariposa pela chama. Os olhos de Isabel encontraram o dele e se desviaram. Foi como se o sol aparecesse por trás de uma nuvem negra por tempo suficiente para encher o ar com um brilho quente, apenas para desaparecer novamente, mergulhando o mundo de volta na escuridão fria.

Era possível que a analogia contivesse uma boa dose de melodrama piegas. Ainda assim, ele não conseguia deixar de se sentir exatamente assim. Ela havia penetrado em seu sangue e penetrado profundamente na medula de seus ossos.

Todos os seus votos e autoflagelações anteriores haviam desaparecido no momento em que a viu pela primeira vez naquela noite, usando flores no cabelo e um vestido cinza claro recém-reformado, adornado com uma franja curta verde azulada que realçava a cor esmeralda de seus olhos.

Não havia como negar: ele era um homem apaixonado. A aceleração do seu coração ao ajudá-la a subir na carruagem. A inspiração ao sentar-se ao lado dela, enchendo os pulmões com o sol e a madressilva. Ele conhecia todos os sinais.

Depois de quantos dias? Quatro? Ou seriam cinco? O número dificilmente importava. Era tempo suficiente para conhecê-la e desejá-la. Na verdade, essa queda em uma paixão louca e profunda tinha sido inevitável.

No entanto, isso não mudava o que sua mente sabia e o que seu coração esquecia a cada momento passado com ela: ele podia ter esses sentimentos, mas nunca agir de acordo com eles.

Isabel merecia um homem melhor.

Ainda assim, como seu "marido", não pareceria estranho se ele não fosse até sua "esposa", entrelaçasse o braço dela no dele e se inclinasse para inalá-la profundamente?

Então, ele fez isso, produzindo uma gratificante camada de arrepios ao longo do elegante comprimento do pescoço dela.

O fluxo das últimas observações da duquesa foi interrompido no meio da frase, e uma mão ocupada parou de girar o anel de prata oxidada com uma grande esmeralda cabochão [1] na outra. Olhos arregalados e nada surpresos se alternaram entre ele e Isabel. "Bem, agora eu entendo."

O *que* ela falou estava claro. Ele e Isabel vibraram positiva-mente com *isso*.

Isabel ficou tensa ao lado dele. Ele ficou intrigado com aquela rigidez. Uma mudança sutil em sua atitude em relação a ele havia

---

1. Cabochão – é uma lapidação de corte retangular, que apresenta as facetas em degraus em forma octagonal. Essa lapidação se popularizou com as esmeraldas, pois exalta e prioriza a beleza da cor da pedra.

ocorrido desde que eles quebraram o jejum juntos naquela manhã.

Então, seus olhos não conseguiram evitar lançar olhares tímidos em sua direção. Sua boca não conseguiu evitar um sorriso quando a mão dele roçou a dela. Ele não se preocupou em fingir que o contato tinha sido acidental. Em vez disso, lançou-lhe um sorriso malicioso, aquele que ele distribuía indiscriminadamente em sua juventude desperdiçada, aquele que nunca deixava de provocar um suspiro do sexo oposto. Esse sorriso não o abandonara naquela manhã, quando Isabel suspirou e seus olhos se encheram de desejo.

Agora, a duquesa, com seu olhar atento e perspicaz, percebeu a repentina rigidez de Isabel. "Minha querida, alguma de suas enxaquecas está voltando? Quer que mandemos buscar meu tônico especial? Pode chegar aqui em meia hora."

Diante da oferta da duquesa, Isabel empalideceu como se já tivesse engolido um copo cheio da substância nociva. "Sua oferta é muito generosa, senhora, mas minha cabeça está muito bem."

"Querida" interrompeu Percy, "acho que tudo o que você precisa é dar umas voltas. Talvez uma espiada nas estrelas?"

Olhos agradecidos encontraram os dele. O sol havia retornado.

Antes que Percy pudesse agir de acordo com as palavras, uma forma familiar surgiu no canto de sua visão.

Hortense.

Com os cabelos presos em um coque apertado e cobertos por uma touca de renda que a envelheceu algumas décadas, ela usava um vestido marrom respeitável e desbotado que dificilmente atrairia olhares curiosos. Ela lançou-lhe um rápido olhar antes de desaparecer pela porta externa que estava aberta para deixar entrar o ar fresco da noite.

O que ela queria dizer era claro. Ele deveria segui-la.

O que significava se afastar de Isabel, pois, se quisesse protegê-la de Montfort, precisava ouvir o que Hortense tinha a dizer. A mulher não estaria ali se não tivesse descoberto informações vitais.

Para proteger Isabel, primeiro, ele teria que traí-la. "Pensando melhor, o tônico da duquesa poderia servir como preventivo, meu amor."

Meu amor. O carinho saiu de sua boca com uma facilidade desconcertante.

As sobrancelhas de Isabel se franziram em angústia, e seus olhos brilharam com a traição dele. Ela abriu a boca para dar o que certamente seria uma resposta veemente, mas antes que pudesse rebater, a duquesa a pegou pela mão. "Venha comigo, Isabel. Vamos cuidar de você. Você sabe o que aquele Benjamin Franklin sempre dizia. *É melhor prevenir do que remediar.*"

Enquanto a duquesa a conduzia, Isabel lançou a Percy um último olhar por cima do ombro, em parte traição e em parte súplica, com uma pitada de ressentimento. Ela não o perdoaria tão cedo.

Mais tarde, ele poderia compensá-la de uma forma que ela deliciosamente apreciava.

Ele afastou a ideia. Não havia jurado evitar encontros futuros semelhantes?

No entanto, quando estava com ela, tinha dificuldade em se lembrar do por que exatamente.

Ele avistou Hortense a alguma distância, perto do caminho que levava à margem do rio. No instante em que o viu, desapareceu pela trilha. Ele não a viu novamente até chegar à ponte de pedra de quinhentos anos da vila.

Ela saiu para o luar, e os olhos turquesa brilharam para ele por baixo do ridículo chapéu de mafioso. Simplesmente não era um item de Hortense para usar. "Bem, Bretagne, você queria a atenção de Montfort. Agora você certamente a tem", ela disse em tom de cumprimento.

"O que você descobriu?" ele perguntou pronto como ela para dar início à conversa.

"Me responda uma pergunta primeiro. Você é Whig ou Tory [2]?"

"Nenhum dos dois. Não tolero políticos. Para uns, eles sofrem de uma percepção exagerada de seu valor no mundo."

Hortense assentiu. A maioria dos envolvidos em espionagem concordava com essa opinião. Uma vez que os políticos se envolviam em uma operação, o trabalho de um espião aumentava dez vezes, se não fosse completamente destruído.

"Você ouviu dizer que os Tories garantiram recentemente sua posição nas eleições gerais?", ela perguntou.

"Nenhuma surpresa. Os Whigs estão uma bagunça."

"Bem, um poderoso Tory meteu na cabeça que não se pode ter tanta certeza."

"E?"

"*E* começou a comandar uma operação em vários inferninhos e bordéis por Londres."

"Que tipo de operação?" Uma onda de expectativa, precedendo uma revelação, percorreu as veias de Percy. Quantos anos ele havia vivido para sentir isso?

"Criar *situações* em que os lordes se sintam compelidos a votar de determinada maneira, se tais *situações* forem mantidas em segredo. Você sabe do que estou falando. Situações envolvendo dívidas de jogo. Lordes piedosos com meninas jovens, até mesmo

---

2. *Tory* Party é um indivíduo que apoia uma filosofia política conhecida como Toryism, baseada em uma versão britânica do conservadorismo tradicionalista que defende a ordem social estabelecida conforme ela evoluiu ao longo da história da Grã-Bretanha. Os *tories* são monarquistas, historicamente pertencem a uma herança religiosa anglicana e se opõem ao liberalismo do Partido Whig. O *Whig Party*, era o partido que reunia as tendências liberais no Reino Unido, e contrapunha-se ao *Tory Party*, de linha conservadora. Esta corrente liberal contribuiu para a formação do atual Partido Liberal Democrata — *Liberal Democrats*. Também está, embora não de forma exclusiva, na vertente do Partido Trabalhista — *Labour Party*. Está profundamente relacionado com o setor protestante (sobretudo *calvinista* — na sua forma presbiteriana) das sociedades escocesa e inglesa.

virgens. O tipo de situação em que o Savior de St. Giles recentemente se envolveu."

Claro. "Um esquema de chantagem política."

"E suponho que você saiba quem está por trás disso?"

"Montfort."

Mesmo na quase escuridão, o maxilar de Hortense se contraiu e relaxou por reflexo. "Você conhece a frase dele, aquela que justifica todas as suas ações."

"Pelo bem da Inglaterra."

"Ele parou de influenciar governos no continente e agora começou em casa."

"Usando velhos jogos de espionagem para destruir a oposição."

"Mas agora Montfort tem um novo jogo em andamento. Um peixe maior na isca."

"Um peixe maior que um futuro marquês?" Mesmo enquanto Percy fazia a pergunta, o medo se apoderou de suas entranhas. Montfort havia dito a Percy, quase explicitamente, que viria atrás dele. Isso não era novidade. No entanto, ele não conseguia se livrar da sensação de que Hortense estava prestes a lhe contar algo novo e feio.

"De certa forma." Ela fez uma pausa. "Para ele." Mais uma pausa. "Ultimamente, um herói popular arrogante tem interferido nas operações de Montfort."

"Ele sabe que eu sou o Savior de St. Giles."

"Parece que você foi eficaz em chamar a atenção dele, exceto por um problema. Você não estava afetando a conta bancária dele. O primeiro golpe barato que você encerrou, ele ignorou como se não fosse uma grande perda, mas o deixou em alerta. O segundo o fez planejar como lidar com a situação. Mas a Casa Número 9 o pegou de surpresa. Foi um passo longo demais. Nem ele nem seus conspiradores em Whitehall poderiam tolerar mais interferências depois que seu plano para garantir o voto do futuro Marquês de Clare foi frustrado."

"O que ele planeja fazer a respeito?"

"Engraçado você perguntar. Veja bem, o filho de um poderoso duque inglês é um peixe grande, principalmente quando esse filho já conquistou uma notoriedade considerável. No entanto, Montfort garantiu ao seu círculo íntimo em Whitehall que está muito perto de controlar a situação."

O medo no estômago de Percy se contraiu. O novo e feio havia chegado. "Como?"

"Ele tem um agente muito próximo. *Intimamente* foi a palavra usada. É só questão de um ou dois dias."

Lá estava. Isabel. Ele a perdera de vista durante a conversa. Sabia desde o início que ela estava sob o controle de Montfort.

Maldição.

Ele se oferecera para ajudá-la, até mesmo jurara proteção, e ela o rejeitara. Agora, ele entendia o porquê. Ela estivera jogando em um plano diferente do dele o tempo todo.

Percy sabia que Montfort estava vindo atrás dele, e sabia que Isabel tinha alguma dívida com Montfort. Mas não imaginara que Isabel seria a arma de Montfort contra ele. Um rosto bonito o fizera de bobo, a história mais antiga do mundo da espionagem, um fato que Montfort entendia bem.

"O que você sabe sobre Isabel Galante?" perguntou Hortense. Ela entendia perfeitamente quem era a agente *íntima* de Montfort. E ela não tinha tempo para as autocensuras de Percy.

"Um pouco", ele resmungou. *Demais...*

Não o suficiente.

"Mas não que você fosse o alvo dela", afirmou Hortense.

"Não."

Hortense conhecia Percy há anos. Ela percebia que ele estava afetado. "Temos opções."

"Opções?" No momento em que fez a pergunta, Percy se sentiu um idiota. Hortense era quem pensava como uma espiã, não ele. Ele estava pensando como um amante abandonado.

"Primeiro, precisamos encontrar a peça que falta neste quebra-cabeça."

"Qual é?"

"Qual é o motivo dela? Seria tolice supor que isso esteja de acordo com o pensamento de Montfort."

Não se alinhava. Mesmo quando Percy sofreu a traição que não tinha direito de sofrer, ele compreendeu.

"É um problema da nossa família. O que afeta um, afeta a todos."

Isabel não o traíra, porque sua lealdade nunca fora para com ele. Era para com a irmã, o sobrinho e o pai. Eles eram tudo para ela. Faria qualquer coisa para protegê-los. Até mesmo se aliar a Montfort.

Alheia ao seu conflito interior — ou, mais provavelmente, indiferente a ele — Hortense concentrada na tarefa. "Vamos deixar isso se desenrolar um pouco mais. Talvez possamos—"

"Usá-la", concluiu Percy. O tom profissional de Hortense começava a irritá-lo. "Eu não vou permitir."

A incredulidade se espalhou pelo rosto de Hortense. *"Você não vai permitir?"*

Ela tinha razão. Naqueles anos no Continente, ela e ele haviam sido soldados de infantaria no pequeno exército de espiões de Lorde Nicholas Asquith, como iguais. Parecia que, ultimamente, ele se sentira extremamente confortável com sua condição de filho de um duque. Hortense era uma das poucas pessoas no mundo que não dava a mínima para isso.

"Não podemos confiar nela."

"Bretagne, é difícil acreditar que ela tenha um pingo de lealdade a Montfort. Ela é um peão."

"Os motivos dela não têm nada a ver com lealdade a Montfort."

Era apenas a verdade. Ficou claro para Percy que Isabel era tão inimiga dele quanto Montfort. A mulher estava em uma missão para salvar sua família. Nada nem ninguém iria ficar em seu caminho. Junto com a raiva e a frustração, vinha uma pontada da perda, outra emoção que ele não tinha direito a ter.

Para sua sanidade, Percy precisava desviar a conversa de Isabel. Ele precisava pensar como um espião, não como um amante de coração partido. "Hortense, investigue mais a fundo quem são os conspiradores de Montfort em Whitehall. Podemos derrubá-los todos."

Hortense balançou a cabeça. "Eu não me importo com esses homens. Você e eu sabemos que Montfort é a cabeça da serpente. Se não a cortarmos agora, com um golpe decisivo, ele sairá ileso."

"Já pensou no que Nick faria?"

"*Nick?* zombou Hortense. "Você não vai chegar a lugar nenhum jogando Nick para mim." Ele é um homem de família agora. Completamente fora do jogo. Mas, entre nós dois? Ele iria em frente com isso. *Aqui. Agora.* Temos a oportunidade de dar a Montfort tudo o que ele merece."

Percy assentiu. Ela estava certa. Absolutamente, inequivocamente certa. "Você vai voltar para Londres?"

Ela balançou a cabeça. "Estou hospedada aqui perto, no Queen's Arms." Ela sustentou o olhar dele, ainda sem terminar. "Fui contratada para a equipe de Gardencourt Manor como ajudante extra para o café da manhã da vila amanhã."

"Tão rápido? Eu imaginaria que a governanta teria exigido referências."

"Ah, tenho um excelente conjunto de referências do nosso querido amigo Lorde Nicholas Asquith. Ele manda lembranças."

Claro. Hortense era minuciosa.

"Tenho um pressentimento sobre amanhã, então esteja pronta, Bretagne. Você vai precisar de mim." Ela se virou para sair e parou, perguntando por cima do ombro. "E o Savior de St. Giles? Qual é a posição dele em tudo isso?"

"Você não ouviu? O Savior de St. Giles está se aposentando."

Hortense assentiu brevemente e desapareceu na noite. Menos de três segundos depois, um farfalhar soou em um arbusto escuro a uns três metros de distância. Percy virou a cabeça bruscamente e examinou a noite cinzenta em busca da fonte. Não era o arrastar de pés indiferente de um animal, mas o movimento medido de um humano. "Quem está aí?"

Da cerca viva surgiu ninguém menos que Lucy.

O choque o percorreu ao ver a filha e a expressão curiosa em seu rosto. Claro, ela sempre tinha aquela expressão, então não podia ser nada. Mas ele sabia, no fundo, que não era o caso nessa situação.

O que ela tinha ouvido?

Com os olhos semicerrados, ela se aproximou, com passos lentos e deliberados. Não havia como negar que sua filha tinha uma sensibilidade especial para o dramático. *"O Savior de St. Giles?"*

23

Com o conhecimento brilhando nos olhos, Lucy encarou Percy como se fosse a primeira vez que o via. "*Você* é o Savior de St. Giles?"

Ele podia fingir que estava discutindo fofocas com Hortense. Mas Lucy perceberia a mentira e confiaria nele ainda menos do que já confiava. Não era uma opção. "Sim."

"Quem era aquela mulher com quem você estava falando?" Sua cabeça se inclinou para o lado, intrigada. "Uma de suas prostitutas libertadas?"

Percy balançou a cabeça. "Alguém de uma vida passada."

As sobrancelhas de Lucy, que estavam unidas, se soltaram. "Então os boatos que ouvi sobre você são verdadeiros."

"Que boatos?"

"Que você é uma espião."

Ele não negaria. Só a verdade bastaria para sua filha. Ela tinha idade e inteligência suficientes para lidar com a situação. "Eu não sou mais um espião."

"Você *era* um espião. E agora, você é o Savior de St. Giles." Ela se aproximou. Percy não deixou de perceber que aquela era a conversa mais intensa que já haviam tido. "Quando você *não* está fingindo ser outra pessoa?"

"Eu sou seu pai. Isso é genuíno e..." Ele hesitou. Ela ia expulsá-lo da Inglaterra quando ele dissesse a próxima parte. "E importante."

"*Importante?* Para quem?"

"Para *mim*."

"Você teve um jeito engraçado de demonstrar isso todos esses anos."

Esta era a conversa que eles precisavam ter aquela pela qual ele estava esperando, e de alguma forma o pegou desprevenido. "Lucy, eu—"

"Conte-me sobre as casas de jogo", ela interrompeu. "Elas são realmente os bastiões da libertinagem, do vício e do pecado descritos nos romances?"

A garota queria mudar de assunto. Ele deixaria. "Pior, eu imagino. Os finais nesses lugares não são felizes para as pessoas que trabalham lá."

Seus olhos se arregalaram. "E você tem *duas*, de acordo com os jornais sensacionalistas."

"Duas que eu fechei. Vendi quase tudo. Agora estão vazias."

"*Vazias?* E aquelas pessoas com finais infelizes? Para onde foram? Você não pode simplesmente vendê-las."

"Como é?" A conversa tinha acabado de tomar um rumo diferente.

"As prostitutas que você *resgatou*. Onde elas estão?"

"Elas estão em uma casa em Seven Dials, onde podem se organizar." Ele não mencionou que a maioria das mulheres havia recusado sua oferta de abrigo.

"Se organizar? Não consigo imaginar que uma mulher que foi reduzida à prostituição—"

"Lucy", ele a interrompeu. Ele podia não ser um bom pai, mas até ele sabia que jovens damas da aristocracia não diziam tais palavras. Que ela o fazia com tanta facilidade... Bem, ele suspeitava que tivesse muito a aprender sobre a filha.

De sua parte, Lucy continuou. "Uma mulher assim não teria muitas opções para se *organizar*. Na verdade, eu pensaria que ela tinha apenas uma. E você a tirou dela."

Apesar de toda a sua animação, Lucy era uma garota pragmática. Que o deixara perplexo. Será que ela estava querendo dizer o que ele pensava que ela estava querendo dizer?

Ela expressou suas suspeitas em voz alta. "Você precisa dar a elas uma ocupação alternativa."

Percy ergueu as mãos vazias. "Não tenho nenhuma ocupação para dar a elas. Garanti a liberdade e um teto sobre suas cabeças."

"E?"

"E *o quê*?"

Lucy soltou um suspiro tempestuoso. "Todo acontecimento tem três fases." Ela as contava com os dedos. "Antes, durante e depois. Você já ficou para o depois em toda a sua vida?"

"Como é?" Ele tinha quase certeza de que acabara de ser insultado por aquela filha que talvez o enxergasse com muita clareza.

"É a mesma coisa com esse negócio do Savior de St. Giles. Você conquistou a liberdade para as prostitutas, mas e agora? Toda boa ação pode ter um efeito negativo se não for levada até o fim. Na verdade, quanto mal às boas ações causou no mundo?"

"Você adquiriu um pouco de sabedoria em seus poucos anos."

Lucy deu de ombros. "Eu li bastante. Pessoas mais inteligentes do que eu já disseram isso." Seu olhar direto se desviou e sua expressão ficou repentinamente tímida. "O mesmo vale para como as coisas funcionaram entre você e a mamãe. E entre você e eu."

Como ela parecia vulnerável e jovem agora. Percy clamou aos céus pelas palavras corretas. "Eu gostaria de mudar isso."

O olhar de Lucy encontrou o dele. "St. Alban se ofereceu para me adotar."

Devastado, essa era a palavra para descrever o sentimento dentro de Percy. "Eu não sabia."

"Isso foi antes de você voltar para Londres."

"Você concordou?" Ele tinha que saber.

"Eu agradeci a ele, mas não. Estou contente em ser uma bastarda."

Um gemido emergiu das profundezas de Percy. Não havia como pará-lo. Ele queria uivar e se enfurecer. Uma *bastarda.* Sua filha era uma *bastarda.*

Por causa dele. Por causa de sua impetuosidade e de sua incapacidade de levar as coisas até o fim. Naquela época, ele não havia parado para pensar que Olivia poderia estar grávida quando ele partiu para o Continente em busca de guerra e glória. Na verdade, ele achava que seria uma aventura divertida. Que homem inútil ele havia sido.

"Se fôssemos uma família diferente", continuou Lucy, "haveria consequências para mim, mas somos uma das famílias mais poderosas da Inglaterra. Ser bastarda não afeta minha vida nem um pouco." Ela deu de ombros. "A *alta sociedade* está tomada por bastardos de alta linhagem."

A alegria de Lucy só aumentou a sensação de miséria de Percy. Esse fato terrível que ela aceitara para si mesma, ele não aceitara para ela. "Eu não gostaria de nada mais do que ser um pai para você."

"Pode ser tarde demais para isso. Mas —" Ela hesitou, e Percy sentiu sua vida por um fio. "Talvez não seja tarde demais para *nós.* Passei a admirar o fato de você nunca faltar aos nossos compromissos semanais para me ver ler. Isso demonstra uma preocupação com o *futuro.*"

Foi só quando soltou o ar que Percy percebeu que estava prendendo a respiração. Uma esperança que ele há muito reprimia, pois seria doloroso demais dar-lhe espaço para respirar, surgiu. Qualquer que fosse a forma que ela quisesse que o relacionamento deles assumisse, ele aceitaria. "Notei sua afinidade por romances em particular." Ele tentou parecer descontraído.

Ela riu. "Eles nos abrem para novos mundos e outros tipos de vida. Por exemplo, sobre aquelas suas prostitutas."

"Elas não são realmente minhas, Lucy."

"Você é responsável por elas."

"Não tenho certeza se sou."

"Você é, e aqui está o que eu penso. Muitas heroínas nos romances que li têm algum tipo de ocupação. Então, se você não pode empregar essas mulheres, podemos ajudá-las a aprender uma habilidade."

"Eu não sou qualificado—"

"Aprendizados, esse tipo de coisa."

O "nós" que ela disse aqueceu Percy até os ossos. "Nada te impede quando você se decide, não é?"

"Não especialmente."

"Parece que encontrei meu par em você." Se essa aventura maluca que ela estava propondo era como eles poderiam alcançar um status de "nós" mais permanente, então era assim que eles prosseguiriam. Eles conseguiriam ocupações adequadas para as prostitutas que haviam concordado em ficar na casa dos Seven Dials. Ele daria um jeito de explicar isso para a mãe dela. "Vamos voltar para o musical?"

Lucy fez uma careta. "Devemos?"

"Devemos." Que tom era aquele em sua voz? Seria... *Paternal?* "Algum dia, Gardencourt Manor será sua."

"*Minha?*" Os olhos de Lucy se arregalaram. "Não vai ficar para o filho que você terá com a minha nova madrasta?"

Percy procurou e não detectou nenhum traço de amargura na pergunta, apenas curiosidade. "Gardencourt não tem restrições. Será sua. Parte de aceitá-la é se interessar por *tudo*, incluindo os musicais da vila — *especialmente* os musicais da vila."

Lucy assentiu solenemente. "Você está dizendo que eu devo levar isso adiante."

"Até o *fim*."

Quando retornaram ao salão de festas, Percy fez outra pergunta a Lucy. "Você me seguiu esta noite?" Ele devia saber se ela tinha ouvido mais do que a história do Savior de St. Giles.

"Eu, hum, sim e não", ela gaguejou. "Enquanto Mina, Hugh e eu tomávamos um refresco, notei você saindo pela porta externa. Pouco depois, Mina decidiu que seria melhor sair durante o intervalo, porque ela vai acordar cedo. Algo sobre Marte e Vênus antes do nascer do sol. Você sabe como ela fica."

Percy não sabia, mas deixou Lucy continuar. "De qualquer forma, Hugh se ofereceu para levá-la em segurança até Gardencourt, o que deixou a duquesa toda agitada — sabe, por decoro e tudo."

"Tenho uma vaga lembrança do conceito, sim", comentou Percy secamente.

"Bem, depois que tudo foi resolvido, me vi completamente sozinha. Então me lembrei de você, e decidi investigar e descobri que você era ninguém menos que o Savior de St. Giles."

A partir daí, Lucy começou a tagarelar alegremente ao seu lado sobre todos os tipos de assuntos, desde sua romancista favorita — *a Srta. Jane Austen, é claro* — até a severa diretora de sua escola, que sozinha havia erradicado o problema dos ratos da escola com seu olhar fulminante — *É o que mais admiro na Sra. Bloomquist, juro por Deus.*

Percy queria aproveitar esse novo começo com a filha, um resultado pelo qual vinha se esforçando nos últimos nove meses, mas as revelações de Hortense continuavam a invadi-lo. Bem, uma revelação em particular. Isabel era a agente *mais próxima* de Montfort.

A dor da perda não havia diminuído. Aos poucos, ele entendeu o que começara a brotar dentro dele por ela. Aquele sentimento, apenas um passo além da paixão, um sentimento que ele havia negado a si mesmo por tantos anos.

A amargura cresceu. Esse era o talento especial de Montfort, o toque venenoso. Nada prosperava sob as mãos de Montfort.

Seu ataque era iminente, provavelmente amanhã, com a vila fornecendo distração e cobertura em Gardencourt. Até lá, Percy jogaria suas cartas com cuidado. Montfort — e Isabel — teriam que ir até ele.

Ele estaria pronto.

<h1 style="text-align:center">24</h1>

Fervendo em partes iguais de irritação e perplexidade, Isabel lançou um último olhar fulminante para as costas de Percy antes de se deixar levar pela duquesa. O homem a abandonara a um destino pior que a morte — uma duquesa determinada a administrar sua cura especial para enxaqueca aos aflitos.

Felizmente, a duquesa se distraiu de sua missão com vários cavalheiros e suas esposas que buscavam aprofundar seus conhecimentos e conhecer a mais nova Lady Percival. Isabel não conseguia identificar o momento exato em que isso acontecera, mas começara a responder ao título sem hesitar.

Em um dos intervalos entre cumprimentos e apresentações, a duquesa se inclinou conspiratória. "Seria conveniente que você usasse este pequeno truque que aprendi ao longo dos anos."

"Ah, é?" perguntou Isabel. A sensação de que a duquesa a acolhera acalentou-a. Fazia muito tempo que ela não recebia tamanha generosidade.

"Você aprende um fato específico sobre cada pessoa e se lembra dele como se sua vida dependesse disso." Uma mulher mais velha se aproximou. "Observe", ordenou a duquesa e deu um passo à frente. "Minha cara Sra. Cleaver, como vai? Sua cadela deu à luz em segurança?"

O rosto da outra mulher se abriu em um sorriso satisfeito. "Temos filhotes saindo pelas orelhas. Oito deles! Uns peludinhos bobões." A Sra. Cleaver hesitou como se estivesse reunindo coragem. "Eu ficaria muito feliz em presentear Vossa Graça com um."

"Ah, eu adoraria, mas você não acreditaria na quantidade de espirros que dou quando chego a menos de três metros dessas belezinhas. É uma das tragédias da minha vida, sem dúvida."

A Sra. Cleaver pareceu completamente desanimada, mas apenas por um momento. Até que seu olhar pousou em Isabel. "Ou talvez a futura dama de Gardencourt gostasse de ter seu próprio spaniel de colo?"

A pergunta pegou Isabel de surpresa. "Sra. Cleaver, sua oferta é muito generosa, mas —"

A duquesa lançou a Isabel um aceno quase imperceptível, com o significado claro.

Ela deveria aceitar o filhote.

"Cachorros também lhe dão crises de espirros, minha senhora?"

"Eu não gostaria de privar ninguém do filhote que lhe foi prometido." Isabel esperava, com toda a esperança, que isso resolvesse a questão.

O sorriso radiante retornou ao rosto da Sra. Cleaver. "Tenho a garota perfeita para a senhora, minha senhora. Devo levá-la durante o café da manhã amanhã?"

"No dia seguinte, se não se importar muito, Sra. Cleaver", interrompeu a duquesa. "Lady Percival estará bastante ocupada com nossos convidados amanhã."

Enquanto a Sra. Cleaver se despedia alegremente e a duquesa conduzia Isabel por mais uma rodada de apresentações, a realidade da posição de Isabel caiu sobre ela, com força.

Ela não era Lady Percival. Ela era, de fato, uma impostora, e foi a generosidade da Sra. Cleaver que tornou o fato óbvio demais. Mentiras e enganos não pararam. Em vez disso, caíram sobre uma superfície plácida e espalharam-se, afetando tudo o que tocavam.

Falando em mentiras e enganos, Percy...

Percy era o Savior de St. Giles.

A revelação da Srta. Fox naquela tarde ainda a abalava.

No entanto, tudo se encaixava. Ele fora espião por doze anos. Era inteligente, sério e capaz. E, na verdade, quando o viu naquela noite em seu traje de gala, parecendo diabolicamente bonito, com seus cachos escuros e cacheados desgrenhados à perfeição, ela viu que ele não poderia ser outra pessoa.

Lorde Percival Bretagne era, sem dúvida, o Savior arrojado de St. Giles.

E quando ele pegou a mão dela e a ajudou a entrar na carruagem, ela experimentou uma alegria fugaz que se tornou reflexiva ao toque dele.

Um nó de ansiedade se contorceu em suas entranhas.

Ela o trairia. Os sentimentos que ela desenvolveu por aquele homem deviam ser eliminados e privados de oxigênio. Eles eram pura fantasia.

Mas o jeito como ele a observava naquela noite...

Como se ela fosse o sol e ele um planeta preso em sua órbita, bem, isso a deixava com o estômago revirado. Isso a fazia querer sucumbir à fantasia e fingir que todas as outras preocupações desapareciam.

Um movimento rápido captou a periferia de sua visão, e ela reconheceu a forma um instante antes de encará-la diretamente.

Montfort.

Seu queixo apontou para um corredor silencioso, reprimindo instantaneamente a tendência de Isabel para a ilusão. A realidade na forma de um homem repugnante, a chamava.

"Senhora", ela falou em voz baixa para a duquesa, "se a senhora pudesse indicar o caminho para o banheiro feminino?"

A duquesa apontou um dedo na direção do corredor que

Montfort havia indicado. Isabel assentiu em agradecimento e ordenou que as pernas relutantes se movessem. No final do corredor, Montfort acenou para que ela entrasse em um quarto vazio.

Uma vez lá dentro, a porta se fechou atrás dela. Ela ficou de costas para Montfort o máximo que pôde, mas o homem foi paciente. Ele não falaria até que ela o encarasse, o silêncio dele lhe disse. Ela se virou, um brilho repentino de suor escorrendo pelas palmas das mãos.

"Você desempenha seu papel tão bem, Isabel Galante", ele começou. "Mesmo do outro lado da sala, dava para acreditar que você está total e completamente apaixonada pelo seu marido."

Isabel sentiu um rubor subir, mas conteve a língua. Montfort gostaria muito que ela negasse.

"Será tudo encenação? Eu me pergunto." Ele fingiu considerar a possibilidade.

As mãos de Isabel se fecharam em punhos ao lado do corpo. Ah, se ela pudesse dar um tapa no sorriso presunçoso do rosto dele.

Ele tirou um fino pedaço de papel do bolso do peito. "Dito isso, detectei um déficit de concentração da sua parte, o que é compreensível, dados os luxos à sua disposição. Que sorte que chegou pelo correio."

Ele estendeu uma carta, o selo já rompido. Isabel fechou a distância entre eles o suficiente para arrancar a carta da mão dele. Ela a virou, reconhecendo instantaneamente a letra. Papai. Ela levantou a cabeça bruscamente. "Há quanto tempo você tem isso?"

"Ah, você sabe como as cartas podem se embaralhar e se perder." O homem mentia descaradamente, Isabel tinha certeza disso. "Eu sabia que seria exatamente o que te ajudaria a lembrar do seu propósito."

Isabel ofereceu-lhe o ombro e leu rapidamente a carta. O conteúdo era em grande parte impessoal — seu pai sabia que

Montfort a leria primeiro. Apenas as últimas palavras do pai eram importantes:

Lembre-se do que eu te disse quando conversamos pela última vez, cariña. Continuo sentindo o mesmo.
— Papa

Com cuidado deliberado, ela dobrou a carta e a colocou na mão estendida de Montfort. "Você pode me esclarecer o que seu querido papai quis dizer com a última parte?"

Isabel pensou rápido. "Que ele ama Eva e a mim mais do que tudo no mundo."

Uma mentira.

Seu pai havia falado palavras muito mais pragmáticas em seu último encontro.

Os olhos de Montfort se estreitaram, céticos. "Que família amorosa vocês são!" Ele guardou a carta dentro do sobretudo. "Amanhã é o dia."

Isabel controlou a respiração, mesmo que seus pulmões quisessem respirar. *Amanhã.*

Depois da conversa com a Srta. Fox naquele dia, ela deveria ter esperado por isso, mas o momento a pegou de surpresa. E agora ela precisava contar a Montfort uma verdade, uma que se tornara tão preciosa, apenas para ser ridicularizada no instante em que a dissesse. Mas ela não havia jurado fazer *qualquer coisa* para salvar sua família?

Aqui estava o teste.

Ela reuniu coragem para dizer as palavras que precisava. "Há algo que preciso lhe contar—"

"É sobre o pequeno problema da sua virgindade?"

Isabel assentiu, muda. Não havia nada demasiado terrível ou pessoal para esse homem dizer em voz alta?

"Eu planejei que você pudesse antecipar os acontecimentos com o sempre tão elegante Lorde Percival Bretagne. Vocês formam um casal muito atraente, eu devo admitir. Não importa. Os lençóis não são mais necessários."

O estômago de Isabel se revirou. Era tudo tão repulsivo. Não haveria limites para a baixeza a que esse homem era capaz de chegar?

"Quando eu lhe der o sinal, leve Percy até mim. Eu quero ver a cara dele quando ele entender o destino daqueles que me traem."

Um arrepio percorreu a coluna de Isabel. Ela detectou uma mensagem ali.

Estava acontecendo. Estava realmente, verdadeiramente acontecendo.

E era realmente, muito errado.

"Lembre-se, Isabel", continuou Montfort, "a vida do seu querido papai. A vida de Eva e do doce e pequeno Ariel dependem das suas ações amanhã. Não os decepcione agora."

Montfort saiu primeiro do quarto. Isabel ficou imóvel, com os pés atolados na areia movediça. Não era apenas o peso do que ela faria amanhã que fazia suas pernas se recusarem a ceder, mas, mais ainda, a lembrança das palavras de despedida do pai para ela, as verdadeiras.

Não deixe que Montfort me use como arma para te manipular e fazer o que ele quer. Prometa-me, cariña.

Ela assentiu com a promessa em meio às lágrimas, mas não obedeceu. Como podia? Como podia abandonar seu pai para apodrecer em uma prisão em Madri? Como podia abandonar o futuro que ela e Eva estavam construindo com sua loja em Londres? E Ariel? E o futuro dele se ela falhasse?

Ela precisava levar essa coisa horrível até o fim.

Amanhã. Tão cedo. *Cedo demais.*

Por fim, ela se levantou e caminhou entorpecida até a sala de reuniões principal. Uma vez lá, sentiu um arrepio de energia específica pulsando no ar, do tipo que apenas um homem tinha o poder de desencadear.

Percy havia retornado.

Era como se o homem tivesse o poder de alterar a própria química do oxigênio em um elemento mais vibrante.

Do outro lado da sala, ele estava de pé, a linha longa e esguia de seu corpo sugerindo facilidade, uma descontração, enquanto conversava superficialmente com a duquesa, o prefeito e a esposa do prefeito. Mas seria errado aceitar essa avaliação superficial. Seus olhos escuros percorriam a sala. Ele a procurava, Isabel sabia disso. Um arrepio de excitação a percorreu. Então, seu olhar encontrou o dela e lentamente percorreu seu corpo até que, finalmente, ele fixou os olhos nos dela, e o coração dela começou a bater forte como o de uma garota experimentando o amor pela primeira vez.

Oh.

Outra palpitação.

Ela era, de fato, aquela garota *agora*?

Ele rompeu o contato para responder a uma pergunta, e Isabel notou sua filha ao seu lado, de braço dado com o dele, seu olhar brilhante o observando sem um pingo de seu ressentimento habitual. Uma mudança havia ocorrido entre pai e filha, possivelmente uma reconciliação. O coração de Isabel encontrou este único lampejo de luz na escuridão.

"Ah, Lady Percival", gritou a duquesa, acenando para Isabel com a mão cheia de joias — Isabel contou nada menos que dez diamantes de diferentes formatos e tamanhos brilhando à luz. "Junte-se à nossa discussão sobre os benefícios de um banho de gelo matinal para a constituição física." A atenção singular da mulher voltou-se para o prefeito e sua esposa, que ainda não pareciam convencidos. "Não tenho me sentido muito bem ultimamente, pois estamos no meio do verão e não há gelo disponível nesta sua encantadora aldeia." Era possível ver que ela não estava nem um pouco encantada.

Incapaz de resistir, Isabel lançou um olhar rápido a Percy, certa de que compartilhariam uma diversão particular. A duquesa podia ser demais às vezes. Mesmo assim, era impossível não se deliciar com ela. Era isso que eles trocavam com um único olhar.

O que ela viu nos olhos dele, no entanto, a fez gelar o sangue.

A maneira como ele a encarou era implacável e dura. Exatamente o oposto do homem que, meia hora antes, lhe lançava olhares capazes de acender uma fornalha e mantê-la acesa durante o inverno. Sua expressão agora era a de uma tempestade de neve em janeiro.

Um arrepio a atravessou. O que havia mudado na última meia hora?

Uma risada alegre irrompeu do prefeito. "Um salto em água gelada? Isso soa exatamente como um jovem Lorde Percival Bretagne se envolveria. Parece que me lembro de uma história sobre um mergulho no mar em janeiro, por causa de um desafio. O garoto era o flagelo do condado em sua época."

Um sorriso tímido surgiu nos lábios de Percy, mesmo que a duquesa permanecesse impávida. "Não tenho interesse em água salgada e algas marinhas, posso lhe garantir, Squire Noble."

Uma determinada Srta. Bretagne interrompeu: "Que negócio de *flagelo* é esse?"

O prefeito soltou outra risada alegre. "O garoto era — se me permite dizer, depois de tantos anos — o tipo de jovem que tinha um toque de selvageria." A esposa do prefeito assentiu enfaticamente. O sorriso da Srta. Bretagne se alargou. "Com o hábito de cavalgar a toda velocidade pelo campo e voar pelas estradas a velocidades excessivas para o nosso ambiente, que tende a ser sonolento e tranquilo. Isso incomodou mais de um de nossos veneráveis cidadãos."

Com os olhos arregalados e sérios, a Sra. Noble acrescentou: "O velho Charlie Martin alegou que isso o levava a beber."

Squire Martin descartou a ideia com um movimento de pulso desdenhoso. "É, bobagem. Charlie Martin bebia dez copos por dia até a última gota antes de Lorde Percival assumir o comando."

A Srta. Bretagne lançou ao pai um olhar de admiração. Percy

retribuiu com um sorriso indulgente, que dizia que ela não receberia mais nada dele sobre sua juventude incivilizada. A reconciliação deles teria acalentado Isabel, não fosse pela mudança de comportamento de Percy em relação a si mesma. O frio em seu ombro doía.

"Por falar em cavalos", começou Squire Noble, "já faz muito tempo que não vemos o estábulo de Gardencourt em funcionamento. Dizem que você ainda tem os animais?"

"Estou pensando em experimentá-lo em Newmarket daqui a uns dois anos. A Princesa Polly acabou de parir uma competidora, eu acho."

"Princesa Polly?" perguntou o prefeito. "A Barb da linhagem de Paragon?"

"A mesma."

O prefeito deu um tapinha nas costas de Percy. "É isso aí."

Mesmo enquanto Isabel colava um sorriso no rosto — um que dizia, é claro, que ela sabia dos planos do marido para o futuro — esse plano para o futuro dele era algo que Percy não havia compartilhado com ela. Claro, ela se repreendeu, ela não era verdadeiramente sua esposa. Que direito ela tinha aos planos futuros dele?

E o futuro daqui a dois anos?

Era muito distante para imaginar.

O futuro próximo e terrível destruiria qualquer chance que pudesse ter para eles.

Algo que Percy disse a incomodou. "O que foi, querido marido?"

Seu olhar frio pousou nela. "Eu estava explicando ao Squire Noble que dormirei no estábulo por um futuro próximo. Com a Princesa Polly recém-parida, ficarei de olho nela durante a noite."

A barriga bem cuidada do Squire Noble estremeceu com uma risada maliciosa. "E você está recém-casado? Isso é dedicação, meu velho."

"Senhores", interrompeu a duquesa, ríspida, "uma jovem está presente. Cuidado com a língua."

Percy tirou o relógio do bolso. "Na verdade, eu deveria estar voltando agora." Ele fez uma reverência para o pequeno grupo. "Lucy, você vai ficar?"

"Acredito que ficarei até o fim."

Percy assentiu em aprovação, e um olhar particular foi trocado entre pai e filha. Ele se virou para sair e parou. "Lady Percival, acredito que a senhora desejará aproveitar o resto da noite e voltar com a família." Ele não estava afirmando uma crença, mas sim dizendo a ela o que fazer.

Embora parte de Isabel quisesse desafiá-lo, a frieza em seus olhos a fez recuar da rebelião. "Claro, marido."

Percy a encarou no meio da reverência. Por um breve instante, outra emoção substituiu a frieza, uma que ela não teve tempo de decifrar num piscar de olhos; ela se foi, o gelo retornou. Ele terminou de se despedir do grupo e se afastou.

Ele estava perdido para ela.

Só que, na verdade, ele nunca fora verdadeiramente dela.

"Lady Percival?", perguntou a Srta. Bretagne. "Gostaria de dar uma volta pela sala antes do início da segunda metade do musical?"

Mesmo através da casca entorpecida que começara a se endurecer em torno das emoções de Isabel, ela sentiu um traço de choque. "Eu acharia isso muito agradável."

Quando começaram o passeio, de braços dados, Isabel sentiu uma hesitação incomum pairando sobre a Srta. Bretagne. Por fim, a língua da garota se desvencilhou. "Devo pedir desculpas por ter sido uma fera terrível com você quando nos conhecemos. Vamos ser amigas?"

Um nó se formou na garganta de Isabel. "Eu adoraria, Srta. Bretagne."

Uma culpa miserável percorreu Isabel. Tal amizade futura não era possível.

O rosto da garota se contraiu. "Já que você é minha madrasta, talvez possa me chamar de Lucy. E eu posso chamá-la de Isabel?"

Isabel assentiu. "Seria muito bem-vindo."

Enquanto continuavam a percorrer os salões lotados, Lucy cumprimentava alegremente qualquer um que cruzasse seu caminho. Isabel permaneceu em silêncio, com um sorriso falso estampado nos lábios. Uma sequência de pensamentos continuava passando pela sua mente como um refrão terrível.

Para salvar um pai e uma filha, ela teria que destruir outro pai e uma filha.

No entanto, que alternativa ela tinha?

Repetidamente, e ela não conseguia encontrar uma saída, pois cada palavra era verdadeira. Ela não tinha escolha a não ser fazer tudo ao seu alcance para salvar seu pai, mesmo que ele pensasse o contrário. Se seus papéis fossem invertidos, ele agiria da mesma forma.

Mas era o escândalo que se seguiria para a família Bretagne que a deixava em apuros. Mentiras horríveis seriam espalhadas por Londres e pela Inglaterra sobre o pai de Lucy assim que o *London Diary* publicasse sua matéria. Reputações seriam arruinadas. Qualquer vínculo frágil que Percy tivesse formado com a filha, destruído.

Assim que o musical estava prestes a recomeçar, Isabel sentou-se entre Lucy e a duquesa, que sussurrou preocupada: "Minha querida, você está bem?"

Antes que Isabel pudesse inventar uma das mentiras que se tornara tão proficiente em contar, Montfort inclinou-se para frente, arqueando as sobrancelhas. Ela não o notara do outro lado da duquesa. "Vamos ouvir o tamborilar de pezinhos daqui a nove meses?"

A bile subiu à garganta de Isabel.

"Lorde Bertrand Montfort", disse a duquesa, irritada. "Não falamos desses assuntos em público — ou de forma alguma, ouso dizer."

Ainda assim, quando a sala ficou em silêncio durante a segunda metade do musical, a duquesa apertou levemente a mão de Isabel. O deleite brilhou nos olhos da outra mulher. A possibilidade de bebês tendia a provocar tais brilhos.

E Isabel pensou que não poderia cair mais baixo.

Ela entrou sorrateiramente no quarto escuro do mordomo, frio e úmido devido à noite, e encontrou a cama estreita, vazia, sem *ele*.

Isabel deslizou para debaixo do cobertor fino e se enrolou de lado. Tudo o que restava dele era o seu cheiro, já enfraquecido.

Ela empurrou o amanhã para longe, fechou os olhos e tentou conjurar o ontem. Dele, dela e de Ariel brincando de casinha.

Então, dele e dela unidos como um só por um breve momento.

Ela viveria aquele momento para sempre, se pudesse.

Como era possível que o conhecesse há uma semana? Como era possível que um coração se tornasse tão inextricavelmente entrelaçado a outro em tão pouco tempo?

Amanhã, ela seria forte.

Amanhã, ela faria o que era necessário.

Esta noite, ela seria fraca.

Esta noite, ela sonharia com o ontem.

25

Um café da manhã que começava às quatro horas. Seja na Espanha ou na Inglaterra, era o costume aristocrático. E, com toda a honestidade, Isabel não conseguia deixar de achar a ideia deliciosa.

Quebrar o jejum tão tarde era um luxo conhecido apenas pelas camadas mais altas da sociedade. Mas hoje, em Gardencourt, todos eram bem-vindos para saborear um pouco da vida aristocrática.

Na estufa, cercada por laranjeiras, limoeiros recentemente despojados de seus frutos para todo tipo de iguarias — tortas de limão, bolos de limão com morangos e creme, ponche de limão, pudim de laranja — Isabel estava ao lado da duquesa, cumprimentando os aldeões, trocando gentilezas sobre a beleza do clima — uma brisa refrescante que amenizava o calor do verão — e incentivando todos a se divertirem, o que a grande quantidade de rum no ponche de limão incentivava bastante. A cozinheira até cantou uma rima enquanto mexia:

Um de azedo
Dis de doce

Três de forte
Quatro de fraco

De fato, Gardencourt estava no seu auge. Os moradores da cidade se vestiam com suas melhores roupas de domingo, num sábado. Crianças corriam pelo campo verdejante do outro lado do ha-ha [1], o bando selvagem de garotos de Lorde Exeter liderando a briga em uma alegre perseguição, com o irmão mais velho, Hugh, a reboque. Os anciãos da cidade, juntamente com o duque e Lorde Exeter, desfrutavam de um chá leve em mesas dispostas sob os carvalhos além do terraço. A poucos passos da estufa, estendia-se a grande tenda branca onde o baile aconteceria mais tarde, juntamente com um jantar informal.

Mais cedo, Isabel vira Lucy e a Srta. Radclyffe supervisionando os preparativos e consultando o quarteto de cordas trazido de Londres sobre a lista de músicas. Músicas animadas de violino eram absolutamente obrigatórias, já que os moradores, e a duquesa em particular, esperavam danças rurais informais. Lucy, no entanto, tinha outras danças em mente. Bem, uma dança — a valsa — que os músicos concordaram em inserir a cada quatro músicas, Lucy informou alegremente a Isabel, que suspeitou que isso envolvesse um pouco mais de dinheiro.

Foi um dia jubiloso, com cada membro da família Bretagne fazendo a sua parte. Até mesmo Lady Exeter estava cumprimentando os visitantes, que não podiam deixar de ficar impressionados com uma dama de sua posição social se rebaixando tanto para lhes desejar um *bom dia*, pois ela não conseguia evitar que eles se sentissem assim.

Todos os Bretagne, exceto um.

Percy.

---

1. Um ha-ha é um tipo de cerca afundada que era comumente usada em jardins paisagísticos e parques no século XVIII. O objetivo do ha-ha era dar ao observador do jardim a ilusão de um gramado ondulado contínuo e ininterrupto, ao mesmo tempo em que fornecia limites para o pastoreio do gado.

"Agora, Isabel", disse a duquesa assim que um grande grupo de mulheres se moveu, exclamando "ooo" e "aah" sobre as plantas exóticas da estufa, "se você tem um pouco de cérebro nessa sua linda cabeça — e eu acredito que tem — você chamará este encontro de Primeiro Café da Manhã e Dança Anual do Dia dos Cítricos e o estabelecerá como um evento anual para a vila."

"É uma ideia esplêndida", respondeu Isabel, com a voz cuidadosamente neutra. Uma ideia esplêndida para uma futura senhora diferente da Mansão Gardencourt. Uma de verdade.

A duquesa lançou a Isabel um aceno magnânimo. "Fico feliz por ter lhe dado à ideia. Agora, por favor, diga-me, onde está o seu marido?"

Isabel tentou dar uma risada leve que se elevou com a força de um balão de ar vazio. "Ah, você conhece o Percy. Ele está no estábulo, mostrando aos homens o futuro dos cavalos de corrida de Gardencourt." Como as mentiras fluíam naturalmente de sua boca ultimamente. Sua visão de si mesma como uma pessoa honesta talvez tivesse que mudar.

"Aquele rapaz é louco por cavalos, sempre foi." A duquesa soltou o colar de pérolas que estava enrolando nos dedos. "Sugiro que você vá encontrar seu marido. Então, explique a ele que é seu dever divino, como homem escandaloso e arrojado, fazer emocionar as mulheres da nossa aldeia mostrando seu belo rosto." Estava claro que a sugestão da duquesa era, na verdade, uma ordem.

Isabel despediu-se das damas e entrou na onda alegre das festividades, uma alegria à qual era imune. Desde a noite anterior, uma casca entorpecente se endurecera ao seu redor, não permitindo que nenhuma emoção a penetrasse. Pois se ela se permitisse sentir, não seria alegria o que experimentaria. Muito pelo contrário, na verdade.

Era melhor não sentir nada.

Ao longe, avistou Tilly e Nell, vestidas com suas melhores roupas, guirlandas nos cabelos, passeando de braços dados pelo gramado aparado, quatro pretendentes atrás delas, cada um competindo por um sorriso bonito e uma palavra de incentivo. Enquanto Nell parecia impressionada com a atenção, o mesmo não podia ser dito de Tilly, que entendia o poder de um sorriso atrevido e uma resposta ousada sobre um jovem. Ou cinco jovens, como era o caso agora.

Isabel continuou a examinar o terreno e não encontrou nenhum sinal de Eva. A antiga Eva não teria perdido essas festividades por nada no mundo, mas a nova Eva era diferente, mais cautelosa em suas escolhas. A nova Eva preocupava Isabel, pois ela não conseguia sentir que Eva estava realmente sendo ela mesma, exceto por um lampejo de esperança: Eva estava com seu filho. Eva finalmente havia formado um vínculo com Ariel, e o coração de Isabel, que se sentia dolorido, ferido e magoado, experimentou uma onda de felicidade por essa única coisa boa.

A sensação durou apenas um momento, pois seus pés continuaram se movendo em direção ao estábulo, em direção a *ele*.

Embora ela estivesse cumprindo as ordens da duquesa agora, haveria um momento hoje — em cinco minutos ou cinco horas — em que ela estaria servindo Montfort. Ela o vira, sentado sob um carvalho frondoso com outros homens, parecendo o inglês mais inglês que já pisou na Terra, com o rosto vermelho de alegria, seguro na posição de riqueza e privilégio que o acidente do nascimento lhe proporcionara na vida.

Montfort, no entanto, ainda não lhe dera a mínima atenção. Ela não significava nada para ele até chegar a hora de mover seu peão no tabuleiro.

O olhar de Isabel se fixou na figura esguia de uma criada, que se movia entre os convidados, concentrada em uma tarefa ou outra. Vestida com o mesmo traje de todas as outras criadas, não havia motivo para o olhar de Isabel seguir a moça, exceto que ela sentia a compulsão. Havia algo familiar...

Aquilo a alertou.

A criada era a mulher daquela primeira noite, da carruagem.

Hortense, amiga de Percy.

Bem, *amiga* talvez fosse forçar a barra. Associada parecia mais apropriada. Hortense sabia que Percy era o Savior de St. Giles e o ajudara. O fato de ela estar ali — *hoje* — significava que ela poderia ter estado aqui...

Na noite passada.

Isso poderia explicar a frieza de Percy. Talvez Hortense tivesse descoberto informações em Londres — informações sobre Isabel.

Um eco do frio da noite anterior percorreu seu corpo. O fato de Hortense estar ali hoje significava muito mais.

Ela e Percy estavam antecipando ação.

Isabel deveria correr até Montfort e contar a ele, mas não o faria. Com Hortense ali, Percy poderia ter uma chance de lutar contra Montfort. Embora fosse contra seus interesses, seu ânimo sentiu uma leve melhora.

Ela entrou no grande estábulo e parou, inalando profundamente o cheiro de cavalo, suor, feno e terra. Apesar de toda a festividade barulhenta lá fora, este lugar era o seu oposto. Escuro, fresco e silencioso, exceto pelo farfalhar e relincho ocasional de um cavalo. Os rapazes do estábulo deviam estar aproveitando o dia com todos os outros. Mas Percy estava ali, ela sabia disso.

Ela se aventurou pelo amplo corredor central, atenta a qualquer sinal dele. Finalmente, ela ouviu: da extremidade do estábulo vinha um murmúrio sussurrante *shoosh, sloosh... Shoosh, sloosh...*

Isabel ergueu o olhar e encontrou o celeiro de feno.

Subindo a escada, ela seguiu o som. Sua cabeça surgiu acima do piso do celeiro, e todo o ar escapou de seus pulmões ao ver a cena que lhe saudou. A uns seis metros de distância, Percy estava separando ração de cavalo com um forcado. Mas não era sua tarefa que a mantinha paralisada, e sim o comprimento magro e musculoso de seu corpo em movimento.

Os olhos dela percorreram o corpo dele, das botas de cano

alto às coxas arqueadas sob calças bem-ajustadas, à camisa desabotoada e aberta quase até o umbigo, revelando músculos do peito que se flexionavam e relaxavam com o esforço. O suor brilhava em cada centímetro de pele visível. *Dios mío*, o homem era uma visão devastadora.

Ele apoiou o forcado na parede e passou a mão pela testa. Isabel pigarreou. O olhar dele se voltou para encontrar o dela e se fixou. O tempo fez aquela coisa engraçada que sempre fazia quando ela olhava nos olhos dele. Ele desapareceu.

Nada relevante existia fora do que existia entre eles.

A boca dele se contorceu de ironia, e ele disse a única palavra que poderia trazê-la de volta à realidade. *"Esposa."*

Ela piscou. Engoliu em seco. Desejou que fosse verdade.

Ela se sacudiu mentalmente.

Era tarde demais para desejos.

"Marido." Ela terminou de subir e ficou de frente para ele, sua postura um espelho da dele. "Sua presença é solicitada na estufa."

O homem, cujos olhos ardiam e continuavam a encará-la, deu de ombros.

"Pela duquesa." Isabel pronunciou o título como se fosse um trunfo.

Ele deu de ombros novamente, o gesto lhe dizendo, em termos inequívocos, que ela teria que se esforçar mais.

Ela olhou ao redor do sótão inundado pela luz da tarde que entrava pelas janelas nas duas extremidades e repleto de todos os utensílios e provisões habituais para animais. Exceto que, no canto, havia uma cama estreita e arrumada, com uma lanterna sobre um banquinho baixo de três pernas ao lado. "É aqui que você está dormindo?"

Ele deu de ombros. *Novamente.* "Estou acostumado."

Uma irritação à qual Isabel não tinha direito se levantou. "De volta a *isso*, não é?"

A PERGUNTA ÁSPERA de Isabel atingiu Percy como um golpe forte no esterno.

Ela não estava falando da cama, nem mesmo de seu novo quarto. Com algumas palavras bem escolhidas, ela trouxe à tona a sua abnegação, o lugar para onde ele se refugiava quando o mundo lhe apresentava incertezas e caos. Na privação residia o controle.

Seu maxilar se apertou e relaxou. Ele não se deixaria levar por uma conversa sobre isso, não com aquela mulher que chegara ali, com as bochechas delicadamente coradas, os olhos brilhantes, parecendo o doce mais fresco da prateleira. Tão pura e doce, que ele mal conseguia olhar para ela e permanecer no seu lado do sótão.

Ele estava esperando Montfort revelar suas intenções, e Isabel, aqui, agora, poderia ser a resposta.

Então, sim, manter um controle implacável sobre si mesmo diante de seu vício mais forte era sua única esperança. Basta ver o que aconteceu quando ele relaxou? Ele se apaixonou perdidamente por—

Ele parou por aí.

"Você nem está vestida para a festa", ela continuou.

"Estou vestidos mais ou menos como muitos dos homens locais, que estão vestidos com suas melhores roupas."

Ela se encolheu. A provocação dele a havia ferido.

Percy se recompôs e começou a pensar como o espião que um dia fora. "Claro, você passou a infância bem perto da corte real espanhola, você teria um profundo apreço por como se vestir adequadamente para sua posição."

Os olhos de Isabel se estreitaram e sua cabeça se inclinou para o lado, questionadora, mas ela não deu outra resposta.

Percy considerou suas opções. Ele poderia mandá-la embora. Ele poderia excluí-la completamente de sua vida. Mas nenhuma dessas ações lhe daria o que ele realmente queria dela, o que ele *precisava*. "Por quê?" ele se viu perguntando.

"Por quê?" ela repetiu. Ela estava tentando ganhar tempo, mas ele não tinha tempo a perder.

"Por que você está fazendo o que Montfort manda?"

Ela se mexeu, e a indecisão brilhou em suas feições. Outro momento tenso se passou, durante o qual ela pareceu chegar a uma decisão. Ela apoiou o quadril no batente da janela às suas costas, seu corpo delineado por uma luz dourada, como uma Madona medieval.

"Um dia, um inglês poderoso...", ela começou.

"Montfort?" Percy interrompeu. Ele queria que ela dissesse o nome do homem e o revelasse abertamente.

Ela assentiu. Ele detectou nervosismo na maneira como suas mãos se apertavam firmemente no colo. "Montfort abordou papai para lhe passar qualquer informação da corte ou intriga que pudesse chamar sua atenção. Muitas vezes, a presença de criados é esquecida. Meu pai recusou. Então" — uma hesitação — "ele foi convencido."

"Como?"

"Montfort havia descoberto a origem do nosso sobrenome."

"Como isso é significativo?"

"Galante é um nome que caiu em desuso entre nosso povo há algumas centenas de anos. Meu avô achou que seria seguro para nossa família voltar a usá-lo."

Nosso povo. Seguro. Ela se referia à sua ascendência judaica. "O judaísmo não é mais proibido na Espanha", observou Percy.

"Mas você deve saber que é difícil viver abertamente como judeu lá, e impossível para um judeu ser alfaiate do rei." Suas mãos se fecharam em punhos, e um tremor tomou conta de sua voz. "Somos vistos como demônios indignos de confiança, até mesmo como sequestradores de crianças."

Percy assentiu. Era a dura realidade.

"Montfort incutiu esse fato no papai de forma muito persuasiva. Ficou claro que haveria exposição pública se o papai não concordasse com as exigências de Montfort." Seus olhos se ergueram para encontrar os de Percy. Sua luz se fora. Em seu lugar, escuridão. "Você deve ter notado que Eva e eu temos nomes espanhóis. Participamos da missa católica, mas..."

"Mas?"

"Havia certas tradições da nossa verdadeira fé que praticávamos em casa. Tradições que o rei não toleraria em seu alfaiate."

"Notei que você usa a mão de Fátima."

Isabel tirou o colar do corpete. "Os muçulmanos a chamam por esse nome. Para os judeus, é a mão de Miriam. Era a hamsá da mamãe e, sim, mais um resquício da nossa herança."

Percy havia jurado manter distância emocional de Isabel — ela era um peão do seu inimigo —, mas não conseguia, não com a dor não resolvida que via nos olhos dela. "Quanto tempo levou para ele ser pego passando informações para os ingleses?"

"Três anos."

Três anos era uma eternidade para ter o pescoço exposto à lâmina de uma potencial exposição. "E seu pai foi preso?"

Com os olhos marejados de lágrimas não derramadas, ela assentiu.

"Então como você e sua irmã foram parar na Inglaterra?" Antes que ela pudesse abrir a boca, Percy respondeu à pergunta. *"Montfort."*

"Montfort nos trouxe e nos ofereceu um lugar para ficar", ela disse, com a voz isenta de emoção enquanto relatava os fatos. "Felizmente, papai havia se preparado para uma emergência. Eva e eu recusamos qualquer outra ajuda de Montfort e usamos o dinheiro para encontrar uma loja adequada e iniciar nosso ofício de costura. Alguns meses depois, Montfort apareceu à nossa porta para nos dar a chance de servir ao nosso novo país e libertar papai. A dívida que Eva e eu tínhamos contraído ao aceitar a ajuda dele para sair da Espanha nos obrigava. Eva se ofereceu para ir com ele sem ter ideia do que ele havia planejado para ela."

"O que foi planejado?"

"Usar sua beleza e seu corpo para seus próprios fins."

A raiva tomou conta de Percy. "Ele a transformou em uma prostituta."

"Ele usou a palavra cortesã, mas, sim. Quando ela finalmente voltou para casa, era viciada em láudano e estava grávida de vários meses. Ariel nasceu doente."

"Mas isso não foi tudo", afirmou Percy. Isabel ainda não havia explicado seu envolvimento.

"Alguns meses depois do retorno de Eva, Montfort voltou e explicou que nossa dívida não havia sido paga. Eu precisava assumir o lugar da minha irmã na Casa Número 9."

A raiva de Percy cresceu e se transformou em pura fúria. Era assim que Montfort subjugava os outros à sua vontade. "Agora não se tratava simplesmente de libertar seu pai, mas de você, Eva e Ariel permanecerem na Inglaterra."

"Você conhece a história a partir daí."

"E você acreditou em Montfort?"

"Em todos os pontos."

"Por quê?"

"Porque ele parece todo poderoso." Com uma súbita onda de agitação, ela se afastou do parapeito da janela. "A vida da minha família está em risco", ela disse, com um tom de súplica na voz.

Ela queria que ele entendesse. E ele entendeu. Muito bem. "Você não tem escolha."

"Ele está atrás de você agora."

"E usando você para isso."

Ela assentiu, envergonhada. "Mas por quê? Por que ele está atrás de você?"

"Eu tratei a querida sobrinha dele, Olivia, bastante mal quando nos casamos", disse Percy, tentando parecer leviano.

Olhos graves o encararam, não convencidos por sua frieza forçada. "Mas não é por isso, é? E não se trata simplesmente dessa história do Savior de St. Giles."

Um arrepio de surpresa percorreu Percy. "Você sabe disso?"

"Eu também tenho minhas fontes."

Ele soltou uma risada sem humor. "Touché."

Isabel permaneceu séria. "Montfort quer *destruir* você. *Por quê?*"

26

D e repente, o teto inclinado do sótão do celeiro pareceu comprimir-se e apertar-se, dificultando a respiração de Percy.

Para uma palavra tão pequena, o "por que" de Isabel exigia muito dele, e em oposição direta à forma como ele deveria tratá-la.

Ele deveria tratá-la como uma agente inimiga, como se todas as palavras que saíssem de sua boca fossem mentiras tecidas para prendê-lo em sua teia, deixando-o vulnerável ao ataque de Montfort.

Mas ele não podia. Pois aqui estava a questão:

Ela havia desnudado sua alma para ele.

E ele faria o mesmo por ela. Não porque quisesse, mas porque *precisava*. Ele precisava que esta mulher o conhecesse completamente.

E uma vez que o fizesse, ela não mais o contemplaria como fazia agora, com franqueza e um cuidado que se assemelhava a afeto.

Uma vez que o visse como ele realmente era, seria fácil se afastar dele.

E era exatamente isso que ela precisava fazer: não andar, mas correr o mais rápido e para o mais longe possível de Lorde Percival Bretagne.

"Já ficou bem claro", ele começou, "que eu era um jovem vaidoso em busca de valor no campo de batalha."

Ela assentiu e caminhou em direção ao monte de feno, arrancando um talo de palha. Começou a friccioná-lo entre os dedos, seu silêncio o encorajando a continuar.

"Fiquei enjoado durante toda a viagem para a Espanha. Byron não mencionou essa possibilidade em sua poesia. Mas meu entusiasmo e sede de guerra não diminuíram nem um pouco."

Por que ela continuava a encará-lo com aqueles olhos atentos? Por que ela já não estava desanimada?

"Então veio a Batalha de Maya, minha primeira batalha. Minha única batalha. Foi um verdadeiro massacre, do início ao fim ignóbil. Acredito que Wellington a chame de sua vergonha duradoura."

"Como terminou para *você*?" A simpatia contida naquele você era quase demais.

"Depois que consegui *isso*" — ele indicou o corte na maçã do rosto direita — "uma bala de canhão abriu uma cratera na terra a alguns metros de distância, e o mundo ficou escuro. Meus compatriotas me deram por morto e recuaram pela passagem da montanha sem mim."

A mão de Isabel voou para a boca. "Não", ela sussurrou. "Como você sobreviveu?"

"Dias depois — ou semanas. Essas primeiras memórias são nebulosas — acordei em uma modesta casa de fazenda, sendo cuidada por uma família espanhola composta por uma mulher muito idosa e sua bisneta muito jovem. O resto da família estava morto ou lutando, o que era o mesmo que morto. O tiro de canhão apagou minha memória. Eu não sabia dizer meu nome, mas meu corpo estava inteiro, mesmo que machucado. Conforme minhas forças voltavam, comecei a ajudar na fazenda.

Eles precisavam de um homem para cuidar do lugar. Aprendi a língua aos poucos também. Depois de alguns meses, um inglês apareceu na porta."

"Montfort."

"Ele estava de passagem pelo território quando ouviu um boato sobre um inglês na região. Quando me encontrou, disse que eu era um soldado inglês."

"Mas" — as sobrancelhas de Isabel se uniram em perplexidade — "você foi considerado morto por mais de uma década."

"Mais uma informação da sua fonte, presumo?"

Ela deu de ombros, sem se intimidar.

"Montfort não me contou toda a história da minha verdadeira identidade. Ele omitiu que eu era o Capitão Lorde Percival Bretagne. Ele me deu a oportunidade de continuar servindo ao meu país."

"Foi então que você se tornou um espião."

"Meu espanhol recém-adquirido foi útil, junto com o francês que eu havia retido. Há inúmeras maneiras pelas quais um homem pode ser um trunfo para seu país. Alguns operam na luz, como soldados e diplomatas. E outros fazem seu trabalho nas sombras."

"E você se tornou um desses últimos homens?"

Ele queria se aproximar de Isabel. Em vez disso, usou essa energia para se recolher à janela do seu lado do sótão. Ali, ele poderia dizer as palavras necessárias para fazê-la entender. "Sim."

"Mas e a sua memória?"

"Ela me veio à noite, durante o sono, mas nada que eu pudesse guardar à luz do dia."

"Então como—?"

"Você conhece Lorde Nicholas Asquith?"

"Ouvi as outras mulheres falarem dele."

"Eu estava fazendo o trabalho sujo de Montfort por cerca de um ano quando viajei para Viena durante o Congresso. Eu estava lá para ficar de olho no que estava sendo negociado nas sombras.

Foi apenas por acaso que nossos caminhos se cruzaram. Nick me reconheceu em um instante, pois éramos cunhados. Nossas esposas eram irmãs."

"Não há ninguém na Inglaterra que não seja parente?" perguntou Isabel, com exasperação no tom. Era encantador.

"Não na *alta sociedade*."

Sua seriedade retornou e ela arrancou outro talo de palha. "Lorde Nicholas Asquith ajudou você a recuperar a memória?"

Percy assentiu. "Montfort estava me mantendo isolado de qualquer pessoa que pudesse me conhecer."

"Oh, que coisa cruel."

"Nick arquitetou um plano para encenar minha morte em benefício de Montfort."

A sobrancelha de Isabel se ergueu para o teto. "Que... que ousadia."

"Sim, foi isso mesmo. Na verdade, eu não achava que tivesse chance de dar certo." Percy balançou a cabeça, ainda maravilhado com a sorte de tudo. "Mas deu."

"E te libertou de Montfort. No entanto—" Um momento tenso passou. "No entanto, você não voltou para casa imediatamente?"

Finalmente, eles haviam chegado ao momento, aquele em que Percy revelaria seu verdadeiro eu para Isabel e afastaria aquele olhar suave de seus olhos. "Antes de fugir para a Espanha, eu era um péssimo marido. Sua fonte lhe disse isso?"

"Acredito que estava implícito."

"Eu festejava todas as noites. Apostava despreocupadamente em qualquer coisa que se movesse ou respirasse. Eu tinha uma amante."

"Oh."

Será que ela se encolheu? Ele deveria avisá-la para se preparar, pois havia mais.

"Quando saí da Inglaterra, minha esposa não suportava me ver. E quando Nick me disse que eu tinha uma filha, eu sabia que seria um péssimo pai. Olivia certamente não precisava de mim, então fiquei no continente e me integrei à pequena rede que Nick havia formado, que operava sem o conhecimento de Montfort. Eu poderia proteger a Inglaterra e minha família, e não incomodá-los com a minha existência contínua."

"Eu consigo ver nobreza nesse raciocínio."

"Só há um problema." Ainda assim, ela não entendia. Bem, ela entenderia. "Era mentira."

"Mentira?"

"Eu fiquei naquela vida por uma pessoa. Por mim mesmo. *Não* pela Inglaterra. *Não* pela minha família. Eu tinha me viciado na vida de espionagem."

Isabelle abriu a boca para falar e hesitou. "Não tenho certeza se entendi."

"Ela te seduz. Faz seu cérebro funcionar e seu pulso acelerar. Eu me tornei um homem necessário. Pela primeira vez na minha vida, eu era útil. Eu não sabia nada sobre ser importante na Inglaterra, mas no continente, com minha memória totalmente recuperada e como parte da rede de Nick, eu sabia."

Finalmente, ele chegou à verdade essencial da escolha que fizera. A verdade que nunca havia dito em voz alta para ninguém. A verdade que o enchia de vergonha toda vez que via a filha. "Eu me afastei porque era o caminho mais fácil."

As sobrancelhas de Isabel se franziram. *"Mais fácil?* Eu acharia a vida de um espião muito mais difícil do que a vida de um lorde pretensioso na Inglaterra."

"Ah, é aí que você se engana. Ficar no continente era muito mais fácil do que voltar para a Inglaterra e tentar construir uma vida útil aqui. E era muito mais fácil ficar longe do que voltar e consertar os erros que cometi com meu pai, minha esposa e minha filha quando os abandonei pelas glórias da guerra."

Os olhos verdes e diretos de Isabel fixaram-se nos dele, examinando-o, vendo dentro dele, até o seu âmago vergonhoso e podre, ele tinha certeza disso.

"E, no entanto" — ela deu um passo, depois outro, e outro — "aqui está você. Na Inglaterra. Na propriedade do seu pai. Compartilhando o mesmo ar que sua filha."

Quando ela diminuiu a distância entre eles, Percy sentiu a mudança em seu corpo, sua reação a ela. A pulsação do seu sangue. A tensão dos seus músculos. A aceleração do seu coração.

"Você está *aqui,* fazendo o trabalho duro."

Percy queria se afastar do olhar dela, diante da graça que ela oferecia, mas não conseguia. Aos poucos, ela continuou se aproximando dele, lentamente, como se fosse um animal selvagem, e, a cada passo que dava, seu poder sobre ele aumentava.

"Ontem à noite", disse ela, "notei que você e Lucy estavam diferentes um com o outro."

"Sim, nós —" Ele estava tendo dificuldade para dizer a palavra. "Nós nos reconciliamos, ou pelo menos começamos a nos reconciliar."

Mais perto, Isabel deu um passo, agora a menos de um metro e meio dele. "E como isso te faz sentir?"

Ele entendeu o que ela queria que ele dissesse. Que ele se *sentia bem.* Que era a primeira vez em mais de uma década que se sentia assim. Ele se afastou do pensamento, não pronto para aceitar a absolvição dela. "O que eu sinto sobre isso não importa. Só Lucy tem esse direito."

"Às vezes", começou Isabel, "precisamos fazer uma escolha no espaço entre um momento e o próximo. Apenas um pequeno lapso de tempo que decidirá todos os momentos que se seguirão."

Ela estava falando dele, mas também de si mesma. Esta mulher tinha experiência com tais momentos. Ainda assim, uma dura verdade precisava ser dita. "As consequências não se importam muito com a causa. Não doze anos mais tarde."

"Aqui está o que eu sei sobre as consequências do seu tempo no Continente. Você se tornou mais do que um homem útil, você se tornou um bom homem. Acho que poucas pessoas sabem disso sobre você."

Percy zombou. "Quando voltei para a Inglaterra, ainda não conseguia encarar a situação. Vi Montfort ser acolhido pela sociedade, até mesmo pela minha família, e ardia em vingança. Foi isso que me trouxe a Casa Número 9 e a todos aqueles outros inferninhos. O Savior de St. Giles não estava lá para salvar a sociedade dos seus pecados da carne e do jogo. Estava para expor Montfort como a fraude que ele é, o que tornou ainda mais fácil para eu ignorar a fraude que sou."

"Você não é uma fraude", insistiu Isabel. "Você é um bom homem."

"Devo lhe dar um relato detalhado dos atos que cometi pela Coroa e pelo País? Do meu trabalho útil? Dos meus pecados? Você será meu confessor?"

Apenas alguns metros de tábuas empoeiradas se separavam dele. O rosto dela se ergueu para que ela pudesse sustentar o olhar dele. Ele teve que se conter para não passar o dedo pela linha do seu maxilar.

"Você não precisa de um confessor", ela disse, seu contralto suave e íntimo se derramando nele. "Você precisa de outra coisa."

"O quê?" A pergunta surgiu crua e vulnerável, incapaz de mascarar o sentimento que o agitava.

"Você precisa ser tocado *aqui*" — seu dedo traçou a cicatriz ao longo da maçã do rosto direita dele — "e *aqui*." Ela abriu o tecido da camisa dele e tocou, uma a uma, as cicatrizes espalhadas por sua pele.

Ela aproximou o corpo lentamente, tão perto que sua respiração pulsava contra o pescoço dele em rajadas curtas e quentes. A respiração de Percy ficou presa no peito, e suas mãos permaneceram vazias e imóveis ao lado do corpo. Tudo o que ele queria era preenchê-las com aquela mulher, suas curvas doces e exuberantes, seu cabelo escuro e sedoso, ela. Fazer isso, mergulhar na correnteza desse desejo era perigoso e uma completa loucura, mas quando essas considerações o impediram?

Ela se levantou na ponta dos pés e colocou a boca na orelha dele. "O que você precisa, Lorde Percival Bretagne, é ternura."

"Isabel", Percy começou, porque precisava, "isso é sábio?"

Ele ouviu a respiração dela presa na garganta. Seu coração disparou três vezes. Ela se afastou o suficiente para encará-lo. "Não."

Se um não era um sim, o dela era.

Naquele instante, Percy estava perdido, acontecesse o que acontecesse.

"*Você* é meu vício, Isabel."

OH, a maneira como suas palavras transformavam sentimentos em sensações físicas, das pontas dos dedos das mãos até os dedos dos pés, passando pelo sexo ao centro do coração.

Ela pressionou a palma da mão contra o peito dele, e ele se moveu com ela quando ela o empurrou. Ela acompanhou cada passo dele, até que a parte de trás das pernas dele alcançou a cama no canto. Ela puxou a camisa dele para fora da calça e a levantou.

Ali, ele estava diante dela, musculoso e lindo sob a luz fraca. Uma fina camada de pelos se espalhava por seu peito nu, estreitando-se nos músculos segmentados de sua barriga, desaparecendo abaixo do cós da calça, sua masculinidade rígida pressionando contra o tecido. Calor a percorreu com a visão, com seu poder sobre este homem.

A luz do dia revelava ainda mais sobre ele. Ela já havia notado as cicatrizes em seu corpo antes, mas agora as entendia melhor, que elas estavam curadas apenas na superfície de sua pele. Esse homem carregava consigo a dor a cada momento de cada dia.

Quando ela o tocou novamente, foi para acariciar suavemente sua pele marcada com as pontas dos dedos. Sem pensar, ela pressionou a boca contra uma cicatriz particularmente feia, enrugada e vermelha, com menos de um ano, apostaria.

Oh, o rosnado aveludado que escapou dele.

Enquanto ela distribuía beijos de uma cicatriz para outra, as mãos dele se entrelaçavam em seus cabelos, soltando-os do coque na nuca. Mais abaixo, ela explorou até chegar ao cós da calça dele. Com a masculinidade dele a apenas alguns centímetros de sua boca, ela caiu de joelhos.

Seus dedos tinham acabado de soltar um botão de sua presilha quando a mão dele se fechou sobre a dela. "Isabel, não tenho certeza se você sabe o que está fazendo."

Ela se sentou sobre os calcanhares, irritada com a interrupção, *com a ousadia.* "Você sabia o que estava fazendo quando me tomou com sua boca?"

Um instante de choque passou. Então os lábios dele se curvaram em um sorriso que só poderia ser descrito como perverso. "Você sabe a resposta para essa pergunta."

A lembrança disparou uma onda de luxúria por ela. "Quero sentir você na minha boca. Quero provar seu gosto." Oh, as palavras lascivas que fluíam de seus lábios.

A mão dele soltou a dela. "Eu não posso negar a uma dama o que ela quer."

Isabel abriu os botões rapidamente, revelando sua masculinidade quente e dura, espessa e pronta. Seus olhos se ergueram. O olhar dele a queimava enquanto dedos trêmulos percorriam toda a sua extensão. Instintivamente, eles o envolveram, e sua respiração ficou curta.

Ela apertou. Ele gemeu. Se ela o beijasse agora, descobriria que sua boca estava seca, ela sabia disso.

Ela se inclinou para frente e tocou a língua nele. Tão duro. Tão macio e aveludado. Ele gemeu e entrelaçou os dedos de uma das mãos em seus cabelos. Lentamente, ela o acariciou com a língua, da base às pontas, sem desviar o olhar do dele.

O que ela viu em seus olhos foi uma intimidade cruamente sexual, desnudada. Aqui estavam apenas ele, ela e esse desejo.

Deliberadamente, ela abriu a boca e o absorveu. Os olhos dele se fecharam, e ele exalou longamente, seus dedos agarrando seus cabelos.

O cheiro dele. *Masculino.* O gosto dele. *Sal.* A sensação dele. *Homem.*

Em uníssono, sua mão e boca se moveram sobre seu comprimento grosso e duro, enquanto ela o levava para dentro e para fora, grande demais para ela, mas perfeito demais. Suas coxas se pressionaram enquanto seu sexo doía e pulsava de desejo. Inesperado como essa demonstração de prazer só aumentava o prazer dela.

A mão dele começou a guiar sua cabeça, e ela duvidou que ele estivesse ciente do movimento. Ele empurrou mais fundo, e ela gemeu. Seus olhos semicerrados a encararam. "Você aguenta?"

Em resposta, ela o sugou mais profundamente. Que chocante que ela gostasse disso, de fazer o papel de serva de seu pênis. Ela não detinha nenhum poder, e ao mesmo tempo tinha todo o poder.

Ela o absorveu mais completamente, mas não por inteiro. Ele era grande demais. Seus dedos se fecharam em torno dele, seguindo o ritmo que ele impunha. A outra mão o envolveu e agarrou seu traseiro firme, os músculos tensos sob seu aperto. Sua masculinidade se expandiu ainda mais, e um agonizante "Oh" irrompeu dele.

Os dedos dele soltaram os cabelos dela e acariciaram sua bochecha. "Isabel."

Os olhos dela encontraram os dele, e sua língua roçou a cabeça grossa de seu membro.

O conflito brilhou em seus olhos. "Não assim."

Ela se afastou, e a comprimento escorregadio dele deslizou para fora de sua boca. Ela lambeu os lábios, o gosto dele ainda presente.

Um desejo sombrio brilhou em seus olhos. "Levante-se."

Ela obedeceu, as areias movediças do poder a intrigando, aumentando as apostas e seu desejo.

Cada um deles detinha todo o poder.

Cada um deles não detinha nada.

Ambos eram os mestres e escravos dessa luxúria implacável. "Vire-se."

Mais uma vez, ela obedeceu, com o corpo trêmulo e líquido, a respiração ofegante, enquanto voltava para ele, e esperava — com a pele viva — por seu toque.

Por fim, seus dedos encontraram a saliência da coluna dela, desabotoando o vestido, desatando o nó do espartilho, empurrando o vestido, o espartilho e combinação para fora dos ombros dela, todas as peças de roupa acima das coxas caindo em uma pilha os pés dela.

Ela se virou para encará-lo, a satisfação percorrendo-a enquanto ele a observava, as curvas de suas coxas, sua cintura, seus seios, mamilos eretos e duros como cerejas, seu sexo sob o monte escuro de cachos, quente, líquido e lascivo.

"Eu quero..."

Se possível, os olhos dele escureceram. "O que você quer, Isabel?"

"Eu quero seu toque."

"Quer? Ou *precisa* dele?" Ele fechou toda a distância entre eles. "Você *anseia* por isso? Você tem *fome* disso?"

A respiração dela ficou presa no peito em uma inspiração brusca. "Sim", ela expirou.

Ele estendeu a mão e agarrou seus quadris, pressionando seus corpos juntos, seu eixo grosso e duro contra sua barriga. Ele inclinou a cabeça e sua boca sussurrou contra seu ouvido. "Você *morrerá* sem isso?"

"Eu perecerei e me tornarei pó", ela respondeu certa da veracidade disso. Ela gostava da maneira como ele repetia suas palavras anteriores. Ele a desejava, ele precisava dela, ansiava por ela, tinha fome *dela*.

Sua boca não a abandonava, sua respiração lhe arrepiava a pele, enquanto a beijava da orelha ao maxilar, até que, *oh*, finalmente, seus lábios encontraram os dela, a pressão firme imbuída do anseio, do desejo e da dor de tudo o que haviam vivenciado juntos, de tudo o que sabiam um do outro e de tudo o que ainda tinham a aprender.

Sua língua se entrelaçou com a dele e, como se uma barragem se rompesse, de repente, o tempo passou rápido. Suas mãos encontraram os ombros dele, e ele agarrou sua cintura enquanto ele a girava e caía na cama. Suas botas caíram ruidosamente no chão. Ele agarrou os dois pulsos dela com uma mão, esticando-os acima da cabeça dela, e apoiou-se no cotovelo com a outra, seu corpo equilibrado ao lado dela, seu pênis duro, pronto.

Eles se beberam mutuamente, o momento carnal, mas vulnerável, *exposto*.

Urgentemente, ela o desejava, mas lentamente também. Ela reconheceu o mesmo sentimento em seus olhos. Eles precisavam aproveitar o máximo que pudessem um do outro agora, pois aquele momento era passageiro. Jamais teriam outro igual. Era o que seus olhares diziam um ao outro.

O momento poderia se tornar puramente carnal — oh, como ele queria que isso acontecesse — pois o vínculo entre eles era muito forte. Mas também havia outro vínculo que os conectava, um de uma emoção que nenhum dos dois ousava expressar. Aprofundava, *intensificava* a sensualidade. Transformava o físico em algo espiritual.

Ainda assim, o físico...

O corpo dela queria mais.

Suas costas se arquearam, impacientes, o movimento empurrando seus seios para cima, aproveitando o momento em que ela precisava. A intensidade nos olhos dele penetrou em alguma parte profunda e sombria dela. Ele rolou sobre ela com rapidez e eficiência, o rosto a centímetros do dela, sua masculinidade pressionando contra sua vagina.

Seu joelho cutucou sua coxa. "Abra-se para mim."

Suas pernas se abriram, os quadris se arquearam, ansiosos para recebê-lo. Com uma penetração longa e lenta, ele a penetrou. Um ofegante "Oh" escapou de seus lábios entreabertos antes que ele inclinasse a cabeça e seus lábios tomassem os dela em um beijo que roubou todo o resto de seu fôlego. Mais fundo, ele a penetrou, recebendo seu gemido em sua boca.

Sua mão era como aço temperado em torno dos pulsos dela, segurando-os firmemente acima de sua cabeça, enquanto ele entrava e saía dela, lentamente, deliberadamente, com um controle requintado. Seus quadris deram uma sacudida selvagem e impaciente — por que o homem simplesmente não... Simplesmente... Dava-lhe *mais* — e o humor brilhou em seus olhos.

"Você confia em mim?"

"Sim", ela disse sem hesitar, com uma certeza que agora não pensaria.

Ele deve ter visto em seus olhos, pois a intenção séria substituiu a diversão. Seu rosto inclinou-se em direção ao pescoço dela, suas estocadas tornaram-se mais intencionais, mais focadas, seu controle, exigente. Seus quadris se ergueram para trás, seu corpo se abrindo mais para ele. Seus quadris se impulsionaram para frente, sua cabeça arqueou enquanto ele a preenchia. O estômago enrugado dele se contraiu, um fio de suor escorreu pelo pescoço e pelo peito, o corpo totalmente concentrado na tarefa de proporcionar prazer a ela, golpe após golpe medido.

Como isso a provocava e atormentava, sempre fora de alcance. "Deixe-me tocar você", ela implorou. "Preciso sentir você."

Ele soltou os pulsos dela, e as mãos dela não foram para o corpo glorioso dele, entregando prazer implacável a cada investida, mas para o rosto dele, envolvendo ambos os lados. Nos olhos dele, ela encontrou não apenas luxúria, mas também aquela emoção que nenhum dos dois ousava nomear.

"Use toda a sua perversidade comigo", ela sussurrou no espaço entre suas bocas.

Ele aumentou o ritmo dos quadris, e ela o encontrou golpe após golpe, enquanto seu corpo se juntava ao dele na queda precipitada em direção à libertação. Como um só, seus corpos ficaram tensos e imóveis por um breve instante que os manteve suspensos fora de seus estreitos limites. Ali fora, os dois, estendidos ao infinito. A libertação os atingiu e os carregou para este lugar que só eles conheciam. O brilho de sua pele, o som áspero de sua respiração, a batida de seus corações, um só.

Ah, que ela pudesse ser uma com ele até que o tempo não tivesse mais utilidade para nenhum dos dois.

Mas o tempo não se importava com os desejos dela. Ele continuava passando. E o calor dos corpos deles esfriou. E as batidas dos corações deles diminuíram. E ele rolou para o lado, de modo que ainda tocava nela, mas o peso sólido dele havia desaparecido.

Ela sofria pela perda, não pelo corpo dele — embora isso fosse parte disso, inegavelmente —, mas por *ele*. Embora ainda se tocassem, ele estava perdido para ela.

"Haverá uma história", ela se ouviu dizer. "Será publicada no *London Diary*."

Percy tocou os lábios dela com a ponta dos dedos para impedi-la de dizer mais. "O que quer que você precise fazer hoje", ele começou, com a voz baixa e gentil, os olhos fixos na lateral do rosto dela.

Ela manteve o olhar fixo nas vigas expostas do teto. "Sim?"

"Não hesite. É na hesitação que os planos dão errado."

Isabel entendeu na hora. Percy estava desistindo de sua busca por vingança contra Montfort para que ela pudesse salvar sua família.

Desgosto era uma dor física, ela nunca havia entendido isso

até agora. Os poetas não exageravam. As pessoas pereciam com esse sentimento.

"Família é tudo", continuou ele. "Faça o que for preciso para proteger a sua."

Ela não conseguia mais evitar o olhar dele. "E a sua família?"

"Os Bretagnes sobreviverão."

Mesmo enquanto ele dizia essas palavras, ela detectou incerteza em seus olhos. Os Bretagnes sobreviveriam, sim, mas seus relacionamentos talvez não, particularmente o com a filha dele. Era muito novo, muito frágil para suportar o fardo do escândalo que a manchete "Salvador ou *SEDUTOR* de St. Giles?" desencadearia. Lucy provavelmente odiaria o pai. Que Percy fizesse tal sacrifício...

Ele era um homem digno.

Nobre — não apenas por direito de nascença, mas por suas ações.

A emoção que Isabel se recusara a nomear surgiu dentro dela. Assim como a raiva que havia sido encerrada em sua concha de insensibilidade. Ela não conseguia mais contê-la. Nenhum deles merecia isso. Nem ela. Nem Percy. Nem suas famílias.

Montfort merecia, no entanto.

Como ele continuava conseguindo destruir vida após vida? Onde estavam suas consequências? Por que ele não as sofria?

Não deixe Montfort me usar como arma para manipulá-la a fazer o que ele quer. Prometa-me, cariña.

Naquele instante, duas verdades caíram sobre Isabel.

Primeiro, Montfort não cumpriria sua palavra.

Segundo, ela não podia destruir inocentes com base em uma falsa promessa.

O caminho diante dela ficou claro, e ela compreendeu o que devia fazer. E como. Ela tinha a chave desde a conversa com a Srta. Fox no dia anterior. Ela simplesmente não tinha percebido.

Ela pulou da cama e pegou suas roupas do chão antes de se levantar de um salto.

Percy se levantou de um salto, a preocupação brilhando em seus olhos. "O que foi?"

"Eu..." Ah, como ela disse isso sem parecer tola? "Cheguei a uma solução."

"Você vai trair Montfort", afirmou Percy. "Você não é o primeira a fazer essa escolha."

Pelo tom de voz dele, ela intuiu que outros não tiveram sucesso. "Mas pretendo ser a última. Ele não terá esse poder sobre mais ninguém. Nunca mais. Você precisa confiar em mim."

"Não é em você que eu não confio."

Isabel continuou se movendo, puxando a camisa pela cabeça e depois o espartilho em volta das costelas. Ela não vacilaria em seu caminho. Olhou por cima do ombro. "Você pode apertar meu espartilho?"

Atrás dela, ouviu Percy se levantar com um farfalhar. Sentiu sua presença, seu calor e força, antes do seu toque. Seus dedos pegaram as tiras do espartilho, e um batimento cardíaco instável passou por ela enquanto ela sentia hesitação. A expectativa explodiu. Teve que se conter para não arquear a lombar contra a mão dele.

No instante seguinte, ele puxou as tiras e deu um nó, como se fosse um profissional. Ela colocou o vestido e permitiu que ele o fechasse também.

Vestida e pronta para sair, finalmente, ela o encarou, uma última vez para absorvê-lo. Ele havia vestido as calças, mas seu torso magro e musculoso estava nu e quase roubou sua determinação. Eles não poderiam ficar naquele sótão para sempre, que se danasse o mundo além?

Ele inclinou o quadril contra a parede, e uma mecha de cabelo desgrenhada caiu sobre sua testa. *Dios mío*, o homem não sabia como *não* ser devastador.

"Saiba disso", ele começou, a intensidade de seu olhar não havia diminuído nem um pouco. "Você não está sozinha."

Como suas palavras eram sedutoras. Como ela conseguia se

infiltrar facilmente nelas. A determinação a fez enrijecer o corpo. "Nisso, eu estou."

Só ela poderia consertar as coisas.

Sem dizer mais nada, Isabel atravessou o quarto e subiu a escada do sótão antes que pudesse pensar melhor. Antes que pudesse fugir na outra direção, para os braços de Percy, e deixar o mundo desabar sobre suas cabeças, contanto que estivessem abraçados.

Mas não podia ser. Montfort não permitiria isso. É necessário lidar com esse homem.

Pouco antes de sua cabeça mergulhar no chão, ela se lembrou de um último dever conjugal. "Não se esqueça. A duquesa espera que você se coloque à disposição na tenda para o baile. Acredito que muitas matronas esperam ser arrebatadas pela pista de dança pelo elegante Lorde Percival Bretagne."

"Claro." Seus olhos escuros encontraram os dela. *"Esposa."*

Um soluço engasgou no peito de Isabel quando ela se separou do olhar dele e continuou sua descida. Ela nunca seria uma esposa para ele.

Essa ideia, despertada pelas palavras de seu pai, a guiaria. Ou daria certo ou pioraria as coisas. Não havia meio-termo. Mas ela não podia mais seguir o caminho que havia começado, ou permanecer como peão de Montfort. Não era assim que seu pai desejaria obter sua liberdade. Ele era um homem honrado. Era hora de agir como sua filha.

Ainda assim, a preocupação a incomodava. Era possível que estivesse prestes a cometer o pior erro de sua vida.

Não. Ela era uma rosa. Era hora de usar seus espinhos para proteger aqueles que amava. Ela iria salvar um homem que valia a pena salvar. Mesmo que ele não entendesse seu valor, ela entendia.

O que ela estava prestes a fazer era *certo.* Montfort precisava ser detido. Ela não obedeceria mais às ordens de um homem mau. Não permitiria que Montfort destruísse o homem que ela amava.

E quanto à sua família?

Seus pés estalavam no piso de tijolos do estábulo. As economias estavam guardadas em sua mala de viagem, em Rosebud Cottage. Não era muito, mas o suficiente para recomeçar. Ela, Eva e Ariel encontrariam seu caminho. Ao longo de milhares de anos de perseguição e fuga, seu povo sempre o fez. Era a força deles.

Mas seu coração...

Será que ele também encontraria seu caminho?

Era uma questão que ela enfrentaria outro dia.

Hoje — *agora* — ela tinha a Srta. Fox para encontrar. Ontem, ela sentira a dúvida na mulher, dúvida que a levara a revelar o plano de Montfort para Isabel, que agora tinha toda a intenção de explorar a ambivalência da mulher e usá-la em seu benefício.

O fracasso não era uma opção.

27

Sob a tenda, as sombras das luzes das velas dançavam alegremente pelo teto branco e iluminavam os convidados reunidos abaixo. Percy fez uma reverência sorridente à sua terceira parceira em tantas danças country, acompanhou a matrona até um grupo de mulheres que riam como as jovens que um dia elas foram e saiu da pista de dança, sem intenção de participar da valsa. Seu papel como futuro mestre de Gardencourt tinha seus limites.

Com o rosto impassível, ele examinou o local em busca de Isabel. Nenhum sinal dela. Ele cometera um erro ao deixá-la ir. Mas ele estava apenas meio vestido quando ela saiu apressada, e ele não a viu desde então. *Maldição.*

Ele avistou Lucy se aproximando. A falsa curva de sua boca se transformou em um sorriso genuíno antes de vacilar com apreensão.

Mais cedo, ele havia mentido para Isabel. Não tinha certeza se o relacionamento incipiente entre ele e Lucy seria duradouro o suficiente para suportar o escândalo que Montfort planejava publicar no *London Diary*.

Quaisquer que fossem os últimos momentos de alegria que

Percy pudesse ter com a filha, ele aproveitaria. Talvez durasse a vida toda.

Mas que escolha ele tinha? Sua busca por vingança era insignificante em comparação com as necessidades de Isabel, que eram de vida ou morte.

"Lucy", ele começou quando ela parou ao seu lado, "preciso exigir uma promessa sua."

Os olhos dela se estreitaram com uma curiosidade cautelosa. "Sim?" ela perguntou em uma sílaba lenta.

"Você deve prometer não partir mais de cinco corações esta noite."

Seus olhos rolaram em direção ao teto da tenda. "Qualquer jovem tolo o suficiente para ter o coração partido por mim depois de uma dança não vale a pena se preocupar."

"Por quê?"

"Porque, pai, qualquer homem para mim precisaria ser feito de material mais resistente."

Pai. A palavra, a casualidade com que foi dita, tirou o fôlego de Percy. Era a primeira vez que ela o chamava por aquele nome. "Você não está errada, filha."

Ela deu de ombros com indiferença, com o olhar fixo em um ponto do lado oposto da pista de dança. "Se me dão licença, preciso salvar Mina de um jovem irritantemente persistente que não para de tentar convencê-la a dançar a valsa com ele." Lucy não deu mais do que dois passos quando parou abruptamente. "Ah, ali está o Hugh." Sua cabeça se inclinou sutilmente para o lado, como se estivesse vendo algo que nunca havia notado antes. "O jeito que Hugh está olhando para Mina... Ele está —?"

"Sim", acrescentou Percy. Era apenas uma questão de tempo até que Hugh se tornasse óbvio para todos. Pobre rapaz apaixonado.

Lucy bufou. "Bem, isso não vai funcionar."

"Por quê?"

"Para começar, ela é boa demais para ele. E, segundo, ele não seria o tipo de sujeito que chamaria a atenção dela."

"Não?" perguntou Percy. Ele apreciava a certeza da filha. "Hugh é bonito, rico e será duque um dia." Com base nessas qualidades, Hugh era exatamente o tipo de sujeito que noventa e nove por cento da população feminina conquistaria instantaneamente.

Lucy lançou a Percy um olhar exasperado. "Se pudéssemos encontrar um Doutor Frankenstein para reanimar Sir Isaac Newton, esse seria o tipo da Mina."

"Quem? Sir Isaac Newton? Ou o Doutor Frankenstein?"

Lucy bateu o dedo pensativo no queixo. "Sério? Ambos, eu acho. Ela ama um homem da ciência." Lucy começou a se afastar. "Agora, preciso salvá-la de Hugh."

Com isso, sua filha se foi, e um nobre rural e sua esposa entraram em seu lugar. Eles continuaram a conversa sem a ajuda de Percy. Tudo o que ele precisava fazer era acenar com a cabeça e oferecer um sorriso aristocrático no momento apropriado enquanto examinava a tenda em busca de...

Finalmente, sua paciência valeu a pena.

Isabel — na periferia da tenda, falando com a Srta. Fox.

Antes que Percy percebesse o que estava fazendo, despediu-se apressadamente do cavaleiro e de sua dama e atravessou a pista de dança, ignorando os casais que o rodeavam. Era a distância mais curta até Isabel, só isso. "Os recém-casados", ouviram atrás de si, com uma risada indulgente.

Antes que Percy pudesse alcançar Isabel, ou mesmo chamar sua atenção, ela já estava em movimento, ameaçando desaparecer na noite que caía.

Maldição.

Ele tinha sido um tolo em deixá-la fora de vista nessas últimas horas. Mesmo que ela tivesse um plano — *especialmente* se tivesse um plano —, ele não estava disposto a repetir o mesmo erro.

A cacofonia estridente das festividades ficou para trás

enquanto ele atravessava o terraço. Semicerrando os olhos na escuridão, ele viu apenas vislumbres fugazes do vestido de musselina branca da Srta. Fox à sua frente, enquanto Isabel e a Srta. Fox entrava na trilha que levava a um denso bosque de carvalhos. Percy seguiu, teimoso, guiado pelo instinto e pelo sussurro murmurante de vozes femininas baixas. Saiu da trilha e diminuiu o passo, com os ouvidos atentos, mas as vozes já haviam se acalmado. Então, uma terceira voz soou. Montfort.

À frente, as árvores rareavam e ele avistou duas figuras na clareira. Isabel e Montfort, frente a frente como combatentes. Onde estava a Srta. Fox...?

"Shh", ele ouviu. A menos de quatro metros e meio à sua esquerda, ela estava de pé, com a palma da mão estendida, exortando-o silenciosamente a parar.

Percy balançou a cabeça bruscamente, continuando a avançar. Não se importou com o olhar exasperado que ela lhe lançou. Não ia deixar Isabel sozinha com Montfort. Um trecho da conversa deles foi carregado pela brisa leve.

"Fui eu quem te chamou." Montfort. "O que você quer?"

Barulhento, Percy começou a abrir caminho pela vegetação rasteira, avisando Isabel e Montfort que um terceiro se juntaria ao grupo. Isabel voltou o olhar para ele. "Percy, você não deveria estar aqui."

Por sua vez, a boca de Montfort se curvou em um sorriso, seus olhos frios, imperturbáveis e sem surpresa. Percy viu naqueles olhos o que sempre soubera.

Esta situação dizia respeito a ele e Montfort.

Qualquer dano causado a Isabel seria colateral, na mente distorcida de Montfort.

"Não conseguiu ficar longe da sua nova esposa? E você, minha querida" — Montfort se virou para Isabel — "me deixou preocupado. Pensei que tivesse se apaixonado pelo seu *marido*. Mas aqui está você, cumprindo seu dever e levando o cordeiro para o matadouro." Seu sorriso diabólico pousou em Percy. "Bem, cordeiro pode ser um exagero. Mais como lobo, eu suponho." Ele deu de ombros. "Mulheres, criaturas pérfidas."

Percy parou ao lado de Isabel. Ela estava visivelmente nervosa quando respondeu: "Não acho que nós, mulheres, tenhamos o monopólio da perfídia."

Montfort aceitou o golpe verbal com calma. "Cheswick?"

O Barão Cheswick emergiu do bosque atrás de Montfort, parecendo não o mesmo homem saudável e vigoroso de sempre, mas sim envergonhado e arrependido.

"O que ele tem a ver com tudo isso?" perguntou Percy, a resposta lhe ocorrendo antes mesmo de terminar a pergunta. Corria o boato de que o jogo de Cheswick lhe havia rendido uma pequena editora. Percy apostaria seu último centavo que um jornal de escândalos era uma de suas publicações. O *London Diary*, aliás.

"A questão é a seguinte, Bretagne", começou Montfort. "Suas atividades como Savior de St. Giles não podem mais ser toleradas. Sei que está entediado, meu rapaz, mas não posso permitir que continue. Whitehall poderia ter encontrado uma utilidade para você. Mas você já se intrometeu em negócios importantes para a Coroa muitas vezes."

"Não creio que nosso governo tolere a chantagem de seus pares por votos."

Montfort dispensou as palavras de Percy como se fossem moscas. "Nosso governo mal sabe o que é bom para ele. É aí que homens como você e eu entraram, quer você queira admitir ou não. Temos coragem de fazer o que for necessário para mantê-lo funcionando."

"Você sempre teve uma opinião elevada sobre seus métodos."

"Às vezes, os membros do Parlamento precisam de ajuda para entender as sutilezas do governo e seu papel nele. Chame isso de um empurrãozinho certeiro."

"E como você pretende *me* influenciar?"

"Tão impaciente para chegar ao cerne da questão?" Montfort

balançou a cabeça como se estivesse fazendo a vontade de uma criança rabugenta. "Se você não aguenta esperar para ler na edição de amanhã, eu lhe conto. O *London Diary* vai publicar uma reportagem sobre o Savior de St. Giles, que vem usou sua fama para seduzir uma jovem virgem. Ele até se casou falsamente com essa jovem vulnerável para poder deflorá-la, estuprá-la e corrompê-la. E aqui está o detalhe verdadeiramente escandaloso que vai dar o que falar na próxima década." Ele fez uma pausa para saborear a vitória. "O Savior de St. Giles não é outro senão o filho mais novo do Duque de Arundel, Lorde Percival Bretagne. Todos os detalhes estão no lugar, incluindo sua esposa de mentira, Isabel, que, entre lágrimas de vergonha e remorso, atestará esses fatos."

Isabel pigarreou. "Sobre mim." Um leve tremor percorreu suas palavras. "Sou apenas mais uma *peça móvel* a ser encaixada?"

A cabeça de Montfort se inclinou para o lado. "Não é esse o nosso papel no esquema geral?"

Isabel deu uma risada desdenhosa. "Veja bem, Montfort, é aí que reside o seu problema. Você considera as pessoas nada mais do que objetos móveis." Os punhos cerraram-se ao lado do corpo. "Isso a leva a subestimá-las."

Montfort estendeu as mãos, apaziguadoramente. "Eu dificilmente acho que—"

"Srta. Fox?" Isabel chamou por cima do ombro. Seu olhar permaneceu fixo em Montfort.

A admiração por aquela mulher corajosa cresceu dentro de Percy. Outra emoção também: *Amor.*

Ele amava aquela mulher corajosa, admirável e capaz de todo o coração.

Ele não sabia exatamente o que ela havia planejado para Montfort, mas era melhor que o homem estivesse pronto.

Isabel estava ali para vencer.

Isabel respirou profundamente e tentou acalmar a ansiedade que corria em pânico por suas veias e encharcava suas palmas com suor. Este era o momento.

"Todo esse tempo", ela começou, "você vem apresentando a situação como se houvesse apenas duas opções. Cumprir suas ordens e salvar minha família, ou fracassar e perder tudo."

A Srta. Fox deu um passo à frente. "Essas são exatamente as duas opções que Montfort apresentou a mim e ao meu pai há cinco dias em Londres."

"Mas, na verdade", continuou Isabel, "há uma terceira opção que só me ocorreu hoje." Seu olhar encontrou o da Srta. Fox. "Devo contar a ele? Ou você gostaria de ter a honra?"

A boca da Srta. Fox se curvou em um sorriso astuto. "Uma denúncia sairá no *London Diary* de amanhã, mas não a que você pensa. Essa vai expor um esquema de chantagem por votos, liderado por ninguém menos que o irmão mais novo do Conde de Surrey, Lorde Bertrand Montfort. Quantos dos nossos políticos mais confiáveis foram comprometidos? É um escândalo que pode abalar o nosso governo até os alicerces."

O sorriso condescendente de Montfort vacilou, e seu rosto assumiu um tom pouco atraente de berinjela. "Isso é completamente antipatriótico, até traiçoeiro", gaguejou. Ele se voltou para Cheswick. "A víbora da sua filha já foi informada das suas dívidas?"

Antes que seu pai pudesse responder, a Srta. Fox falou: "O pagamento da dívida de Cheswick está sendo entregue aos seus advogados neste exato momento."

"O que é isso, Anne? Não há dinheiro para —" Cheswick empalideceu. "Não me diga que você tocou no dote que sua mãe lhe deixou."

"Podemos discutir isso mais tarde." A Srta. Fox deu de ombros e riu. Ambos pareciam forçados. "Você e eu sabemos que eu nunca vou usar isso."

O olhar de Isabel se esgueirou até encontrar o de Percy fixo nela. O que viu ali a deixou sem fôlego. *Admiração*. E algo mais, aquela emoção inominável da qual ela se esquivava repetidamente.

Possivelmente, havia chegado a hora de dar um nome e uma palavra a ela.

Ela permitiu que a nota de esperança que clamava cantasse em suas veias. Seu plano...

Estava dando certo.

Além disso, depois que aquela noite terminasse, poderia haver esperança para um futuro com este homem.

Então ela ouviu — claro, mecânico, inconfundível — o gatilho de uma pistola atrás dela. O sangue de Isabel gelou enquanto ela — e todos — se virou em direção à fonte. Sem pressa, Eva entrou na clareira, a arma apontada diretamente para o coração de Montfort. Uma calma fria brilhava em seus olhos.

"E quanto à dívida de Montfort? Não é tão fácil pagá-la."

"Abaixe a arma, *mi querida*", disse Isabel, mais assustada do que jamais estivera na vida. Não por Montfort, mas por Eva. "Violência não resolverá nada."

Eva balançou a cabeça. "Ah, Isabel, você consegue ser incrivelmente ingênua. Este é um caso único em que a violência resolverá *tudo*. Acabará com um homem que usa pessoas como peões. Um homem que não se importa com o resultado para ninguém além de si mesmo."

"Você está enganada", interrompeu Montfort. "É tudo pela Inglaterra. E você, minha querida, não passa de uma mulher perturbada."

Eva riu secamente, o que serviu para minar as palavras de Montfort. Esta não era uma mulher perturbada. Era uma mulher muito consciente de suas ações.

Esta era uma mulher que havia planejado este exato momento.

"Não vamos confundir suas ações com patriotismo", continuou Eva. O poder é o seu princípio norteador. Não o poder público da pompa e da circunstância, mas o que está por trás da cortina. O verdadeiro poder. Você se vê como o mestre das marionetes, e todos nós estamos pendurados em seus cordões, não é mesmo? Como você deve se sentir superior a nós criaturas inferiores. Você não hesita em transformar as virgens em prostitutas, as crianças em bastardas, os homens bons transformados em prisioneiros abandonados à própria sorte quando deixam de ser úteis para você. Que legado você deixará para trás, seu homem miserável e perverso. Você jamais destruirá outra vida para seus próprios fins perversos, não enquanto eu respirar.

"Eva, você não pode fazer isso", gritou Isabel, vasculhando a mente em busca de palavras, quaisquer palavras, que pudessem deter a irmã. "Pense em Ariel."

Os olhos de Eva se encontraram por um instante. A dor transparecia na calma. "Ariel é exatamente em quem estou pensando. Nem meu filho, nem o filho ou a filha de qualquer outra pessoa, terão sua vida à mercê dos caprichos desse homem."

Atrás de Eva surgiu uma figura, avançando, passos suaves abafados pela animada melodia de violino que tocava na brisa. Era Hortense, ainda vestida com trajes de criada.

"Pense na sua vida", disse Isabel, compreendendo que quanto mais tempo mantivesse Eva falando, mais tempo atrasaria Eva de puxar o gatilho.

"Minha vida é uma ruína. Não sou nada mais do que uma prostituta esgotada que pensa em ópio a maior parte do tempo em que está acordada e sonha com ele à noite."

"Mas nós o pegamos. Ele não correrá o risco de destruir sua reputação e seu bom nome." Isabel estendeu a mão. "Está combinado, *mi querida*. Vamos para casa."

Oh, como ela queria acreditar nas próprias palavras.

Eva zombou. "Lá vem você de novo, Isabel, persistindo na sua ingenuidade. Ele nunca vai parar de subornar e chantagear outros para fazer o que ele quer. Só a morte deterá Bertrand Montfort."

Quando Eva terminou de falar, Isabel teve a desagradável sensação de que Hortense, que continuava se aproximando lentamente atrás de Eva, chegaria tarde demais. Então o tempo se condensou em um único segundo quando, com a pistola tremendo, Eva apertou o gatilho no momento em que Hortense agarrou o braço de Eva por trás, puxando a arma para baixo. Mas não antes de um tiro ser disparado, deixando um zumbido no ouvido de Isabel e o cheiro acre da pólvora no ar.

Por um instante, Montfort pareceu ter saído ileso. Então, apareceu *em* sua camisa branca como lírio: um pequeno anel escarlate, que se expandia a cada batida de seu coração. O choque contorceu suas feições, suas mãos agarraram a barriga e ele desabou, primeiro de joelhos, depois no chão, enquanto um gemido baixo e animalesco saía de sua boca entreaberta.

No instante seguinte, o tempo se transformou em um borrão enquanto todos se moviam e se dispersavam. Cheswick agarrou a Srta. Fox e correu para a floresta. Hortense arrancou a arma da mão de Eva, surpreendentemente dócil, antes de levá-la embora. Percy correu até Montfort e se curvou sobre ele, primeiro pressionando o ouvido contra a boca do homem ferido, depois contra seu peito.

Isabel se sentia como a única engrenagem imóvel em uma máquina bem lubrificada. Era como se aqueles eventos estivessem acontecendo no sonho de outra pessoa.

Percy agora pressionava a mão contra o abdômen de Montfort. "Isabel." Ele empurrou o queixo para que ela se aproximasse.

Ela forçou seus pés pesados a se moverem. "Ele está —?" Ela não conseguiu terminar a pergunta por causa da bile que lhe subira à garganta.

"Ele está vivo", completou Percy por ela.

Ela registrou uma calma maravilhosa nos olhos de Percy. O homem fora feito para este momento.

"Você está em choque, Isabel", continuou ele. "Então, eu lhe direi o que fazer. E você precisa ouvir. Combinado?"

Ela assentiu.

"Você precisa ir embora. *Agora.*"

Novamente, ela assentiu, mas seus pés se recusaram a se mover. "Sinto muito."

"Montfort causou isso a ele próprio. Estou surpreso que ele tenha sobrevivido tanto tempo sem levar um tiro no estômago. Escute. Hortense deve ter levado Eva para Rosebud Cottage. Siga-as e pegue seus pertences. Depois, vá ao estábulo e diga a Stanhope que você precisa da carruagem e quatro cavalos para transportá-las para Londres. Agora."

Mesmo assim, os pés de Isabel permaneceram presos ao seu pedaço de terra. "Percy, eu —"

"Vá, Isabel. Antes que seja tarde demais."

Ela ainda tinha tanto a dizer a ele. "Mas eu —"

"Agora!"

Por fim, a ordem dele rompeu a névoa que nublava seu cérebro. Um pé, depois o outro, cambaleou em movimento, guiando-a pelos vastos terrenos de Gardencourt, em direção a Rosebud Cottage. Por cima do ombro, ela vislumbrou Percy pela última vez, debruçado sobre Montfort, tentando salvar o homem. Tentando salvar a todos.

Pois era assim que Percy era. Aqueles sob seus cuidados estavam seguros. Se ela tivesse confiado nisso mais cedo...

Suas palavras rodopiavam em sua mente. *Antes que seja tarde demais.* Mas ela sabia: já era tarde demais. O jogo de faz-de-conta deles havia acabado.

A breve esperança que havia se evaporou em um vazio sem sentido.

28

LONDRES

Enterrada na terceira página do *The Times*, abaixo de uma matéria sobre a chegada do explorador Alexander Gordon Laing a Timbuktu, Isabel localizou a notícia que vinha procurando nos jornais de grande circulação nos últimos meses.

Amigo leal da Coroa e do País e irmão mais novo do Conde de Surrey, Lorde Bertrand Montfort, foi tragicamente ferido em um acidente de tiro em uma propriedade rural. O grave acidente deixou um estilhaço em sua coluna vertebral. Especula-se que ele nunca mais andará. Não há mais detalhes disponíveis.

Isabel deixou o jornal cair sobre a mesa com um baque seco.

Um *acidente* de tiro.

Ela releu as palavras para confirmar sua existência. Lá estavam elas, em preto e branco. Um alívio ao mesmo tempo calmante e perturbador a percorreu.

"Está sendo resolvido."

Essas foram as palavras exatas de Hortense naquela noite, enquanto rumavam ruidosamente em direção a Londres na carruagem do Duque de Arundel com quatro cavalos, lotada até a borda com cinco mulheres e um bebê.

Mais tarde, quando chegaram à loja e estavam apenas as duas, Hortense falou. "Será um acidente de caça."

"Durante um baile country? Ao anoitecer?" Isso forçava a credulidade.

Hortense lançou um olhar duro para Isabel. "Aristocratas fazem o que querem, quando querem."

Isabel não tinha argumentos para essa verdade específica.

Hortense então explicou que era a maneira preferida de explicar esse tipo de situação. Isabel estremeceu ao pensar em quantas *situações* Hortense e Percy haviam enfrentado para que Hortense fosse tão indiferente.

Não importava. O significado da mulher fora claro: a lei não viria atrás de Eva. Era uma garantia em que Isabel tinha dificuldade em confiar à luz do dia, e em todos os dias desde então.

Hoje, finalmente, ela poderia deixar o assunto se tornar o pesadelo distante de uma noite que poderia ou não ter acontecido.

Se ao menos...

Uma pessoa daquela noite — embora ela não o tivesse visto nem ouvido falar dele desde então — recusou-se a deixar seus pensamentos em paz.

Onde estava Percy? O que ele estava fazendo naquele exato momento?

Ah, ter sua mente como sua novamente.

"Senhorita?" Isabel ouviu atrás dela. Ela se virou para Nell, que estava alisando vários metros de lã cinza sobre uma grande mesa retangular, uma das três que ocupavam boa parte do cômodo. "Sim?"

"Devo cortar assim?" Nell indicou o comprimento vertical do tecido. "Ou assim?" Ela acenou horizontalmente.

Isabel dobrou o jornal e o enfiou no cós do avental. "No sentido do fio, aqui." Ela pegou uma tesoura. "Assim." Ela começou a fazer o corte e rapidamente concluiu que a tesoura estava cega e desfiaria o tecido. "Vou buscar uma mais afiada."

Enquanto Isabel caminhava para os fundos da loja, seus passos pareciam um pouco mais leves. Na verdade, uma parte dela — seu coração, mais precisamente — jamais se recuperaria dos eventos daquela semana estranha ou da noite que a encerrara. Que ela não tivesse conseguido libertar seu pai...

Era uma dor que nunca recuava completamente, cravando-se em seu coração com sua dor incômoda. Mas não fora realmente uma opção, ela entendia isso agora.

Bertrand Montfort nunca pretendeu manter sua palavra.

Mas ela, Eva e Ariel estavam *seguros.*

Pelo menos, por enquanto.

Ela não tinha certeza se algum dia se sentiria segura novamente ou se confiaria plenamente na ideia de segurança. Ela havia vivido a rapidez com que uma vida pode virar de cabeça para baixo.

A vida certamente lhe ensinara uma lição. Nenhum resultado era perfeito, e nenhuma felicidade vinha sem um custo. A vida cobraria seu preço.

Ela estava voltando com a tesoura quando encontrou Eva, carregando três rolos de seda shantung, o melhor tecido que possuíam. Na verdade, elas ainda não haviam atendido um cliente que pudesse pagar por uma peça feita com ela. Elas estavam guardando esses tecidos na esperança de que um dia isso acontecesse.

"O que é isso no seu avental?", perguntou Eva.

Isabel considerou mentir e dizer à irmã que não tinha importância. Mas era importante, e Eva precisava saber.

Sem dizer nada, Isabel estendeu o jornal e apontou para o artigo. O rosto de Eva se transformou de alegre e aberto para tenso e contraído enquanto ela examinava as palavras.

Assim que terminou, ela encontrou o olhar de Isabel. "Então está feito."

"*Sí*", respondeu Isabel. Ela amassou o jornal e o jogou na lixeira.

O rosto de Eva se suavizou de alívio. "Ótimo."

"Por que você tem tecidos tão finos à mostra?" perguntou Isabel, introduzindo um novo assunto.

O brilho retornou aos olhos de Eva. "Precisaremos deles hoje."

"Temos clientes chegando?"

A campainha acima da porta da frente tilintou e o rosto de Eva se iluminou. "Devem ser elas."

"*Elas?*" Isabel perguntou às costas de Eva.

Eva correu com a seda para o showroom que ela havia apelidado de Serendipity Room [1] antes de voltar e passar correndo por Isabel em direção à frente da loja.

O estômago de Isabel se revirou. Ela passou a temer o inesperado. Finalmente, ela ouviu as vozes.

Vozes *familiares*.

Seu coração disparou.

Essas vozes vinham de uma vida que ela pensava ter esquecido. Uma vida que ela *precisava* esquecer, porque se não esquecesse aquela vida, não conseguiria *esquecê-lo*.

E, oh, como ela precisava esquecê-lo.

---

1. Serendipity (Serendipidade) é um anglicismo (termo ou expressão da língua inglesa introduzida à outra língua, seja devido à necessidade de designar objetos ou fenómenos novos, para os quais não existe designação adequada na língua alvo, seja por qualquer motivo.) que se refere a atos, ao desenvolvimento ou descoberta de coisas úteis ou interessantes por acaso. Muitas descobertas significativas na história foram serendipitosas, incluindo a penicilina, os *Post-it*, os picolés, o efeito psicoativo do LSD e o forno de micro-ondas, surgindo de circunstâncias imprevistas que foram então reconhecidas e aproveitadas. Pode ser considerada como uma forma especial de criatividade, ou uma das muitas técnicas de desenvolvimento do potencial criativo de uma pessoa, que alia perseverança, inteligência e senso de observação. Ademais, destaca-se a teoria do encontro fortuito de provas, ou a também chamada teoria da serendipidade, que consiste na descoberta inusitada, inesperada da prova no decorrer de uma investigação legalmente autorizada, em que a princípio não tinha o objetivo de investigar tais fatos.

Mas aquelas vozes, *aqui*, tornavam isso impossível.

Com passos pesados como melaço no inverno, Isabel entrou na sala da frente e encontrou Lucy, a Srta. Radclyffe e uma terceira mulher conversando com Eva. Se havia duas pessoas com a mesma vivacidade, essas eram Lucy e Eva.

Eva cruzou o olhar com Isabel e acenou para ela. "Isabel, venha cumprimentar minhas musas." Uma travessura a envolveu. "E a mãe delas, Lady St. Alban."

Todos os olhares se voltaram para Isabel. *Lady St. Alban?* A mãe de Lucy. A mulher que fora esposa de Percy, sua *verdadeira* esposa. Isabel sentiu uma leve náusea.

"Se não é minha madrasta." Lucy correu até Isabel e deu um beijo carinhoso em sua bochecha. "Você sabe a data do retorno do meu pai? Por algum motivo, eu tinha na cabeça que era esta semana."

Isabel quase respondeu que não tinha a menor ideia. Em vez disso, balançou a cabeça com força.

Para onde Percy tinha ido? De volta à sua antiga vida de espião? E por que Lucy perguntaria isso justamente a *ela*?

Minutos antes, a vida finalmente tinha virado do avesso. Agora estava de cabeça para baixo novamente.

Lady St. Alban cruzou a curta distância que as separava e pegou a mão de Isabel. "Lady Percival, ouvi falar muito da senhora. Embora eu tema que pareça um pouco exausta. É possível que esteja sofrendo de uma de suas famosas enxaquecas? Devemos mandar buscar o remédio especial da duquesa?"

"Não", explodiu Isabel, sem graça e abrupta.

Um sorriso brincalhão franziu os cantos dos olhos de Lady St. Alban. "Se mudar de ideia, tenho certeza de que a duquesa ficaria feliz em lhe dar uma dose." Lady St. Alban olhou ao redor da loja, seu olhar observador observando os instrumentos da arte da costura: carretéis de linha, rolos de tecido, um vestido em fase final de construção. "Quando Percy trouxe Lucy e Mina de volta para Londres, ele mencionou que você era bastante dedicada à sua loja e não estava disposta a deixá-la enquanto ele estivesse fora. Acho isso admirável em uma mulher."

"O que é isso?" Isabel mal teve a presença de espírito para perguntar. Percy estava falando sobre ela?

"O desejo de ter uma vida fora do âmbito de um homem."

Isabel piscou. Além da reserva natural que Isabel observou nos olhos da outra mulher, ela detectou algo mais. *Conhecimento.* O que exatamente Percy havia dito a essa mulher?

O estômago de Isabel deu a volta habitual ao pensar nele.

Os olhos de Lady St. Alban se fixaram em um ponto por cima do ombro de Isabel e se iluminaram. "Oh, que lindo."

Isabel não precisou se virar para entender o que Lady St. Alban queria dizer.

As rosas.

A loja estava cheia de rosas.

Isabel não conseguia pensar nas rosas naquele momento. Aquele dia estava sendo muito difícil.

"Lady St. Alban", disse Eva, "seria um prazer fazer um vestido para a senhora." Seu olhar se tornou avaliador. "E talvez uma pose para o nosso anúncio?"

"Anúncio?" perguntou Isabel, aliviada por ser tirada de outros pensamentos. Era a primeira vez que ouvia falar de um anúncio. Eva podia ser ousada. Era um fato.

Lady St. Alban deu uma risada ofegante. "A senhora me lisonjeia, Sra. Gardiner, mas deixarei isso para as moças. E tenho a sua garantia de que os nomes delas não serão usados?"

"*Com certeza.* Agora, deixe-me mostrar os tecidos e os desenhos que fiz."

Enquanto o grupo de quatro se dirigia à Serendipity Room, a Srta. Radclyffe cumprimentou Isabel com um aceno de cabeça e um sorriso. "Lady Percival, que prazer vê-la."

Isabel respondeu da mesma forma. Mais à frente, ouviu Lady St. Alban perguntar: "A senhora se importa se eu pegar meu caderno de esboços também?"

"Arte é um dos seus interesses, minha senhora?"

"Um pouco", respondeu Lady St. Alban.

Novamente, Isabel estava sozinha, com os nervos à flor da pele em um turbilhão de emoções. Que manhã! Ela olhou para baixo e percebeu que ainda segurava uma tesoura afiada. *Certo.*

Ela não tinha dado mais do que dois passos quando a voz de Tilly soou: "Milady!"

Isabel soltou um pequeno suspiro de irritação antes de se virar para a garota. Quantas vezes ela havia dito a Tilly que ela não era uma dama e que não a chamasse assim?

Inúmeras. Sem efeito.

Tilly ergueu um vestido de musselina marfim. Era um dos melhores de Isabel. "Isso serve para o jantar hoje à noite?"

Isabel soltou um gemido. "Sim, obrigada."

A garota deu a Isabel um sorriso satisfeito. "E sua rosa? Chegou hoje?"

"Não."

Ah, as rosas.

Elas não podiam ser evitadas.

Uma rosa perfeita, de cores diferentes, chegava pelo mensageiro todos os dias desde...

Bem, desde o dia seguinte *àquela* noite.

Sem bilhete.

Nenhum sinal de quem enviou.

Em seu coração, Isabel sabia *quem*.

O que ela não sabia era *por quê?* Com que finalidade?

"Está tarde", insistiu Tilly.

"Ou não vai chegar", respondeu Isabel com indiferença forçada.

"Não, não é isso", disse Tilly, desdenhosa. "Nenhum homem manda uma rosa perfeita para uma mulher todos os dias durante cinquenta e oito dias seguidos e para de repente."

"Um homem pode."

Os olhos de Tilly se estreitaram para Isabel. "Você realmente não sabe nada sobre homens, não é mesmo?"

Isabel queria se ofender, mas não conseguiu. "Eu, hum, não, não especialmente."

Ela sabia alguma coisa — algumas coisinhas — sobre um homem. Ou achava que sabia. Na verdade, ela não sabia nada.

"Bem, é melhor eu começar a passar este vestido." Com isso, Tilly subiu as escadas aos pulos, um assobio estridente deixando um rastro.

Enquanto Nell decidira se tornar aprendiz de costureira, uma habilidade que Isabel e Eva podiam lhe ensinar com bastante eficiência, Tilly enfiara na cabeça que queria ser dama de companhia. Na visão de Isabel, isso apresentava dois problemas. Primeiro, Isabel não precisava de uma dama de companhia. Segundo, ela não podia pagar por uma. Ela se ofereceu para perguntar sobre colocação ou treinamento para a moça, mas — e aqui residia um terceiro problema — Tilly não estava inclinada a deixar Isabel. Na verdade, a moça era decididamente contra.

E a verdade era que Isabel havia se afeiçoado a ela. Então, ela deixava se vestir duas, às vezes três, vezes por dia e se submetia aos cuidados de Tilly pela manhã e à noite. Ela não a deixava ir por nada.

Que família diferente elas formavam.

Isabel voltou para Nell e começou a explicar os como e os porquês de cortar tecidos. Alguns tecidos estavam destinados a se tornar belas criações, outros, como a lã de qualidade média sob suas mãos, eram úteis e duráveis. Esse tipo de vestido era o ganha-pão da loja.

Eva, no entanto, tinha outras ambições para a loja, que envolviam a aristocracia. Sua irmã ansiava pela liberdade da beleza em vez do trabalho cotidiano.

Essa atividade geralmente acalmava a mente de Isabel com o ritmo da rotina. Hoje, sua mente divagava.

Ela acabara de conhecer a dama aristocrática que escandalizara toda a sociedade londrina ao ter seu casamento anulado pelo Parlamento. Lady St. Alban não era nada do que Isabel esperava, que era uma versão adulta de Lucy. Em vez disso, a mulher era comedida e firme, mais parecida com sua enteada Mina em temperamento. Isabel achava que Lady St. Alban era o tipo de mulher de quem ela poderia gostar.

Mais uma vez, a campainha acima da porta da frente tilintou. Isabel deixou Nell com algumas instruções d se dirigiu para a entrada na loja. Uma figura estava parada logo atrás da sombra da porta. Um homem. Ele provavelmente estava perdido. Elas não atendiam clientes masculinos. "Precisa de orientação?" ela gritou.

"Acredito que encontrei meu caminho", disse o homem em espanhol.

Isabel parou de repente e piscou. Seu coração se tornou um cavalo de corrida em seu peito. *Seria possível?* Ela piscou novamente. *Não era possível.* Como seria possível? "Papai?" ela sussurrou, com lágrimas brotando em seus olhos.

Papai abriu os braços. *"Cariña, venaquí."*

Com um pequeno grito, Isabel correu para o pai, como se ele fosse uma aparição que podia desaparecer no instante seguinte. Enquanto ele a abraçava, talvez não tão forte quanto da última vez que se abraçaram, Isabel inalou. Era ele mesmo. Fantasmas não carregam cheiro.

Ela se inclinou para trás e o observou, procurando o familiar sob as rugas que marcavam seu rosto recém-emagrecido. Um soluço, em partes iguais de alegria, alívio e, sim, tristeza, escapou dela. "Como você está *aqui*, papai? Em Londres?"

"Posso me sentar enquanto conto a história?" ele perguntou, com a voz rouca e sem fôlego. "Minha força não é mais a mesma."

"*Sí, papa*, por aqui." Ela enganchou o braço no dele tanto para ficar mais perto quanto para lhe dar apoio. Ela o levou até a sala de corte. Lá, acomodou-o na cadeira com mais almofadas. Nell os recebeu com olhos arregalados e silenciosos. "Você pode trazer um bule de chá para o meu pai?"

Nell assentiu uma vez e correu pelo corredor.

Seu pai olhou ao redor, o olhar aguçado como sempre. "Você organizou sua loja com muito bom senso."

Isabel sentou-se na beirada da cadeira em frente a ele e se inclinou para frente, segurando suas mãos. Estavam secas, quentes e aconchegantes. Ela respirou fundo novamente. "Como você está aqui, papai?"

Ele balançou a cabeça, como se também não acreditasse. "Por um milagre."

"Papai, por favor, me diga."

Ele soltou um suspiro pesado e assentiu. "Era noite, depois que a prisão silenciou e adormeceu. O portão da minha cela se abriu e entrou uma mulher esguia. Ela me fez sinal para segui-la."

Uma possibilidade ocorreu a Isabel. "Uma mulher? Inglesa?"

"Francesa, possivelmente. Ela não era de conversar."

Isabel sabia — ela *sabia* — a identidade da mulher. *Hortense.*

"Ela me conduziu por um labirinto de túneis até chegarmos a um pequeno portão. Dois cavalos estavam esperando. Seguimos para o norte, para Bilbao."

"É uma longa jornada."

"Viajando principalmente à noite, levamos vários dias para chegar ao porto. Ela me deixou no cais e me desejou boa viagem. Um homem assumiu o comando de lá."

A respiração de Isabel ficou presa no peito. "Um homem? Que tipo de homem?"

"Um inglês."

"Alto e magro? Cabelo escuro esvoaçante?"

Um brilho de humor surgiu nos olhos de seu pai. "*Sí.*"

"Como um lobo?" Ela não diria *devastador.*

O coração de Isabel disparou. "Ah?"

"Ele a conhecia."

"Ele o trouxe aqui?"

"*Sí.*" Seu pai enfiou a mão no bolso do paletó. Sua mão emergiu segurando uma... *Rosa.* "Isto é para você."

"Como você..." Isabel não conseguiu completar um pensamento, muito menos uma frase. Esta rosa havia roubado completamente a habilidade. "Quem...?"

"Pelo que eu entendi, você sabe *quem.*"

"Ah, *hum*", ela começou, pegando a rosa-chá com dedos trêmulos. Ela se levantou sem perceber. "Nell!" ela chamou.

No instante seguinte, a garota apareceu, trazendo um serviço de chá. "Senhorita, eu só estava —"

"Não importa", disse Isabel, impaciente. "Por favor, leve meu pai até Eva. Eu preciso..." A frase permaneceu inacabada, seus pés já correndo.

Ela voou pela porta da frente, com o sangue correndo nas veias com a certeza de que *ele* a esperava do outro lado. Mas...

Nada *dele.*

Não que faltassem homens enquanto ela examinava a rua. Homens apressados com seus afazeres, indo e vindo, alguns altos e morenos, até bonitos, mas nenhum deles, era *ele.*

Isabel apoiou o ombro em um veículo que só podia ser a carruagem de Lady St. Alban, com o brasão de visconde estampado na lateral, e seu coração apertou. Percy viajara até a Espanha para libertar seu pai e levá-lo às pressas para Londres, apenas para partir sem se despedir?

Tilly estava certa.

Ela realmente não sabia nada sobre homens.

Uma cabeça morena apareceu por um instante acima da parte traseira do cavalo líder da equipe de quatro cavalos, antes de se abaixar novamente. O coração de Isabel disparou. Se ao menos ela pudesse ver o rosto do homem...

"Percy?" ela falou .

Um rosto surgiu.

Isabel piscou.

Antes de dar permissão ao coração para voar no peito, ela precisava ter certeza de que sua mente não estava lhe pregando peças.

Ela piscou novamente.

Era ele, com a barba por fazer e desgrenhado, como se não tivesse descansado um pingo em todas as semanas desde que o vira pela última vez. Mas *ele*, devastador como sempre.

Era toda a permissão de que seu coração precisava para alçar voo.

"O que... o que você está fazendo?"

"Verificando o casco deste cavalo. Ele o estava segurando no alto."

"*Oh*." Uma possibilidade horrível lhe ocorreu. "Você estava prestes a sair sem... sem..."

A cabeça dele se inclinou. "Falar com você?"

Seu olhar a queimava, e tudo o que ela podia fazer era acenar com a cabeça.

"Eu não ia a lugar nenhum, Isabel."

Ela acreditou nele.

"Pensei em dar a você e seu pai uma chance de se reunirem em particular."

Ele contornou a equipe e foi para a calçada, parando diante dela a menos de um metro de distância. Uma corda invisível se estendia entre eles e implorava para ser puxada.

Isabel ficou um pouco tímida diante dele, a enormidade do que ele havia conquistado se apoderando dela. "*Como* você o libertou?" ela perguntou. "Eu tinha tanta certeza de que Montfort era o único jeito."

Percy deu de ombros. O homem deu de ombros. "Ele não é o único homem com conexões."

Naquele instante, o significado da vida de Isabel entrou em foco. Sua vida poderia seguir seu curso por qualquer número de dias, semanas, meses ou anos, mas perderia todo o sentido sem aquele homem.

Então, ela precisava fazer outra pergunta, uma cuja resposta segurasse sua felicidade futura em suas mãos.

Ela ergueu a rosa. "Por que você as enviou?"

29

P ercy hesitou.

Não porque não soubesse a resposta para a pergunta de Isabel, mas sim porque não queria assustá-la com isso.

No entanto, ele *não* conseguia deixar de dizê-la.

"Para lembrá-la todos os dias de quem você é. Que você não está sozinha", ele disse. "Que você está *segura*."

"Ah."

"E para lhe agradecer."

As sobrancelhas dela se franziram, confusa. "Agradecer? Pelo quê?"

"Por agir de forma altruísta naquela noite. Por enfrentar Montfort e se recusar a obedecer às suas ordens, com grande potencial de custo para você e sua família. Por não submeter Lucy a outra rodada de escândalos. Você é a heroína desta história."

"Eu só fiz o que era certo. Eu deveria ter feito antes." Ela indicou a carruagem ao lado deles. "Suponho que você conheça a dona?"

Percy assentiu. "Lady St. Alban está na sua loja com as meninas?"

"Eva encontrou as musas dos seus sonhos." Um momento de hesitação se passou. "Ela é bem simpática."

Percy não precisou perguntar qual *delas*. "Ela é."

"Eu entendo por que você se apaixonou por ela."

Mesmo com a impaciência de Percy com essa linha de conversa, ele sabia que precisava dar uma explicação. "Éramos jovens." Era apenas a verdade, e esperava que bastasse, pois ele não queria falar sobre aquela mulher. Ele tinha outras palavras para dizer a ela. "Sobre o nosso casamento."

"Eu não me importo muito em ouvir os detalhes do seu casamento com ela", disse Isabel rapidamente.

"Não do meu casamento com *ela*. Do meu casamento com *você*."

"Se você se lembra, não houve casamento *comigo*."

Percy apontou o polegar em direção à loja. "Não é nisso que aquela gente lá dentro acredita."

"E por quê? Tive uma conversa bastante estranha com sua filha."

"Entre lidar com Montfort e sua história oficial, e depois partir para a Espanha, não encontrei tempo."

Era *um* motivo, mas não o mais verdadeiro. Por que ele estava evitando o que viera ali dizer e... *Pedir*?

Porque ela tinha todos os motivos para rejeitá-lo, era por isso.

"Obrigada."

"Por que *você* está *me* agradecendo?" perguntou Percy, exasperado. Um sentimento de dívida não era a maneira como ele queria abordar o que viera ali dizer.

"Por proteger Eva."

"A bala que finalmente atingiu Montfort estava em sua trajetória há décadas. Sua irmã apenas puxou o gatilho."

"Ele vai —?" Isabel começou e parou, incapaz de fazer a terrível pergunta em voz alta.

"Denunciar a um magistrado?", ele concluiu por ela.

Ela assentiu.

Percy balançou a cabeça. "Ele não quer seu bom nome manchado pelas revelações que se seguirão."

"Que situação feia."

Ela estava certa, mas Percy não queria falar sobre situações feias, mas sim sobre situações potencialmente belas. Ele tentou novamente. "Sobre o nosso casamento."

"Não vou cobrar isso de você, é claro. Não era real." Um momento de incerteza se passou. "Nada disso era real."

"Nada disso?", perguntou ele. "Algumas coisas pareciam muito, muito reais."

Um rosa sutil iluminou as bochechas de Isabel. "Você entende o que quero dizer, Percy."

"E se..." Ele manteve o olhar fixo nela. "E se eu gostasse de estar falsamente casado com você?"

"Se você *gostasse?*"

A respiração dela engatou no peito, inspirando rapidamente, e o coração dele disparou como o de um jovem inexperiente. "E se —?" ele recomeçou.

"Sim?"

"E se eu quiser que você me faça cumprir isso?" Ele estendeu a mão e colocou uma mecha de cabelo rebelde atrás da orelha dela. Ele não conseguia mais evitar tocá-la. "E se eu quiser parar de fingir e transformar isso em realidade?"

"Impossível", ela sussurrou.

Impossível era uma palavra tão definitiva, mas a maneira como ela a pronunciou deixou uma brecha. Ele pretendia se esgueirar por ela. "Que impossibilidades nos impedem? Caso não se lembre, sou filho de um duque, não há muita coisa neste mundo que não seja possível para mim."

Sua falta de ar desapareceu. Em seu lugar, sua resolução silenciosa e familiar se instalou. "Não vou me casar com você simplesmente porque não quer admitir para sua família que não somos verdadeiramente casados."

"Esse pensamento nunca me passou pela cabeça."

"Nos conhecemos por tão pouco tempo. Foi tempo suficiente para saber se não é apenas desejo? Se é verdadeiramente—"

"Amor?" ele completou por ela.

Uma súbita faísca de medo o percorreu. Seria possível que ele tivesse vindo até aqui só para perdê-la?

Isso não ia acontecer. Ele não permitiria.

Ela acreditaria no amor deles.

"Eis o que sei sobre Isabel Galante. Você tem coragem, tenacidade e inteligência. Quando entra em uma competição, joga para vencer. A família vem em primeiro lugar, até mesmo a família dos outros, e você a defenderá até o último suspiro." Ele se aproximou. "Adoro seus olhos verdes inabaláveis. Adoro seus lábios carnudos e vermelhos, principalmente quando eles envolvem os meus..."

Os olhos dela se arregalaram de choque. "Lorde Percival!"

A repreensão dela só o encorajou. "E seu rosto, Isabel, é o mais lindo que já vi. A forma como ele se transforma quando você grita em êxtase."

"Você realmente não deveria dizer essas palavras em alto tom."

"Eu não simplesmente amo essas coisas em você. Adoro que elas se combinem para formar você, meu vício."

"Seu *vício*", ela repetiu. Ele percebeu que a palavra não lhe caía bem.

"Antes de você, eu achava que o vício era algo totalmente ruim e fazia tudo o que estava ao meu alcance para reprimi-lo. Mas você me ajudou a perceber que o que importa é como eu uso minha natureza. Deixe-me amar você. Deixe-me *cuidar* de você, pelo resto de nossas vidas. Desde que você entrou na minha vida, sou um homem melhor. Mas se você acha que o que havia entre nós era puramente físico e que não pode existir amor, então eu vou me afastar de você, como um homem melhor."

Ela diminuiu a distância até que estivessem separados por

apenas uma fina lasca de ar, suas moléculas pulsando com a energia específica delas. "Eu morreria."

Lá estava, evocado por três pequenas palavras. Todo o desejo deles. Todo o amor deles. Os dois misturados, inseparáveis.

"Lorde Percival Bretagne, eu o amarei até o meu último suspiro."

A Terra poderia ter parado de girar em seu eixo por tudo o que Percy sabia, por tudo o que lhe importava, por tudo o que ele via em seu olhar verde e direto. Nada mais importava.

Percy levou uma das mãos à base das costas dela e a outra à sua nuca. Ele inclinou o rosto e seus lábios encontraram os dela em um toque hesitante, uma leve pressão de sua pele sobre a dela, seu doce aroma de sol e madressilva o envolvendo em seu calor. Foi um momento que ele poderia viver por toda a eternidade.

Então os braços dela envolveram seu pescoço, e seu beijo exigiu mais. Um beijo que arrebatou, devorou e provocou alguns assobios lascivos de quem passava.

Percy não dava a mínima. Isabel era dele.

Ele queria que todos soubessem.

Relutantemente, ele interrompeu o beijo, ambos sem fôlego. "Agora, vá fazer as malas. Cinco minutos para a gente sair."

Uma risada chocada e ofegante escapou dela. "Você quer fugir para casar?"

"Eu sempre achei que a frase, *casados por um padre de bigorna (anvil priest)* [1], tinha certo charme."

O sorriso dela vacilou. "E a minha família?"

---

1. *Married by anvil priest* - em Gretna Green, na Escócia, os casamentos na bigorna (anvil) eram realizados por ferreiros que não tinham qualificações formais para conduzir a cerimônia. O ferreiro concluía o casamento batendo na bigorna da oficina, unindo simbolicamente o casal como um ferreiro une o metal. Esses casamentos eram vistos como de má reputação, mas românticos, e a bigorna se tornou um símbolo icônico do romance nos casamentos de Gretna Green.

"Na viagem, seu pai e eu tivemos tempo para conversar sobre passados e futuros."

Aquele brilho nervoso surgiu nos olhos dela, aquela que ele amava. "Você pediu minha mão a ele. Arrogante."

"Eu não ia arriscar."

Sua cabeça se inclinou para o lado, sedutora. "É este o Lorde Percival Bretagne sobre quem ouvi tantos sussurros?"

Ele colocou outra mecha de cabelo rebelde atrás da orelha dela. Sério, ela tinha as orelhas mais perfeitas. "Que Lorde Percival Bretagne?" perguntou ele, distraído, sim, pelas orelhas perfeitas dela.

"O selvagem."

Agora, ele estava distraído pelo tom baixo e sensual em sua voz. "Eu poderia te contar", começou ele, o desejo transparecendo em suas palavras, "mas você não prefere ver com os próprios olhos?"

"Prefiro." Ela entrelaçou o braço no dele. "Eu não preciso de uma bolsa. Só preciso de você."

Oh, essa mulher tinha ousadia de sobra. Ele mal podia esperar para passar o resto da vida com ela.

"Nós contra o mundo?"

"O mundo não tem a mínima chance."

"Eu te amo, Isabel Galante."

"Eu te amo, Lorde Percival Bretagne."

Ele pegou a mão dela e eles caminharam em direção ao futuro.

Ela era o vício dele.

Ela era a cura dele.

Ela era *dele*.

E ele era dela.

EPÍLOGO

LONDRES, 24 DE MARÇO DE 1827

O quarteto tocou as notas iniciais de uma composição de Diabelli [1], e a eletricidade incendiou o ar.

Uma valsa escandalosa estava a caminho.

E não uma valsa qualquer, mas a primeira valsa oficial do casal recém-casado. Esses membros ilustres da *alta sociedade* estavam reunidos para celebrar sob os lustres brilhantes do resplandecente salão de baile do Duque de Arundel, no primeiro baile da temporada.

Enquanto Lorde Percival Bretagne conduzia Lady Percival para o centro da pista, um silêncio profundo se instalou. Eles eram o tipo de casal que evocava tal reação. Ele, alto, magro e possuidor daqueles olhos escuros e cachos característicos que fazem os corações femininos vibrarem, independentemente da idade, e pelos quais o mundo tinha que agradecer a Lorde Byron — que Deus o tenha —.

E ela, bem, ela era o tipo que se queria odiar à primeira vista,

---

1. Anton Diabelli foi um editor de música e compositor austríaco. Mais prestigiado em sua época como editor, ele é mais conhecido hoje como o compositor da valsa em que Ludwig van Beethoven escreveu o seu conjunto de trinta e três Variações Diabelli.

com seu rosto adorável, olhar verde confiante e pele que só brilhava com mais intensidade quanto mais tempo se banhava ao sol, ao contrário de seus colegas ingleses, cuja pele só ficava rosada.

Sim, todos concordavam que eles eram um casal invejável que se pertencia completamente. Que o destino pudesse ter feito de outra forma era inconcebível.

As forças duplas de impulso e efervescência os carregavam enquanto seus pés encontravam o ritmo flutuante de *um-dois-três... um-dois-três...*

Ela sorriu para os olhos dele, e ele para os dela. *"Marido"*, cruzou seus lábios.

"Esposa", respondeu o dele.

Eles não eram um casal dado a muitas palavras. Isso havia sido comentado.

Os olhares ardentes que trocavam...

Bem, esses também haviam sido comentados.

"Oh, Meu Deus", murmurou Lady Bertrand Montfort, que fora forçada a comparecer ao baile sem o marido, que se ferira tragicamente alguns meses antes e, portanto, não podia acompanhar a esposa.

A Duquesa de Arundel não se importou, já acostumada às exclamações afetadas da amiga. Mesmo assim, não pôde deixar de concordar silenciosamente. Talvez fosse indecente a maneira como Percy segurava Isabel, a mão pressionada no ponto mais baixo de suas costas, todo o corpo apertado contra o dela enquanto se moviam em perfeita harmonia. Pareciam estar a apenas um passo de se conquistarem, ali, no centro da pista de dança.

Oh, "Meu Deus", de fato.

Moças estavam presentes.

Ela quase disse isso ao duque ao seu lado, mas a expressão em seu rosto era tão feliz e contente enquanto ele batia o ritmo com os pés que ela deixou o assunto passar.

Além disso, aquelas jovens, as Srtas. Bretagne e Radclyffe, não tinham notado. Há muito tempo já se acostumaram às notórias demonstrações de afeto dos adultos em suas vidas. A Srta. Bretagne estava simplesmente contando as batidas até conseguir convencer seu primo Hugh, o jovem Conde de Avendon, a levá-la para dançar. A Srta. Radclyffe contava as batidas antes de poder escapar e evitar exatamente a mesma ocorrência.

Do outro lado do salão de baile, todo espelhado, estava a família da noiva. Don Ariel Galante, o pai da noiva, tinha uma figura bastante elegante e vistosa para um homem de idade avançada, e seu sotaque espanhol podia fazer uma dama suscetível desmaiar, se não estivesse devidamente preparada. O olhar apaixonado em seu olhar enquanto observava sua filha rodopiar pela pista de dança nos braços de seu amado, bem, o tornava ainda mais atraente. A duquesa estava quase decidida a mandar sua querida amiga solteirona, a Srta. Dunfrey, para cima dele.

Quanto à irmã da noiva, a Sra. Eva Gardiner, ela mantinha um olho no casal feliz — era possível até detectar um brilho melancólico naquele olhar — e o outro na tímida Nell, que se sentava discretamente encostada na parede dos fundos e pensava que morreria se alguém se dirigisse a ela, e a atrevida Tilly, que lançava seu olhar inquieto sobre o que se passava e bebia profundamente de sua taça de champanhe. Champanhe era o único luxo que lhe fazia falta de sua vida passada na Casa Número 9.

Era um arranjo incomum — receber criados como convidados no baile de um duque —, mas a noiva havia solicitado a presença deles, e não se podia dizer "não" a uma noiva. A Sra. Gardiner ficou feliz com isso. Tornar-se parte da aristocracia inglesa não mudaria, Isabel.

Restavam apenas alguns compassos da valsa, e os noivos haviam sido abandonados à própria sorte por tempo demais. Lorde Percival olhava para a esposa com uma afeição que a maioria dos presentes silenciosamente concordou ser privada demais, íntima demais, para ser observada diretamente.

A maioria, exceto uma: sua noiva, cujo ardor espelhava o do noivo. A mão que repousara castamente em seu ombro se esgueirou para acariciar sua nuca. Uma multidão horrorizada — bem, uma Lady Bertrand horrorizada — observava, igualmente chocada e paralisada pelo calor que emanava deles. Eram inflamáveis. Lady Percival se irritou por sua mão estar enluvada e, portanto, incapaz de tocar sua pele diretamente na dele.

Mais tarde.

Na verdade, ela já tivera tanto daquele homem — tanto mesmo —, mas sempre ficava querendo mais. Recém-casada, um convidado poderia murmurar com um aceno indulgente de cabeça, mas Isabel sabia em seu coração que seu desejo era diferente. Teria fome eterna...

Por ele.

A música atingiu um crescendo em um final emocionante, mas não o zumbido no corpo, na alma e no coração de Isabel. O homem em seus braços, olhando para ela com o mundo nos olhos, continuaria a devastá-la por todos os dias de sua vida, ela sabia disso. Cada par de olhos que os fitava em silêncio profundo brilhava com o mesmo conhecimento.

Isabel ficou na ponta dos pés e pressionou os lábios na orelha dele. "Por que todos estão tão quietos?"

Um sorriso cúmplice se curvou em um canto da boca de Percy, e um arrepio escuro e sinuoso percorreu Isabel. "Eles estão esperando", ele murmurou, baixo e aveludado.

"*Esperando?* Por quê?"

"Por *isso.*"

Ele inclinou o rosto e a atraiu para um beijo que poderia ter começado casto, mas se aprofundou em um arrebatamento de forma repentina e inesperada. Algumas risadinhas chocadas podem ter ecoado na multidão, mas também algumas palmas calorosas e um gemido juvenil de vergonha que muito possivelmente emergiu da Srta. Bretagne.

Por sua vez, Isabel não lhes deu atenção.
Aqui, em seus braços, estava amor, segurança e...
Para sempre.

Fim

TAMBÉM ESCRITO POR
SOFIE DARLING

All's Fair in Love and Racing
    Odds on the Rake
    The Duchess Gamble
    Wager With a Siren
    Devil to Pay
    Win Me, My Lord
    A Lady's Rogue to Ruin

Sedas e Sombras
    Três Lições de Sedução
    Seduzida Por Um Visconde
    Pecado de Amor à Meia-Noite
    Como Vencer um Lorde Perverso
    À Disposição de um Marquês
    Por Uma Noite, Sua Dama
    Nell e o Duque Incontrolável

SOBRE A AUTORA

A paixão da premiada autora de best-sellers Sofie Darling por romance histórico começou no ensino médio, no momento em que ela abriu *O Morro Dos Ventos Uivantes* (Wuthering Heights) de Emily Bronte. Um caso de amor instantâneo e duradouro nasceu.

Sofie passou grande parte dos seus vinte anos criando dois meninos e lendo todos os romances que conseguia colocar as mãos. Quando percebeu que simplesmente precisava escrever os livros que amava, terminou seu curso de inglês e começou a escrever. (Ticonderoga #2 é seu lápis preferido).

Quando não está escrevendo heróis que a fazem desmaiar, Sofie gosta de fazer uma boa caminhada no fim de semana, visitar um castelo medieval em ruínas sempre que tem oportunidade e ter um relacionamento ligeiramente codependente com seu beagle, Bosco. Visite seu site